虚构与建构

论文学与语文教育

王涧　著

长江出版传媒　长江文艺出版社

目　　录

文学研究

语文教育研究

文学研究

独特的视角　炽热的情怀

——试析茨威格小说对人类情感的表现

　　斯蒂芬·茨威格（Steven Zweig，1881—1942）是奥地利近代著名作家，也是举世公认的世界文学大师。他少年时代便以诗闻名，后来又写了大量的文学评论、剧本、小说与传记。在文学的诸多领域均卓然成家，但其中使他最负盛名的还是小说与传记，尤其是他的小说，对人类情感有独到的挖掘与表现。

一、以表现人类情感为己任

　　大凡自成风格的作家都有自己独特的题材。有的终生致力于探讨几千年封建思想摧残下"沉默的国民的灵魂"；有的则发誓做社会的"书记"，记录下时代的社会风云和民俗人情；有的描写田园生活，讴歌大自然的摇曳多姿；有的则把笔触伸向现代社会人的异化与灵魂的苟安。斯蒂芬·茨威格，着力描绘的则是复杂而隐曲的人类情感。按他自己的话说："我在写作上的主要志趣，一直是想从心理角度再现人物和他们的遭遇。"① 他着力剖析的是人物的心理活动，更准确地说，是人的情感活动。他的小说的独特之处在于每篇只写一种情感，小说的人物、情节、环境皆围绕着这种情感的流波而建构。要论及这一点，不能不提到心理小说大师陀思妥耶夫斯基。

---

　　① 朱祖林：《斯蒂芬·茨威格笔下的心灵激情》，《外国文学评论》1992年第1期。

陀氏自称是"最高意义上的现实主义者",即"心理现实主义"。他笔下的人物往往体现着某种思想,成为"思想的人"。陀氏的心理现实主义的最高意义,就体现在他的"思想的人"的典型性以及思想或心理反映现实的真实性上。承继着陀思妥耶夫斯基开创的道路,茨威格对人的心灵进行了广泛而深刻的挖掘。和陀氏"思想的人"不同,他塑造了一系列形象独异的"情感的人"。从社会人的角度看,他笔下的人物大都是奇特、怪诞,甚至变态的。如果要追述他们性格的特点及其发展史,定是徒劳的。使他的人物站立在读者面前的,不是人物自身的个性,而是他(她)所体现的人类情感。他的小说人物大多是某种情感的载体,体现为一种人类情感的典型而非人物形象的典型。他大多数作品的真正主人公,是那些翻腾不已的人类情感,它们的触发、发展、激化与消逝,才是作者所要极力追求并着力表现的东西。

他浓墨重彩写爱情,确切地说,乃是单恋。茨威格从未写过那种同声共气、心心相印的爱情。他笔下的爱远离甜蜜,苦涩而悲凉。这种爱大多阴差阳错。早期小说《夜色朦胧》表现的只是少年人最初的朦胧情意,还算不上真正的爱情,却已染上甲爱乙而乙爱丙的无奈与苦痛。这种模式发展到极端,就有了终生不为被爱者所知的陌生女人(《一个陌生女人的来信》),追逐爱人到海角天涯而依然不被理睬的中年男子(《月光胡同》)。这种一厢情愿的爱是如此执着热烈,以至于主人公终生不能解脱。他还写尽了人的同情之心。《马来狂人》写一个医生在同情、怜惜之心的支配下对一个高傲女性迟到的救助和救助的失败。她死了,他也在"我没有照顾她的自尊心、没有马上救她"的无限内疚与誓死维护她名誉的赎罪决心下投海自杀。茨威格唯一的一部长篇小说《同情的罪》则写两个年轻军官不甚彻底的同情给一个残废女孩的最初的温暖与最终的伤害。从广泛的意义上讲,孤独与寂寞也是人类的一种情感状态。在他死后才发表的中篇小说《象棋的故事》里,茨威格就描写了一个人在没有任何情感交流时的绝对孤寂。纳粹为了从 B 博士口中得到所需的材料，对他采取了一种极端阴险、恶毒的迫害手段——将他与世隔绝，置他于完完全全的孤独之中。这无疑是一种精神的酷刑。小说以极大的篇幅描写了 B 博士在这种可怕的沙漠中苦苦挣扎而最终崩溃的过程，从反面有力地演示了情感于人的不可或缺。

　　茨威格的早期小说，往往是为写情感而写情感，如《夏天的故事》《恐惧》《夜色朦胧》等。这类作品的价值在于它们揭示了人类情感某些方面的真实及其本质特点，是对人类内心世界的深入开拓。他的后期作品则大都寄寓深远。在《看不见的收藏》《一个陌生女人的来信》《一个女人一生中的二十四小时》等一系列作品中，情感都是作为一种自我实现的方式、一种宗教出现的。爱、同情、怜悯、对艺术品的挚爱，凡此种种，在作者的笔下，都是主人公借以超越自我、升达高蹈的途径。是爱本身肯定了主人公存在的价值，是给予本身验证了主人公精神的富有。作者之所以致力于表现人类情感并挖掘其丰富的人生意蕴，是寄寓了他深沉的哲学思考的。作为一名目睹了人类文明大毁灭——两次世界大战——的作家，他不能不思考生命的真正价值，不能不追寻人生的真正意义。这也是西方哲人从帕斯卡尔、卢梭到席勒、谢林、尼采等一再探讨的问题，同时也是资本主义的理性化、机械化发展至极端造成大面积人的异化时人类的自我反思。和许多试图济世救人的哲人一样，茨威格把完善的自然情感——爱、理解、同情、怜悯，看作尘世间人类灵魂的最终归宿与心灵故乡，他的小说就是他这种人生思考的具体体现。

二、独特的叙述视角

　　除早期的几篇小说采用传统的全知全能叙述角度外，茨威格的主要小说几乎都以一种固定不变的独特叙述模式展开他的故事，这便是外叙述者与内叙述者的设置。

他的小说往往这样拉开帷幕："我"在旅行途中（大多是这种场合），偶遇一人，由于某种机缘，这人便以第一人称对"我"讲述他自己的故事或经历。外叙述者与内叙述者的格局由此形成。所谓外叙述者，是指第一层次故事的讲述者，他在作品中可以居支配地位也可以仅起框架作用。内叙述者则指故事内讲故事的人，换句话说，也就是故事中的人物变成了叙述者。具体到茨威格的小说，大多有两个（有时甚至是三个）叙述者"我"。第一个"我"是整篇小说的叙述人兼中心故事的听众，是外叙述者；第二个（有时是第三个）"我"则充当中心故事的讲述人，是内叙述者。经由外叙述者的视角，描绘出内叙述者的外貌、神情、举止、身份等外在特征；经由内叙述者的视角，追述内叙述者自己所经历的情感波澜。外叙述者与内叙述者的设置有时单刀直入，如《一个陌生女人的来信》，寄信人与收信人在信被拆开的同时立刻成为外叙述者与内叙述者。更多的时候，外叙述者与内叙述者的结识往往经由一个小故事（现在时），这个小故事与后面内叙述者所讲述的中心故事（过去时）往往有着密不可分的联系。有的故事前后映衬，如《一个女人一生中的二十四小时》，C太太的故事就是现在时的小故事——亨利哀太太私奔——的一种谜底，从侧面说明了私奔行为发生的现实可能性与心理依据。有的故事则前后对比，如《象棋的故事》。这部中篇小说以象棋为线索写了两个人物：智力迟钝的世界象棋冠军与曾因"象棋中毒"而精神失常的律师。两者的共同点在于他们的人性都有残缺。对前者，作者的笔墨重点放在他畸形的外部行为上。因为他在本质上是一部"没有人性的象棋机器"，内心干枯无物，乏善可陈，除了金钱与象棋，他一无所知，一无所求。对后者，作者则纵笔于他细腻的内心感受。因为后者原本有着极为丰富的内在世界与精神生活，只是由于纳粹的残酷迫害，他的智力与情感才枯竭变态。作者淋漓尽致地刻画了这一非人状态的发展过程，笔端凝聚着对纳粹暴行的无比憎恨。这样，前后两个故事就分别从内外两个方面共同推出了一个人性如何完善的主题。这是一个极为深刻的基点，正是在这个基点上两个故事天衣无缝地连接了起来。

对内叙述者而言，外叙述者起到了一个交代其外在特征的作用。此外，外叙述者还常常负责交代环境。在小说《看不见的收藏》中，真正的内叙述者是盲人收藏家，"我"和古玩商都成了外叙述者。只不过"我"是古玩商故事的外叙述者，而古玩商则是盲人收藏家故事的外叙述者。其中，古玩商这个中间角色在小说中起到了举足轻重的作用。通过他的视角，小说交代了经济危机、通货膨胀、人民生活困苦的社会环境。同时又经他的描述展现了盲人收藏家对艺术品的无比挚爱之情。更重要的是，由于他的参与，那些名画早已随风四散的悲凉真相才得以揭示，盲人收藏家的虚幻的精神天堂因此而有了一份令人为之一泣的辛酸。

与塑造"情感的人"的特点相适应，内叙述者追述的是自己的情感流波，且通篇的第一人称使整个故事带有强烈的真实感和亲切感。同时，"第一人称叙述也往往意味着鲜明的主体性与浓郁的抒情性"①，而这正是茨威格小说的突出特征。正因为茨威格小说的建构中心不是情节而是人物内心的情感潮，而最熟悉人物细微的心理活动的，莫过于主人公自己了。"我"中套"我"的叙述模式与第一人称的反复运用，使他小说的人物能酣畅淋漓地倾诉自己的情感经历和心灵感受，因此更具有感人的艺术魅力。

通过外叙述者的视角，我们看到内叙述者往往是冷漠、淡然，起码是心平气和的，而在他自己所讲述的情感故事里，人物却是热情澎湃、激情荡漾的。冷热由此形成鲜明的对比。为什么一个人的外表与内心会有如此大的不和谐？《家庭女教师》中两个女孩的变化，就形象地展示了这种矛盾形成的社会原因。两个女孩从天真无邪到忧郁冷漠的转折点是女教师的悲惨遭遇，是女教师的痛苦使她

---

①　徐岱：《小说叙事学》，中国社会科学出版社，1992，第 276 页。

们感觉到了现世的冷酷与人心的卑劣。她们觉得受了骗，她们再也不敢相信别人。从此"谁也接近不了她们，通向她们心灵的通道已经阻断，也许多少年都不会畅通"，平静冷漠的面具就这样戴上并且摘不下来了。另外，这种不和谐的产生还与内叙述者角色的自我分置有关。内叙述者自己往往充当两个角色，即他（她）本人故事的情中人与理中人。一方面，内叙述者所讲述的故事都发生在过去，有的甚至是几十年前。对于记忆中的往事，他便能理智而冷静地从哲学、社会学、心理学等许多角度予以远距离观照与理性评判，这时他便是一个理中人。另一方面，作为主要故事的承担者，他又逆着时间的暗道再次经历过去的故事，感受当年的感情波澜，做一个情中人。通过这种角色分置，人物的感性和理性，心灵天地与客观世界就巧妙地融合在一起，共同构成完整而和谐的艺术整体。

茨威格笔下的主人公大都是些小人物：小店员、家庭妇女、乡间医生、下级军官等等。（《象棋的故事》中的律师，算是他小说所有人物中最体面的职业了。）但正是在这些小人物身上闪耀着夺目的人性光辉。其中最典型的要数"陌生女人"（《一个陌生女人的来信》）。她最初做过店员，后来干脆成了一个富人的情妇。从社会的角度来看，她实在是微不足道甚至是低贱的，但她的灵魂世界却金碧辉煌！她以无怨无悔的爱的付出超越了一己生命的局限，也超越凡俗而升达圣洁。在这里，正如前所述，茨威格是把爱、同情等情感作为救世良方来写的，并且他认为这良方就植根于平常人的内心。他对人性抱有崇高的信念，认为爱心、悲悯这些美好的情愫并非虚幻，它与生俱来。他说："我认为，自从我们的世界外壳上越来越单调，生活变得越来越机械的时候起，就应当在灵魂深处发掘截然相反的东西。"① 他工笔写小人物丰富的内心世界，意图就在于挖掘凡

---

① ［奥］茨威格：《茨威格致高尔基》（一九二六年十二月十九日），载［俄］高尔基、［法］罗曼·罗兰、［奥］茨威格《三人书简》，臧乐安、范信龙等译，湖南人民出版社，1980，第160页。

人人性中至善的一面，以此来净化、拯救世人，复苏人间泯灭的良知。所以，他笔下的人物平凡而伟大、卑微而崇高，内外形成鲜明的对比。

三、炽热而悲凉的感情格调

茨威格善于把白昼的光亮转换成耀眼的闪电。他常常把笔下的人物置于极端的环境中来考察其情感，并将每种情感都推向极致，达到熊熊燃烧的地步，这使他小说的感情基调如熔岩奔突般炽烈。《一个女人一生中的二十四小时》里的青年赌徒，有着不惜以生命与名誉为抵押的嗜赌狂热，什么也不能把他从赌博的迷狂中拯救出来，所以他在输掉全部金币之后，才会有那种不欲求生的绝望和自弃。也正是这种绝望与自弃，激发了一向谨小慎微的中年妇人无与伦比的恻隐之心，使她不顾一切援手相助。此外，作者还不惜借助大自然的力量来加强主人公情感的强度。他把他们置于一场突如其来的倾盆大雨中，让肆虐的狂风暴雨来进一步映衬年轻赌徒的绝望和激发中年妇人的同情："世界上没有任何事物，能比他木然不动地坐在大雨中的样子更令人觉得惨不忍睹。"这里的每种情感在作者的渲染下都达到了它们所能抵及的最高强度，对读者产生了强烈的冲击力和感染力。

茨威格的小说富于戏剧性，情节总是环环相扣、步步紧逼、高潮迭起，有一种令人喘不过气来的紧张感。这也是形成他小说感情格调炽热如火的一个重要因素。如小说《恐惧》，全篇展示了伊莲娜太太私情泄露后被再三敲诈勒索时的心理过程。随着勒索款项的增加，伊莲娜太太的恐惧心理也层层加重。由最初的心虚、在丈夫面前极力掩饰到不能自已的神经质，乃至最后的精神崩溃……全文除了穿插交代伊莲娜太太与情人最初的结识外，没有一点多余的笔墨。对伊莲娜而言，险情一个接着一个，令她防不胜防；对读者而言，主人公的命运就是故事的悬念。随着一幕幕冲突的展开，读者的注意力被紧紧抓住，心情也随之愈加紧张。茨威格在回忆录《昨日的世界》中说："只有一页页读过去，情节始终高涨不衰，一口气直到最后一页都激动人心叫人喘不过气来的书才会给我充分的享受。"他自己的小说就具有这种令人情怀激荡的魅力。

和中国国画的"留白"原则不同，茨威格的小说讲究细密的渲染，追求淋漓尽致的描写，这是影响其小说感情基调的又一重要因素。对于所要表现的情感波澜，他总是从各个角度，诸多侧面，运用由多个修饰语组成的长句子，进行细致入微的刻画，力求穷形尽相。这种缜密、酣畅的叙述方式对形成他小说炽烈如火的感情基调起着不可或缺的作用。

茨威格小说多表现强烈的情感，但通篇的基调却并非单纯的"热"，而是热中有冷，是炽热与悲凉的矛盾统一。细心的读者可以发现，他的小说大多有一个不幸的结局。中年妇人付出了所有，年轻赌徒仍不可救药地返回赌台，尽管他曾信誓旦旦地真诚悔过，要重新做人。中年妇人悲愤地感到："这个骗子毫不知耻地背弃了我的信任，伤害了我的情感，蔑视了我的牺牲。"这个出人意料的结尾沉痛地揭示了中年妇人全部努力的荒谬与徒劳，全文因此而笼罩上一层浓重的悲凉。"陌生女人"终生追求与珍视的爱却始终不为被爱者所知，尽管这是一份人世间少有的至情，其间有着最真挚的情怀、最无私的付出。但因这份爱的盲目与虚空，在通篇的炽热之下透露出一股掩饰不住、挥之不去的凄婉。这种凄婉更因女主人公"知其不可为而为之"的执着而愈发怆然。

这种冷热交织的双重基调，是作者的人道主义理想与污浊现实尖锐对立的必然产物，也是作家自身矛盾心态的真实反映。作为一个有着强烈的救世理想的真诚作家，茨威格的笔不可能脱离现实，他的小说真实地展现了二十世纪支离破碎的社会现实。经济危机的频繁、人民生活的贫困、人类的自相残杀与道德沦丧的丑恶，在他的小说中都作为背景一再出现。然而他依然义无反顾地把他的人道主义理想植入这片荒芜的土地，这举动本身就是慷慨而悲凉的，反映在作品中，不能不使他所表现的感情炽烈而悲怆，热情而哀婉。

　　另外，这种冷热交织的复杂感情也是作者本人不幸生活的折射。就他所生活的世界而言，茨威格注定是不幸的。在他一生的六十年间，欧洲——有着两千年文明传统的欧罗巴——爆发了七次经济危机、两次世界大战。对茨威格个人来说，这种种灾难最严重的后果，在于否定了他作为一个社会人的全部存在价值：作为一名犹太人，他的种族遭荼毒；作为一名奥地利人，他的祖国被侵吞；作为一名文学家，他的作品被纳粹钉在特设的耻辱柱上；作为一名人道主义者与和平主义者，他目睹了"理性最惨痛的失败和暴行最疯狂的胜利"①，经历了由如此的精神高峰产生的如此的道德倒退②。他不能不心碎。在人世间，他丧失所有归宿，肉体与灵魂都漂泊天涯。一九四二年，二战正酣之际，他与妻子于巴西里约热内卢双双自杀。这样一个人，纯粹的热烈与欢快注定与他无缘，作为他心声与生命寄托的文学，又怎能不悲凉呢？

扫码对话
AI评论员
● 课堂教学探索
● 教育专家观点
● 乡村小说阅览
● 女性文学研究

---

　　①　［奥］茨威格：《昨日的世界》，舒昌善、孙龙生等译，三联书店，1991，第2页。
　　②　［奥］茨威格：《昨日的世界》，舒昌善、孙龙生等译，三联书店，1991，第2页。

刘勰康德意象论之比较

中国的意象理论源远流长。《周易》"观物取象""立象以尽意"的命题可视为它的雏形。其后东汉哲学家王充、魏晋玄学家王弼也都对此多有论述。但第一次将"意"与"象"组合为一个新词，并首次将这一概念从哲学领域引入审美与艺术领域的则是南北朝的文艺理论家与批评家刘勰。在《文心雕龙·神思篇》中，他提出："独照之匠，窥意象而运斤；此盖驭文之首术，谋篇之大端。"① 在这里，"意"指的是客体化的主体情思，"象"指的是主体化了的客体物象，"意象"即是"意"与"象"这彼此生发的两个方面的相融和契合，是艺术构思活动中主体心意与客体物象交融合一的艺术表象。而在西方，全面阐述了"审美意象"（asthetische Ideen）的概念、并将其从哲学领域引入美学领域的则是康德。"asthetische Ideen"是康德关于艺术美的中心概念。宗白华先生把它译为"美的观念"，朱光潜先生则借用中国古典美学中的意象概念译之为"审美意象"。因为他认为"Idee"如译为汉语"观念"，其义近于概念，是抽象的，不符合康德的原义，所以不如依它在希腊文的本义译为"意象"，以示与概念的区别，在涉及审美时指的是一种带有概括性和标准性的具体形象。② 也正是在这个意义上，中西两个概念——"意象"与"asthetische Ideen"才具有内在的可比性。而在涉及理性概念时仍译为"观念"或"理念"，后者的外延大于前者。这是本

---

① 周振甫：《文心雕龙注释》，人民文学出版社，1981，第 295 页。
② 朱光潜：《西方美学史》（下卷），人民文学出版社，1979，第 395 页。

文在比较二人理论的异同之前，需首先予以澄清的问题。

刘勰与康德都认为意象的最根本特性是具象可感性与理性抽象性的统一，二者缺一不可。刘勰提出"意象"应该"有隐有秀"。什么是"隐"与"秀"呢？刘勰认为："情在词外曰隐，状溢目前曰秀。"又说："隐也者，文外之重旨者也；秀也者，篇中之独拔者也。隐以复意为工，秀以卓绝为巧。"① 由此可见，刘勰所说的"秀"正是展现在人们面前的生动的艺术形象，而"隐"则是不直接说出来而由形象显现的丰富意蕴。只有二者完美结合，才能做到"内明而外润，使玩之者无穷，味之者不厌"②。"隐"与"秀"这一对立的范畴，"它们又是统一的，'隐处即秀处'，不直接说出来的多重情意要通过具体生动的形象表达出来"③。成功的审美意象都是具体可感的形象，同时又蕴含着人们丰富的思想感情，是二者的完美统一。康德则指出："审美的意象（asthetische Ideen）是指想象力所形成的一种形象显现。"④ 这种形象显现是外界客观事物在我们内心唤起的感性形象，故不同于抽象的理性观念。但另一方面，它却力求超过经验世界的范围，从而达到理性概念的表现，使理性概念得以取得客观现实的外貌。也正是在这个意义上，康德特别推崇诗，认为诗在所有艺术形式中当占首位，因为诗最能通过感性的形象，表达出无限的理性观念来。"它让想象力获得自由，在一个既定的概念范围之中，在可能表达这一概念的无穷无尽的杂多的形式之中，只选出一个形式，因为这个形式才能把这个概念的形象显现联系到许多不能完全用语言来表达的深广思致，因而把自己提升到审美的意象。"⑤

----

① 周振甫：《文心雕龙注释》，人民文学出版社，1981，第 431 页。
② 周振甫：《文心雕龙注释》，人民文学出版社，1981，第 431 页。
③ 叶朗：《中国美学史大纲》，上海人民出版社，1985，第 229 页。
④ 朱光潜：《西方美学史》（下卷），人民文学出版社，1979，第 399 页。
⑤ 朱光潜：《西方美学史》（下卷），人民文学出版社，1979，第 401 页。

意象本身具有多义性与模糊性，这是刘勰与康德对意象特征的第二点共识。刘勰曾以大量的篇幅从生成的角度论述了意象的这一特征。他说："方其搦翰，气倍辞前，暨乎篇成，半折心始。何则？意翻空而易奇，言征实而难巧也。"① 文章写出来要比所想的差一些，因为用实在的语言不易表达内在的思想，所谓"神道难摹，精言不能追其极"② 也。那么，怎样来解决这一矛盾呢？刘勰主张运用比兴手法，而且要尽量"拟容取心"，直指其精神实质。唯有这样，才能使作者的思想和比拟的事物像肝胆一样紧密结合。另外，还要巧妙地运用夸张手法，因为它可以把深藏在内心不明显的东西表达得十分鲜明生动。那么是不是运用了这些手法，意象的含义就十分明确了呢？不，刘勰认为纵使作者付出了多种努力，运用了各种技巧，"隐"始终是优秀文学作品的最根本特征。因为，再明确简单的意象也包含了字面意义之外的内容，而对这种内容的理解言人人殊。从接受美学的角度考察，意象作为一种艺术形象，其潜在的可能性可以通过不同的欣赏者来实现其多种现实性，从而产生不同的理解和感受，多义性与模糊性也就在所难免了。对此，康德的论述无疑更明确些。他认为，既然意象是以具体形象间接表现诗人的审美感受，那么这种感性形象必然不同于抽象概念的精确性、特指性，而以丰富性和生动性展示出自己的独特性格，其内涵是宽泛和不确定的。"它能引人想到很多的东西，却又不可能由任何明确的思想或概念把它充分表达出来。"③

那么，依靠什么才能创造出这种具象与抽象统一、富有丰厚内蕴的审美意象呢？在这一点上，刘勰与康德都十分重视想象力，认为审美意象的生成必须借助于想象力方能完成。对想象力在审美意象建构过程中的巨大作用，刘勰有着具体而详尽的论述。他首次提

---

① 周振甫：《文心雕龙注释》，人民文学出版社，1981，第295页。
② 周振甫：《文心雕龙注释》，人民文学出版社，1981，第295页。
③ 朱光潜：《西方美学史》（下卷），人民文学出版社，1979，第399页。

出"意象"这一概念便是在集中论述怎样运用想象力来构思文章的《神思篇》中。刘勰是首先把意象作为艺术构思的结果来论述的。那么艺术构思是怎样完成的呢？"文之思也，其神远矣。故寂然凝虑，思接千载；悄然动容，视通万里。"① 这不就是艺术想象吗？只有依赖于想象，艺术家才能飞越时空的长距，思想纵横千年万里，寻找和捕捉完美的意象。可见，艺术想象是艺术构思的中心，其终极指向是创造情思与物象相统一的审美意象。同样，康德也把想象力放在审美意象创造过程的首位。他对审美意象所下的定义便是"由想象力所形成的一种形象显现"②。如前所述，审美意象离不开感性形象，但这种感性形象，却不是经验世界的翻版，而是由想象力所重新创造出来的。"想象力（作为创造性的认识功能）有很强大的力量，去根据现实自然所提供的材料，创造出仿佛是一种第二自然。"③ 正因为如此，在经验中显得平淡无奇的东西，想象力可以使它变得赏心悦目。不但具象化，而且达到理性的高度。所以，康德认为审美意象的能力，"单就它本身看，这种功能在实质上只是想象力方面的一种才能"④。

　　文学艺术应该运用富有创造性的想象力创造出具有丰富内蕴、物我融合的审美意象。在这一点上，刘勰与康德的认识是一致的。但在关于依靠什么才能实现这一目标的问题上，他们的看法却大相径庭。几乎在提出"意象"概念的同时，刘勰就探讨了达到这一目标的途径。即：1. "陶钧文思，贵在虚静"；2. "积学以储宝"；3. "酌理以富才"；4. "研阅以穷照"；5. "驯致以怿辞"。⑤ 有了这样的修养，就具备了创作的先决条件。尽管人的才能有高有低，性情

---

① 周振甫：《文心雕龙注释》，人民文学出版社，1981，第295页。
② 朱光潜：《西方美学史》（下卷），人民文学出版社，1979，第399页。
③ 朱光潜：《西方美学史》（下卷），人民文学出版社，1979，第399页。
④ 朱光潜：《西方美学史》（下卷），人民文学出版社，1979，第400页。
⑤ 周振甫：《文心雕龙注释》，人民文学出版社，1981，第295页。

亦千差万别，但人人都可以通过上述几条努力写出好文章。康德则认为"美的艺术必然要作为天才的艺术来考察"①。这样，他对艺术的分析，一转而为对于天才的分析。他认为在审美意象的塑造上，只有天才能够把某一概念转变成审美的意象，并把它准确地表达出来，这一点，既不是学问，也不是勤奋所能办到的。那么天才是怎样创造出作品来的呢？对此，"不能加以科学的说明"，甚至于他自己"也只知其然而不知其所以然"②。这与刘勰对艺术品创造条件及过程的条分缕析形成了鲜明的对比。而且康德还认为天才和模仿的精神是完全对立着的，天才是不能传授的，他不能告诉旁人怎样去创造同样的作品。据此，他断定牛顿不是天才，因为他的所有研究步骤，从几何学的最初原理到他最伟大和最深刻的发现都可以明确地讲出来，旁人可以学习。从这里，我们可以看出康德对天才的推崇何等无以复加。和刘勰相比，他对艺术规律的探讨总是从艺术家主观的天性入手，而不像刘勰那样从艺术怎样反映现实着眼，所以不免带有唯心论的偏颇。但与此同时，他又受到古典主义强调学习和规则理论的影响，推崇鉴赏力，认为鉴赏力像判断力一样，是对天才的一种训练和管教。这种看法在一定程度上补充和纠正了他前面的偏差。

　　另外，受中国"诗言志，歌咏言"传统的影响，刘勰认为诗主要表现诗人的情志。因为"人禀七情"，受到外物的刺激后，便产生了一定的感受，从而有了抒发这种情志的愿望，于是诗便产生了。这种把诗看作人的情志的抒发，而不是对客观外物的描摹的观点，和中国传统的"重意轻象"的意象理论是一脉相承的。这种倾向形成了整个中国传统艺术重情重意而轻形轻模仿的特征。而康德的情况则比较复杂。在"模仿说"的旗帜下，西方的意象理论从一开始

---

① ［德］康德：《判断力批判》，宗白华译，商务印书馆，1995，第153页。

② 蒋孔阳：《德国古典美学》，商务印书馆，1980，第107页。

运用"image"一词，总的倾向就是侧重于客体外形方面的解释，认为艺术就是为了反映这种客体。受其影响，康德在《美的分析》中也主要从形式方面来谈美。另一方面，他又受到18世纪浪漫主义思潮的冲击，强调自由创造，推崇个人情感，这使他又倾向于表现。在谈到审美意象时，他又给美重新下了个定义："美（无论是自然美还是艺术美），一般可以说是审美意象的表现。"① 既是表现，就一定有所表现的内容，因此康德关于美的看法，逐渐从形式扩展到内容。然而他的论述并未对当时的西方艺术产生直接的影响。直到二十世纪初，西方现代艺术兴起，现代西方美学和文艺思想的发展呈现出向中国传统美学思想靠拢的趋向。以刘勰为代表的中国古典美学，追求情景交融而偏重于情，追求心物契合而偏重于心，追求虚实统一而偏重于虚，追求再现与表现一体而偏重于表现。后来西方现代的符号论美学、现象学美学以及格式塔心理美学也是以强调文艺的表现性为特征。在当今各国美学和艺术批评中，意象实际上已经成为一个融汇了东西方诸民族的艺术审美经验，一个既有确定的基本含义、又有丰富多彩的外在表现形式的文学艺术术语。

刘勰是文学批评家而非哲学家。他研究意象理论的目的在于总结文学创作的经验和规律，以纠正当时诗赋创作中的虚浮靡弱倾向，提倡一种健康的文风。康德则不然。他的美学思想是其整个哲学体系的一个不可分割的组成部分。他研究审美意象问题是为了解决人的认知系统与道德系统的关系问题。他重视审美判断力，并不是因为这判断力对审美活动和艺术创作有重大意义，而是为了寻找纯粹理性与实践理性之间的桥梁。基于研究目的的不同，刘勰与康德对意象的研究方法也大相径庭。刘勰侧重于经验归纳。他以文学鉴赏家的身份，从文学创作与欣赏的实践中总结意象的特征与创作规律，也就是从形而下的经验上升到形而上的观念，因而十分贴近文艺活

---

① 朱光潜：《西方美学史》（下卷），人民文学出版社，1979，第403页。

动的实际。康德美学则不然。他关于审美意象的思想主要依赖于纯粹的哲学思辨，是严密的逻辑推理的产物。

　　总之，刘勰与康德的意象理论有许多的区别，但同时又有着内在的一致性，原因就在于他们都是人类自我审美意识觉醒的伟大代表，其理论的提出标志着人类美学思想发展的一个崭新阶段。

20 世纪中国文学中的个性解放思潮

作为五四新文化运动的光辉旗帜和锐利武器，个性解放思潮曾是一个时代的突出主题，并反映在中国新文学的主旋律中。正如郁达夫所说："五四运动的最大的成功，第一要算'个人'的发见。从前的人，是为君而存在，为道而存在，为父母而存在的，现在的人才晓得为自我而存在了。"①

一、"人"的呐喊（1917—1921）

作为五四新文化运动的光辉旗帜和锐利武器，个性解放思想在这一时期被广为传播。鲁迅、陈独秀、胡适、周作人等都纷纷著文大力提倡。尼采、雪莱、拜伦、易卜生、歌德等人的人生与文学主张是他们的主要思想来源。在这些激进的民主主义知识分子的推动下，个性解放在社会上，尤其是知识青年群体中激起巨大的情感浪花。反映在文学上，则是"狂人""娜拉"式的人物形象如雨后春笋，层出不穷。从"我崇拜我自己"的"女神"到"我是我自己的"子君，从《终身大事》到《斯人独憔悴》，都贯穿了一个鲜明的主题：个性解放。

自我力量的极度张扬与对旧世界的猛烈抨击和彻底否定，是这一时期个性解放思潮表现在文学中的突出特点。作为现代文学开山

---

① 郁达夫：《中国新文学大系·散文二集》，上海文艺出版社，2003，第5页。

之作的《狂人日记》首先举起了"人"的旗帜。"狂人"傲视封建势力的重压，无视俗见毅然呼出了封建伦理观念"吃人"的本质，发出了"从来如此，便对么?"的大胆怀疑。面对"又想吃人又鬼鬼祟祟、想办法掩饰"的周围人，"我忍不住，便放声大笑起来"。这种无私无畏、无遮无拦、充满勇气和正气的狂傲，正是五四时期人的个性极大张扬的鲜明表现。同样，开一代诗风的《女神》中那个气吞日月，"如烈火一样地燃烧、如大海一样地吼叫"的"自我"，更是那个时代个性解放要求的诗的表现。在这个"自我"面前，什么天地、君臣、父子、夫妇，一切上下尊卑的封建伦理权威，都被踏倒毁坏。这种对"自我"力量的极度夸张，同样是实现自我个性解放的诗的宣泄。对统治着旧我的封建礼教、扼杀人性的封建专制社会的激烈批判与彻底否定则从另一个方面体现了五四时期觉醒过来的个人的叛逆精神和个性解放的要求。"狂人"对中国几千年历史就是统治者用仁义道德"吃人"的历史的论断;"女神"对没有太阳的中国"冷酷如铁、黑暗如漆、腥秽如血"，是人民的"屠场""囚牢""坟墓"，不如死尸一般"请了"的斥责;包含了对当时社会多么决绝的否定。这也是一个现代意识觉醒了的个人才会有的发现。

这一时期个性解放的要求显示出狂飙突进的巨大力量，体现了觉醒的中国人对自我力量的极大肯定与追求。但另一方面，由于历史的原因，这一时期的个性解放追求必然格外痛苦与艰难。这是一个国困民艰的时代，社会满目疮痍，封建专制思想仍统治着绝大多数的中国人，个性解放思想的传播仅局限于少数青年知识分子。相对于整个社会而言，他们是孤立的个人，是不被理解的"狂人"和"疯子"。他们对个性解放的倡导在很大程度上犹如稀疏的雨点落在死寂的沙漠里。这种冷酷的现状使首先觉醒过来的知识分子们异常痛苦。正如恩格斯所说，历史总是把它最优秀的儿女送上祭坛。作为新思想的倡导者和启蒙者，他们注定要背负内心沉重的创伤。鲁迅笔下的魏连殳（《孤独者》）就是一个首先接受了西方民主主义思想熏陶的先驱者的典型形象，他在寒石山的境遇正代表了西方民主主义思潮最初进入中国时的命运。在人们的眼里，他是一个"新党"，"仿佛将他当作一个外国人看待"，而社会现实却又不允许他与社会隔绝。流言追逐着他，失业打击着他，他只有"躬行原先所憎恶的一切"。他的所谓"胜利"包含了多么大的悲哀。他最后的寂寞死去，正显示了个性解放思想在刚刚进入封建中国几千年板结土壤时的分外艰难和悲壮。

另一方面，我们不能不看到，尽管五四新文化运动的先驱者们把个性解放作为改造中国社会的有力武器大力倡导并为之经受了极大的痛苦，这一时期文学对个性解放的追求却并不纯粹，而是与社会改造和社会解放意识紧密相连。他们在试图唤醒人们的自我意识的同时，总是把启发民众的觉悟作为首要的目标，他们的个性追求更多是为了民族的解放，而不是他们自己的个性自由。"狂人"最终呼唤的是"救救孩子"，《女神》中的自我也不是作者一己的生死歌哭。尽管这一时期刘大白、康白情、郭沫若也写出了抒发个人情感与个性要求的篇章，但远远算不上主流。和后来的个性解放文学相比，这时期的作家们对封建思想扼杀人性的批判多于自我个性的张扬，对饱受苦难的劳动人民的同情多于对一己"人"的需要的追求，对个性解放理论上的倡导多于个人行动上的实践，实质上仍是在代国家、代民众立言。

二、自我的吟唱（1921—1926）

这一阶段是五四新文化运动与文学革命的继续发展。理论上虽没有实质性的进展，却是个性解放思想在中国由理论倡导到现实追求的关键期。与第一阶段相比，显出了许多迥然不同的新特点。许多五四运动中觉醒的青年学生与知识分子投入到新文学战线，使这支主力军的阵容空前壮大。这些更为年轻的一代更勇猛更大胆了。他们的"人"的呼喊更多是站在个体的角度，从自身的需求出发，追求自己作为人的全部正当权利和要求，因而具有更纯粹更完整的个人色彩。

郁达夫率先以小说的形式惊世骇俗地暴露和正视人的生理欲望和这种欲望得不到正常满足的内心苦闷，第一次把被传统道德视为"万恶之首"而放逐十八层地狱的"人欲"公然亮诸天下，实际上宣告了包括性爱在内的人的生理欲望的内在合理性。庐隐、丁玲、淦女士（冯沅君）则以大胆泼辣的笔致，从女性的角度，以女性的眼光，淋漓尽致地裸露了女性千百年来羞于启齿、讳莫如深、横遭禁锢的情爱性爱心理，无所顾忌地喊出了个性自由、婚姻自由的强烈要求。这一时期，争取爱情自由的呼声是如此之高，以至于几乎成了个性解放的代名词。而肯定了爱情的合理性，也就在一定程度上肯定了个性解放意识的合理性。大胆追求爱情幸福、婚姻自由的作品的大量涌现，显示了个性解放思想在这一时期的深入发展。

在以个性解放为武器追求个人幸福与自由的斗争中，年轻一代的作家们展示了更加无所顾忌、更加大胆坦言、更加自信清新的特点。他们不再仅仅执着于对旧世界的批判，而更多着力于对生活的大胆追求、纵情歌唱。湖畔派诗人是其中最突出的代表。正是他们，在中国现代文学史上第一次把符合自然的人性要求，化为优美的歌声来咏唱，歌颂青年男女热烈、真挚、缠绵的爱情，追求"灵魂的拥抱"与"肉体的飞舞"。他们就像花儿在春天开放，像鸟儿在清晨歌唱，唱出自己追求"爱、美与自由"的心曲，他们带给当时文坛的，是一股生机勃勃的充满生命与青春活力的泉流。这时候，个性解放，不再仅仅是先驱者们用来救国救民的抽象理论，而成为社会上广大青年用来同封建传统、封建思想做斗争的切实武器。先驱者们从国外嫁接过来的种子已开始生根发芽，个性解放思想已逐渐成为广大现代新型知识分子的立身之本，成为他们自身血液的一部分（虽然并不牢固）。

三、淡化与深化（1927—1936）

1927 年大革命失败，国民党反动派的屠杀政策在全国迅速造成白色恐怖。"五四"所开启的相对自由的时期已宣告结束，全社会一下子变得空前政治化，整个新文学的创作也因此出现了政治化的趋向，"从坚持个人主义走向工农大众的革命的道路"①。革命文学兴起，大批作家的视野从单个的自我转向自我以外的社会，大量在"五四"退潮后深感苦闷彷徨的知识分子靠近了革命，走向了一条与前期个性解放截然不同的阶级解放的道路。当时的主要思想倾向是把二者决然对立起来。在中国最早打出无产阶级文学旗帜的蒋光慈就说："革命文学是反个人主义的文学！"无产阶级作家都是集体主义者。"在他们的作品中，我们只看见'我们'，而很少看见'我'。自然，他们有时也有用'我'的时候，但是这个'我'在无产阶级的诗人眼光中不过是集体的一分子或附属物而已。"② 可以想见在这种思想潮流的影响下，文学创作的风貌发生了多么大的变化。诅咒爱情、否决爱情的声音充斥文坛，"革命+恋爱"而且总是革命战胜恋爱的小说模式风行一时。从二十年代末的创造社、太阳社到三十年代的"左联"，这种模式形成一股强有力的潮流，在政治宣传和文学批评的领域产生了越来越大的影响，个性解放的主题无可奈何地淡化了。

但从作品价值的角度来看，无论创造社还是太阳社，主导倾向都是公式化、概念化趋势，未能留下经得起时间考验的作品。左翼作家所能拿出来与非左翼作家比肩的作品也只有一部《子夜》。而且

---

① 冯雪峰：《冯雪峰文集》，人民文学出版社，1981，第 92 页。
② 蒋光慈：《关于革命文学》，载中国社会科学院文学研究所现代文学研究室编《"革命文学"论争资料选编》，人民文学出版社，1981，第 144 页。

由于他们主办的几个刊物大多销量很少且发行时间不长，在社会与读者身上的影响力也十分有限。据此，有的研究者认为三十年代所谓的"革命文学"，"有很大部分是纸面上的虚构，是五十年代以后某种意识形态通过文学史教科书刻意制造的一个神话"①。所以从全局来看，个性解放仍是这一时期的文学创作主潮。与之前两个阶段相比，文学中个性解放思想的发展呈更加深化的趋势。巴金、老舍、曹禺在这一时期都创作出了他们的高峰之作。从他们的作品中，我们可以看到，个性解放思想在广大青年中更加普及了。

　　这首先表现在作品中人物身份的变化上。五四时期的魏连殳、吕纬甫、无惮狂呼的"零余者"、纵情歌唱的湖畔派，在当时的社会，是首先接受个性解放思想的先行者，是社会的极少数。而觉新、觉民、觉慧、繁漪，则是一代身份更加普通的青年知识分子。他们大多未曾像前几代知识分子一样留学海外，从西方直接接受个性解放的熏陶，而是在中国现实的土地上土生土长起来的知识青年，他们对个性解放、个人自由的追求大多来自"五四"一代人的启迪，因而更充分地显示了个性解放思想在中国社会被接受的程度。当然这时期封建势力依然十分强大。在觉慧们的头上，有像高老太爷、冯乐山、克明、克安、克定这样的长辈，如高高的金字塔一般矗立着。青年们的婚姻、前途，甚至举手投足都受到他们的压制和管束。等级森严的高家，仿佛一个庞大无比的蜘蛛网，使年轻一代动弹不得。在周公馆，周朴园更是君临一切，"替孩子们做个服从的榜样"就是他对繁漪的要求。但另一方面，青年们作为一个群体奋起反抗了！觉醒了的年轻人，不再是单个人，而是一群人、一代人。高家的觉字辈和他们的同学朋友结为一体，周公馆的繁漪和她的儿子周冲也有着内在的相通性。他们与封建势力的斗争，不再是少数人对整个社会，而是新老两大阵营之间针锋相对、势均力敌的较量。他

────────────────

　　① 王晓明：《刺丛里的求索》，上海远东出版社，1995，第43页。

们的斗争方式，也不再只是精神上的藐视与意志上的抗争（黑暗势力绝不会因为他们的藐视而自行消退），而是用实际行动来反抗一切压制、打击、剥夺他们作为"人"的基本权利的旧的统治势力。觉民抗婚、觉慧出走，甚至繁漪，这个没有出走的中国的"娜拉"，在受压十八年之后也终于爆发出"我是人、一个真正要活着的女人"的雷雨般的呼喊，使周朴园极力维护的"最圆满、最有秩序"的封建"体面"家庭，现出人间地狱的原形。这些都显示了在以个性解放为核心的西方民主主义思想的冲击下，以封建大家庭为缩影的封建社会及其思想文化势力必然崩溃的历史趋势。应该说，没有什么比这一点更能显示出新生力量的日益壮大与个性解放思潮在中国的深入发展了。

在此，需要提及的是这个时期的代表人物巴金个性解放思想的形成。探究它有助于我们了解中国现代个性解放思潮的形式和不同来源。1919 年五四运动爆发时，巴金十五岁，他大哥从成都市内唯一的一家代售新书报的书铺买来了《新青年》《每周评论》等新刊物，给了少年巴金以最初的思想启蒙。五四新文化运动以全新的思想、全新的时代旗帜，唤醒了整整一代中国青年，它对人的尊严的维护，对个性解放的追求，为巴金奠定了一生的思想基础。正如他自己所说："我们是五四运动的产儿，是被五四运动的年轻英雄们所唤醒所教育的一代人。"[1] 其次，则是以克鲁泡特金、高德曼、柏克曼、凡宰特等人为代表的无政府主义者给了巴金以巨大的影响。终其一生，巴金都未改其无政府主义者的思想立场。甚至他走上文学创作的道路，也不同于一些资产阶级或小资产阶级作家那样自觉地把文艺作为避风港去逃避现实；也不同于一般革命民主主义作家那样怀着"文艺救国"的企图，用文艺来唤醒国民的灵魂；更不同于

---

[1] 巴金：《五四运动六十周年》，载《随想录》，生活·读书·新知三联书店，2004，第 59 页。

党领导下的左翼作家以文艺为武器从事革命活动——他是在他的无
政府主义活动失去了政治舞台之后，不得不借助纸笔来发泄他的战
斗激情。无政府主义离不开个人主义。列宁就说过，个人主义是无
政府主义整个世界观的基础。无政府主义的思想理想是追求个性的
自由发展和人与人之间的和谐，要求个性的彻底解放——这一点与
它的政治理想一起被巴金所吸收。

四、被迫的退场（1937—1949）

1937 年，抗日战争全面爆发，从此中国进入战火纷飞的民族革
命战争时期。广大文艺工作者怀着强烈的民族义愤，积极投身到抗
战的洪流中，文学的面貌也随之发生了极大的变化。（随后的解放战
争，文学延续的仍是抗战时发展起来的轨迹。）

最突出的一点是，文学从代个人立言重新回到代国家、代民族
立言的轨道，"自我"开始从作品中消失。郭沫若把抗战时的诗集定
名为《战声集》，很可以用来概括当时各种体裁作品的主要内容和基
调。这时期的文学作品都是以表现民族呼声为己任的。这时期的代
表诗人艾青，其诗作题材总是集中于农民和士兵，内容则总是表现
民族的苦难与抗争。即使有"流着忧郁的泪水"的人物，也在群体
斗争的鼓舞下变得"坚强起来"，摆脱个人主义的束缚向革命集体靠
拢。另一个诗人田间则直接被誉为"时代的鼓手"。戏剧方面的代表
之作，夏衍的《上海屋檐下》和《法西斯细菌》表现的也都不是一
己的要求，而是整个民族的悲欢。作为小说领域扛鼎之作的《四世
同堂》，更是把笔墨集中在这一时期整个民族所经受的苦难与抗争
上。解放区的文艺更不必说，它延续了二三十年代左翼文学的道路，
形成了工农兵文艺运动与文艺创作的高潮。据周扬在《新的人民的
文艺》一文中统计，解放区文学中描写农村土地斗争、解放战争与
人民军队的作品最多。其次则是描写农村土地斗争及其他各种反封

建斗争（如减租减息、土地改革）的作品。这种重群体、轻个人，重民族解放、轻个人解放的文学转向是战争这种特定的历史环境所决定的，同时也是当时作家们的自觉追求。其意义就在于，他们在更深的层次上发现了人类整体中的主干部分——被压迫的工农大众的价值，把人的解放具体地从"个人主义"式的解放发展为被压迫者整个阶级的解放，结合着抗日战争掀起了全民族觉醒与抗争的浪潮。

在这种宏大的历史潮流之下，也还有一小批作家坚持五四现实主义文学的传统，并试图把个性解放与民族解放结合起来，这就是以胡风为首的"七月派"。胡风是在左联活动的后期进入文坛的，他的现实主义受了以卢卡契为首的国际现实主义潮流的影响（胡风是中国卢卡契理论著作的第一个翻译者与介绍者），更是对左联前的中国现实主义理论——鲁迅精神和五四传统的继承和发展。更重要的是，他对这个传统的内容做了深入的阐发，并以此为基础建构了自己的现实主义体系。在思想主题上，他继承了"改造国民性"的思想，要求文学描写人民"几千年精神奴役的创伤"，而这个"创伤"的中心内容便是人民的个性意识的被抹杀、被损害。革命文学运动以来，中国输入的苏联现实主义理论都把人民当作理想的英雄典型来描写，而胡风认为，人民在历史上经历着三个阶段，从"被当作千人一面的劳动机械"到被承认"各有个性的生命"，再到"各有个性的生命得到最大的开花"。这里概括了人民由消极、被动、潜在的历史主体到成为积极的、主动的、真实的历史主体所经历的一般过程。而中国人民当时还没有走出"无非张三李四"的第一个阶段，即还没有普遍的个性意识。所以文学的主要任务就是要唤醒他们的自我意识，清除他们身上几千年封建主义的污垢。只有在这样的基础上，社会解放才可能是完全与彻底的。在作家方面，胡风主张高扬作家的主体，提倡鲁迅"心"与"力"的结合，要求革命现实主义作家充分发挥主观战斗精神，其理论的全部着眼点在于他把创作主体的主观能动性提到了一个决定性的位置，以强化和深化主体自觉追求现实主义胜利的主观意识。体现在创作上，路翎的《财主底儿女们》就塑造了一个三十年代中后期至抗日战争期间的个人主义者蒋纯祖的形象，提倡一种走向与人民深刻结合的真正的个性解放。"七月派"是五四传统与抗战结合的产物，是对以个性解放为思想旗帜的五四新文学的继承和发展。

　　在解放区，在工农兵文学主潮之下，也涌动着一股迥异的文学细流。1941 年至 1942 上半年，王实味、丁玲、艾青、罗烽等人先后发表了一批论文与作品，针对解放区存在的旧观念、旧思想残余及各种小农意识进行了批判。他们在文艺与政治的关系上，强调作家主体意识的张扬，呼唤艺术创作的独立精神，要求强化文学的社会批判意识。就其创作的精神实质而言，仍是个性解放思想在起主导作用。

试探个性解放思潮在现代文学中退潮的原因

个性解放思潮是中国现代文学的开端和基石。正因为如此，它的急剧退潮才引人深思。要充分说明这个问题，不能单纯地从个别方面，而应从社会与时代、历史与现实、内部与外部等各个方面对之进行综合考察。因为任何一种思潮的涨落都不是单一原因所致，而是多种因素合力作用的结果。

一、贫瘠的经济土壤

个性解放作为近代以来西方价值观念的核心和"第一语言"①是随着资本主义经济制度的确立而发展起来的。按照马克思关于社会历史发展的"三形态"理论②，资本主义社会是以"物的依赖关系为基础的人的独立性"为特征的社会，它必然以个人为本位。在此之前，则是以"人的依赖关系"为特征的社会，包括以血缘为纽带的封建宗法制社会，与之相适应的是封建群体本位主义。在此之后的"建立在个人全面发展基础上的自由个性"，是第三个阶段。社会历史由第一形态进入第二形态，个人本位主义也就取代封建的群体本位主义。而中国当时的社会状况又是怎样的呢？帝国主义列强的入侵，打断了中国由封建社会向资本主义社会过渡的正常进程，

---

① ［美］查尔斯·雷诺兹、拉尔夫·诺曼编著：《美国社会》，徐克继等译，三联书店，1993，第183页。

② ［德］卡尔·马克思：《马克思恩格斯全集》（第46卷），人民出版社，中共中央马克思恩格斯列宁斯大林著作编译局译，1980，第104页。

帝国主义与封建主义相勾结，从政治、经济、军事上统治中国，不容许中国独立地发展民族工业，建立独立自主的资产阶级共和国。中国的资本主义在帝国主义、封建主义的夹缝中求生存，其发展仅限于城市且极不发达。广大农村则仍是千年一贯的小农经济及与之相适应的宗法社会。这种经济状况下，中国开始摆脱第一种形态，却并不是转入典型的第二种形态。因此自由平等、民主科学、个性解放等西方民主主义观念并不是在中国的土地上自然而然地产生并发展起来，而是现代首先觉醒起来的知识分子向西方寻求救国救民道路的结果。正如王富仁先生在《中国反封建思想革命的一面镜子》中所论析的那样，这些现代意义上的知识分子是被寄养到资产阶级学说的乳母那里并吃着它的奶汁长大的。中国社会真正的"人"的观念，是这些知识分子们横向移植的结果，因而缺乏广泛而坚实的经济基础。经济基础决定上层建筑，经济基础的薄弱使中国当时全部的社会关系和政治制度都阻碍个性解放的实现。

另一方面，外来的军事与经济侵略，内部的军阀混战、内战频仍，使中国社会日益贫困。无论城市还是乡村，大多数的中国人仍在贫困线上挣扎。作为社会生活的反映的文学，真实地描绘了中国农民、市民及小知识分子们生活的极端艰难与深重的精神创伤。鲁迅笔下多的是在"多子、饥荒、苛税、兵、匪、官绅"逼迫下苦得像一个木偶人的闰土，和上无片瓦、下无寸土、不得不靠出卖体力为生的阿Q。经济的极端贫困，使他们根本无心于少数知识分子的革命与思想启蒙，思想的愚昧麻木又使他们常常充当封建势力的帮凶。茅盾的《农村三部曲》则刻画了20世纪30年代农民迅速破产的命运，萧红的《生死场》反映的则是"九·一八"前后东北农村人们在封建思想与日本帝国主义双重桎梏下苦不堪言的生活。可以想见，在这种强大的生存压力下，农民的思想解放与个性解放只能是一些不切实际的幻想。郭沫若首先认识到这个问题。他在宜兴做战祸调查后，说："我从前是个尊重个性、景仰自由的人，但在最近一两年间与水平线下的悲惨社会有所接触，觉得在大多数人完全不自主地失掉了自己、失掉了个性的时代，有少数的人要来主张个性、主张自由，未免出于僭妄。"①

城市的状况也不容乐观。破产后的农民走进城市，成为人力车夫、烟厂女工、小职员，也还是在贫困线上挣扎。就连追求个性解放的知识者们，生活的沉重压力也极大地限制了他们的精神追求。是穷得连买邮票的钱都没有的困境，使坚持反封建的魏连殳躬行他"先前所憎恶，所反对的一切"；是无以为继的生活使涓生与子君感情分裂。从郁达夫的《沉沦》到巴金的《寒夜》，知识者为贫困所苦的题材在现代文学史上一直连绵不绝。连最低生活条件都不能满足的现状使得他们的个性解放追求无法实现，这些作品充满了觉醒者在现实的物质要求面前束手无策的精神悲哀和无奈叹息。这种状况甚至使鲁迅在"五四"后期都对个人主体性的力量产生了怀疑："要适如其分地发展各个的个性，这时候还未到来，也料不定将来究竟可有这样的时候！"② 他已认识到客观物质世界对人的精神力量的决定性作用，如他多次论述过"解放社会"与"解放自己"的辩证关系③，主张人的解放只有在变革社会制度中才能实现。因而他也最终接受了唯物史观，并积极投身于共产党领导下的革命事业。

西方的个性主义者在神的束缚解除之后，可以大力追求自身正当的权利，充分发展自己。而当时中国人在巨大的经济困境压迫之下还无法做到这一点。现实的贫困与物质的落后不是单纯的精神追求所能战胜或超越的，这就注定了近乎无根之木的个性解放思潮在现代中国社会的不能久存。

---

① 郭沫若：《沫若全集》（第 10 卷），人民文学出版社，1959，第 3 页。

② 鲁迅：《两地书》（四），载《鲁迅全集》（第 11 卷），人民文学出版社，1981，第 20 页。

③ 鲁迅：《南腔北调集·关于妇女解放》，载《鲁迅全集》（第 4 卷），人民文学出版社，1981，第 59 页。

二、特定的时代制约

中国现代历史的突出特征是社会动荡不安，斗争尖锐激烈，政治局势主宰着生活的各个方面。1925 年的"五卅"惨案形成了全国规模的反帝怒潮，揭开了大革命的序幕；1927 年"四·一二"的腥风血雨，把国内阶级斗争的矛盾推向了顶峰；1931 年"九·一八"日本侵略者的枪炮声，拉开了侵略与反侵略民族战争的历史序幕。时代风云同样波及并很大程度上主导了文学的发展方向。

以追求"人的解放"为主导的"五四"新文学向无产阶级革命文学转向的势头是从 1925 年开始的。中国社会由此进入一个急剧动荡、风云变幻的历史新时期。帝国主义的野蛮屠杀、军阀政治的黑暗统治、工人运动的高涨，这一新的时代激流给当时的文坛以极大的冲击。在现实的变革面前，作家们再难以安于书斋生活，社会召唤着他们投身到时代洪流中去。几乎于"五卅"运动的第二天，创造社的代表人物都不约而同地发表"转向"的宣言："我们现在所需要的文艺是站在第四阶级说话的文艺，这种文艺在形式上是写实主义，在内容上是社会主义的。"① 这一向左转趋势的主要方向是：个性让位于阶级，功利代替了审美，浪漫转移为现实，群体的悲鸣代替了个性的张扬。其根本原因就是中间横亘着一个血淋淋的"五卅"。20 世纪 30 年代更是民族矛盾和阶级对立空前激化的时代，随着大革命的失败，政治局势骤然恶化，左翼文学蓬勃兴起。郭沫若这样一个热烈的个性解放主义者，在这一时期却一再宣扬："在现代的社会没有什么个性，没有什么自我好讲。讲什么个性，讲什么自由的人，可以说就是替第三阶级说话。"② 这种陡然的变化，正是大

① 《洪水》（半月刊）1926 年第 2 卷第 6 期。
② 《洪水》（半月刊）1926 年第 2 卷第 16 期。

革命失败后的低潮情势所决定的。它使左翼知识分子产生了内在焦虑，使他们认为，大革命失败的原因在于他们自身的小资产阶级劣根性，如个人主义、自由主义等。所以他们才迅速抛弃曾给予他们最初启蒙的个性主义，转向张扬群体主义的革命文学。抗日战争的爆发更使绝大多数作家放弃对个性解放的追求，汇入到民族解放的洪流中。救亡图存和社会政治革命成了时代的中心课题，高扬民族群体意识，提高民族凝聚力、向心力，保证民族解放是时代的主旋律，民族的生死存亡取代了一己的喜怒哀乐。这时候最需要的是突出宣传教育功能的文学，一切从长计议的思想启蒙在家国危亡之际都显得不合时宜。《原野》远不如《雷雨》《日出》轰动，被胡风誉为"五四以来中国知识分子底感情和意志的百科全书""中国新文学史上的一个重大的事件"① 的《财主底儿女们》，未如预料的那样取得引人注目的效果，相反却陷入近三十年的沉默之中，根本原因就在这里。

丹纳曾言，一切物质文明与精神文明的性质面貌都取决于种族、环境、时代三大因素，时代尤其是决定一个时期思想潮流的关键因素。我们从个性解放思潮随中国现代斗争的日趋激烈而逐渐消退的过程，可以看出这个动荡不安的时代的确没有给个性解放以充分发展的余地。个人命运的焦虑总是很快被纳入全民族的危机感中。个人无法摆脱时代的重轭，迫切的社会变动与政治斗争取代思想启蒙成为时代的主题。群体的解放也就代替个性的解放成为文学表现的重心。

三、苏俄及日本的影响

20 世纪 20 年代末到 30 年代，左翼无产阶级文学在中国兴起。

---

① 胡风：《胡风评论集》（上），人民文学出版社，1984，第90页。

正如某些研究者所指出的，它的出现从根本上改变了中国文学的格局和整体面貌，其后的解放区文学和十七年文学都是沿这个方向发展的。它对中国文学发展的巨大贡献是有目共睹的，但同时这个文学思潮从一开始就带有几个错误命题，而且由于时代的原因一直未曾遭到彻底清算，如把文学简单地等同于政治宣传，把部分"五四"作家划为小资产阶级盲目批判，进而错误地否定"五四"新文化运动，实质上也就是把建立在个性解放基础上的西方民主主义树为斗争的靶子，从而直接促成了个性解放思潮在中国的夭折。而这些错误命题的出现，是和苏俄、日本的影响分不开的。

首先对中国文坛发生影响的是苏联早期几个文艺派别——列夫派、岗位派、山隘派。列夫派主张创造无产阶级文学并要求文学要服从于"社会订货"的要求。岗位派则强调艺术有阶级的性质，是宣传某种政策的武器。山隘派也强调文学的阶级性。他们的观点随20年代中期苏俄文艺论战传入中国，对中国革命文学的产生起了指导作用。在现代文学史上正式提出重新定义文学的李初梨，便否定了"五四"以来关于文学的两个定义——"文学是自我的表现"和"文学的任务是描写生活"。他认为：1. 文学是宣传。一切文学艺术，都是宣传，普遍地而且不可逃避地是宣传。2. 文学，与其说它是社会生活的表现，毋宁说是反映阶级的实践，是一个阶级的武器。① 在这里，他便是将列夫派的强调宣传与岗位派的强调阶级结合在一起了。李初梨的观点正代表了后期创造社同人对文学的理解。这种对文学的定义是如此褊狭，完全否定了文学自身的独特性，也势必否认作家的个人创造性与主体意识。事实上，正是在这种价值观念的引导下，创造社走向了自我否定。郭沫若就一再宣扬"当一个留声机——这是文艺青年们的最好信条"。而当留声机器的实质是什么呢？"就是说，应该克服自己旧有的个人主义，而来参加集体的

---

① 《"革命文学"论争资料选编》，人民文学出版社，1981，第156页。

社会活动。"① 对此，太阳社的主将蒋光慈也有相似的看法。他在《关于革命文学》一文中说："革命文学应当是反个人主义的文学，它的主人翁应当是群众，而不是个人；它的倾向应当是集体主义，而不是个人主义。"②

文学的主张正是一个时代哲学思潮的反映。革命文学兴起之时，正是苏俄社会主义思潮对中国的影响日益增大之际。作为与西方民主主义思想并列影响中国的两大思想潮流（有学者主张"马克思主义在中国的传播和发展是五四以来现代中国哲学的主潮"③），马克思主义对个性解放思潮在中国现代的发展起了极大的决定作用。作为反对资产阶级统治及其哲学的学说，马克思主义主张集体主义与共同解放。但真正的马克思主义并不反对个性自由，而是主张"每个人的自由发展是一切人的自由发展的条件"④。它实质上是对资产阶级哲学中个人绝对自由观点的扬弃，是社会集体意识与个体自由意识在更高层次上的结合。但这一关键点，在传播时，由于种种原因，恰恰有所忽略。

20 世纪 20 年代中后期，列宁去世以后，共产国际"左倾"思潮泛滥。受其影响，日本形成福本主义。福本和夫在分析日本革命的特点时将日本看作是资本主义化过程已结束的社会，从而将社会主义革命与民主主义革命的性质相混淆。这样，他提出的无产阶级转换方向的斗争，就是指开展无产阶级对资产阶级、小资产阶级的斗争。这种对本国民主主义革命性质和任务的错误认识直接影响了当时留学日本的创造社成员，他们对中国大革命失败后的形势的分析与福本理论如出一辙。他们一致认为，中国已进入无产阶级解放

① 《"革命文学"论争资料选编》，人民文学出版社，1981，第 216 页。
② 《"革命文学"论争资料选编》，人民文学出版社，1981，第 144 页。
③ 张岱年：《中国现代哲学与文化思潮》，求实出版社，1989，第 3 页。
④ ［德］卡尔·马克思：《马克思恩格斯全集》（第 46 卷），人民出版社，中共中央马克思恩格斯列宁斯大林著作编译局译，1980，第 491 页。

的新时代，在现阶段，资产阶级与小资产阶级的一部分已逐渐丧失其革命性。"资产阶级已到了他的最后的一日，世界形成了两个战垒，一边是资本主义的余毒，一边是全世界工农大众的联合战线。"① 正是对中国革命性质与任务的这种认识，导致他们在斗争对象与方式上产生偏差。这种偏差表现在文学上，则是将福本主义的分裂斗争作为无产阶级文学运动的经验在中国加以推广，展开一系列的文化批判。他们首先把大部分作家划入小资产阶级行列，认为小资产阶级是没有任何革命性的。他们又用一种简单化的阶级分析方法检视作家作品，并对"五四"新文学革命进行"再评价"。他们要批判的不是文学革命尚未完成的对封建传统文化和文学观念的批判，而是新文学本身。"五四"文化成了无产阶级文化的对立面。太阳社则在创作上对之加以响应，"革命+恋爱"且总是革命战胜恋爱的小说模式盛行一时。受苏联"拉普"影响，左联也表现出同样的认识——"我们的艺术是反封建阶级的、反资产阶级的、反对'失掉社会地位'的小资产阶级的倾向"② ——从而削弱了对封建主义的批判。与此相一致，个性解放作为资产阶级思想的核心，被看作无产阶级意识的对立物遭到否定。郭沫若在回顾自己方向转换的文章中就把个性自由作为小资产阶级观念而弃置了。

四、中国传统文化的深层掣肘

从文化范式来看，中国传统文化属伦理—政治型文化范式。其伦理理性的核心在于"仁"，即力求把个体需求统合在集体、国家或民族的总体生活中。在其代表思想儒家学说里，没有欧美近代思想的个人主义观点，其道德论也不是追求个人幸福，而是以"修身、

---

① 《"革命文学"论争资料选编》，人民文学出版社，1981，第136页。
② 《左翼作家联盟底成立》，载《萌芽月刊》1930年4月第1卷第4期。

齐家、治国、平天下"作为人生价值的最高实现，追求的是个体所属社会的幸福，这一点正是中国传统文化与西方以个体为出发点的思想文化最根本的区别。"五四"新文化运动开启的便是一条以西方民主主义思想为武器来审视传统文化的改造之路，但文化作为人的心理与思想的深层积淀，是不那么容易改变的，它会以各种各样的形式影响人们的生活。即使在那些最激烈抨击传统文化的"五四"新文化主将那里，传统文化的印记也仍然那么明显。

最突出的表现是，这一时期的个性解放思潮总是与社会改造的主题紧密相连，互为因果。"五四"作家们总是自觉不自觉地将个性解放与整个社会的前途联系在一起。鲁迅探讨"国民性"，揭露封建思想、封建道德"吃人"的本质，为的是"救救孩子"，是代整个民族要求人的权利与幸福，而他自己的个性要求却从未谈及。他所做的是"背着因袭的重担，肩住黑暗的闸门，放他们（下一代）到宽阔光明的地方去"①。更有许多作家，早期追求个性解放和个人自由，后来却掉转头走向社会改造，有的甚至反戈一击，把个性解放当作斗争的靶子，投身到牺牲个人、为大众请命的革命浪潮中去，如郭沫若、丁玲、郁达夫……这个中国现代文学史上带有规律性的现象，正是内在传统文化起作用的表现。个体与群体相比，总是次要的，这种深层文化积淀使中国现代作家们在面对个性解放与社会解放的冲突时，总是舍弃前者而求后者。个性解放即使在最推崇它的作家那里，也只是手段而非目的。这样，在阶级矛盾与民族矛盾日益激烈之时，个性解放的退隐也就顺理成章了。这与道德、社会、政治、法律、国家不过是"拥护个人之自由与幸福的工具，国家利益，社会利益，名为与个人主义相冲突，实以巩固个人利益为本"②

---

① 鲁迅：《我们现在怎样做父亲》，载《鲁迅全集》（第 1 卷），人民文学出版社，1981，第 140 页。

② 陈独秀：《论中西民族之差异》，载《独秀文存》，安徽人民出版社，1987，第 28 页。

的西方观念有着根本的区别。

五、个性主义本身的局限

个性解放思想在"五四"时期使人们从几千年的封建桎梏中挣脱出来，开始认识到人的价值和尊严。作家们从个人被压抑的个性出发，向整个不合理的社会现实提出控诉和抗议，表现了强烈的反封建意识。然而随着时代的发展，个性解放思潮也日益暴露出自身的不足。这是它在中国退潮的主观原因。

个性解放的个人性往往使作家自我封闭在个人的小圈子里，"咀嚼着身边的小小的悲欢，而且就看这小悲欢为全世界"①。同客观社会和群众缺乏紧密而广泛的联系，在找不到出路、个人愿望受挫时，往往陷入苦闷、彷徨、感伤、忧郁的境地不能自拔，因而缺乏现实力量。同时很多"五四"作家把个性解放仅仅等同于婚恋自由，缺乏对人格全面独立的追求，也使他们的个性解放追求显得单薄褊狭。另一方面，个性解放发展到极端，往往表现为冷酷无情，甚至自私自利。如尼采的学说，就代表了西方对个人权利的极大张扬，同时也包含了它的全部褊狭。他笔下的超人就是最大限度地发挥个人生命的人，同时他又提倡"主人道德"，强者可以不择手段地去镇压弱者，以维护自己的权利。按照这种观点，每个人对自己行为的评价都以获得权力为最高标准，个人的利己意志丝毫不受社会的约束。个性的扩张意味着对和谐的破坏，极端的个人独立性又往往造成人与人之间的巨大隔膜。这一切，与讲究"中庸"、推崇"人情"的中国传统文化心理是格格不入的。在中国，国家就是扩大了的家族，人与人之间讲求的是"和为贵"，追求的是"仁义"。中国现代社会

---

① 鲁迅：《中国新文学大系·小说二集序》，载《鲁迅全集》（第6卷），人民文学出版社，1981，第242页。

虽有了很大的变化，但其根本的结构仍然是"宗法制度基于同族的血缘关系与同乡的地缘关系二者的结合"。这种"家国同构"的结构方式又形成宗法式的伦理道德，长久左右着社会心理和行为规范，造成格外注重血缘关系与推崇浓烈的"孝亲"情感等特点。可以想见，这种社会与个人化的思想和行为是内在排斥的。

极端的个性解放还容易导致政治上的无政府主义。列宁就说过："个人主义是无政府主义整个世界观的基础。"① 而这与现代中国的首要主题——结束一盘散沙的现状，组织一个现代国家——是不相契合的。清政府被推翻之后，由于当时资产阶级力量的软弱，政权随之落到军阀手里，开始了长达十几年的混战，国家四分五裂。随后国共两党的对立一直贯穿近半个世纪。结束战乱，建立一个民主、团结、独立的现代国家成为每个中国人心头的渴望。而无政府主义无法完成这一历史使命，这从它在中国由喧嚣一时到倏然沉寂的发展历史中便可看出。无政府主义思潮在二十世纪初传入中国时曾吸引了大批以救国救民为己任的有为青年，成为当时极有影响的一股思想潮流。其思想核心是反对专制与强权，追求极端的个人自由。巴金的前期作品就塑造了一大批坚持无政府主义的青年形象，他们富于个人英雄主义精神，勇于献身，主张无政党无领袖，不制定纪律，不组织机关，赞美孤军奋战与暗杀手段。这种做法怎么可能与当时强大的封建统治势力相抗衡呢？它的这种空想性质决定了它的命运。随着工人运动的高涨，国民革命的风起云涌，青年们纷纷投身于轰轰烈烈的革命实践中，无政府主义也就偃旗息鼓了。

---

① 《列宁全集》（第 25 卷），中共中央马克思恩格斯列宁斯大林著作编译局译，人民出版社，1958，第 423 页。

叛逆的新人与"出走—回归"模式

> "我在少年时,看见蜂子或蝇子停在一个地方,给什么来一吓,即刻飞去了,但是飞了一个小圈子,便又回来停在原地点,便以为这实在很可笑,也可怜。可不料现在我自己也飞回来了,不过绕了一点小圈子。……"
>
> ——鲁迅《在酒楼上》

急剧变动的社会现实与思想解放潮流,冲击着中国最顽固的封建堡垒——大家族,使它们不得不日益走向崩溃解体的历史命运。在我们所关注的这批中国现代家族小说中,作家们就按照生活的本来面目写出家族内部两股方向不同,但都具有强大拆解作用的力量:一种来自游手好闲、不务正业、只知吃喝嫖赌的浪荡子,他们躺在祖宗留下的遗产上坐吃山空,从内部蛀空了封建家族的树干;另一种则来自受了西方新的价值观念的影响,以新的思想观念为武器,对封建大家庭"反戈一击"的叛逆者,他们追求着与前辈截然不同的人生目标,实践着被他们认为"离经叛道"的人生道路,从根子上否定了封建家族制度与封建伦理观念的合理性。后者的大量出现,构成了"家"的最"可怕"的掘墓人。而作家们对这种新人形象的持久关注则使其成为现代文学人物画廊中一个惹人注目的存在。

随着历史发展阶段的不同和人们思想观念的变化,家族小说中的叛逆者形象也有着多样的发展道路和表现形态。在五四前后,他们是鲁迅笔下的"狂人",问题小说中苦闷的青年,《激流三部曲》

中"大胆而幼稚的叛徒"。他们虽然有着各自迥然不同的个性特征与艺术风貌，但在彻底否定封建的社会体制与道德体系方面却空前一致。这批形象的意义在于，在中国历史上，他们第一次站在前所未有的高度，对中国传统文化尤其是儒家伦理道德文化，进行了价值重估，以一种彻底否定封建社会历史、封建家族制度的姿态，摧枯拉朽般地奏响了反封建的思想号角。这一时期的写作重点多集中在家庭生活内部，作家们往往从新人与父辈的对立冲突中表现新一代的性格特征和精神风貌，其中最有代表性的是巴金的《家》。《家》中觉民、觉慧两兄弟的反叛性格是在大家庭内部一连串悲剧事件的触动下，在对封建家族制度和礼教制度野蛮、凶残本质认识的不断加深的过程中逐渐形成的；他们主要的叛逆活动也是在大家族这一特定场景中展开的。他们之"新"，正体现在他们与具体的封建家长的较量中。他们的斗争目标则多限于恋爱婚姻领域。其中原因正如有的研究者所指出的那样："中国的知识者，由于他们的生活条件和文化背景，在新时期之初感受最直接具体的，是封建家族制度的压迫，其中尤其是封建宗法势力对于婚姻爱情的粗暴干预。……'婚姻自主'成为他们向历史新时期首先要求的'人的权利'。"①

而到了二十世纪三四十年代，同是写大家族的叛逆者，作家们的眼光却开阔得多了。他们的人物已走出家庭的狭小天地，将新的人生理想与事业抱负延伸到社会的实际改造中去了，而新人形象也因此更加多样化。端木蕻良《科尔沁旗草原》中的丁宁，一个在外接受了新思潮洗礼的青年知识分子，怀着托尔斯泰式的人道主义和一种浪漫主义的热情，回到故乡，企图以一种温和的改良主义方式重建草原新生活，做一番"有光有色的事业"。虽然不乏幼稚，但他的种种努力毕竟给这个沉寂的草原带来了一丝生机。茅盾《霜叶红似二月花》中的钱俊人、钱良材父子，作为首先从老大帝国的美梦

---

① 赵园：《艰难的选择》，上海文艺出版社，1986，第377页。

中清醒过来的士人，他们在清末民初浓厚的封建传统氛围中，积极投身改革事业，在自己力所能及的范围内推行改革，与顽固的旧势力进行不懈的斗争，在没有路的地方艰难地踏出一条通向未来的狭窄通道。路翎《财主底儿女们》中的蒋家兄弟少祖、纯祖，有着和《家》中的觉民、觉慧相似的境遇和相似的人生选择，但作家所关注的重心已不再是家庭内部父与子的冲突，而是将主要笔墨放在他们走出之后的活动上。作家在广阔的社会天地中，在民族战争的熔炉里，在民众中间，表现这些人物的精神内质，探究他们的灵魂，拷问这些从旧式大家庭内部冲出来的年轻人，面对生活与时代的考验，身上还留有多少新的能为民族带来生机和活力的东西。他们是觉民、觉慧在新的历史时期的发展和延伸。通过这两个人物形象，创作者提出了如何在保持知识者独立不依的个性下与群体、民众、组织和谐相处的课题，这在今天仍有深刻的现实意义。

　　然而上述新人，身份大多仍是知识分子，走上社会之后从事的也多是与知识传播相关的职业，他们以新的思想观念挑战传统的社会秩序与思想秩序，但这种挑战仍然大多停留在精神和思想的追求上，停留在他们个人内心的理想、愿望、要求和价值观念的变化上，他们内心对新生活、新天地追求的广阔性和丰富性与他们实际行动的局限性和脆弱性形成了尖锐的对照。只有另外两类新人——革命者和民族资本家，才真正将新的价值体系贯彻到了社会中去。他们不仅早已走出家庭的狭小牢笼，而且开始以他们强悍的新质改变着整个社会的面貌。① 李杰以其富有革命性的方式对旧的家庭人伦关系进行了猛烈冲击。他不仅断绝与旧家庭的联系，而且带头向父亲

---

　　① 这两类人物在家族小说中比较少，因为他们的活动场景大多已不在家庭范围之中，但二者的联系是显而易见的。如在《家》中的觉慧身上，就多少隐含着未来的革命者李杰（蒋光慈《咆哮的土地》）、沈之菲（洪灵菲《流亡》）的影子，而钱良材（《霜叶红似二月花》）、丁宁（《科尔沁旗草原》）未始没有走上民族资本家吴荪甫（茅盾《子夜》）道路的可能。

宣战，向旧的财产观念宣战，甚至不顾病中的母亲和年幼的妹妹，同意农会放火烧了自家的庭院，因为在阶级这一更高的人际标尺面前，父子、母子等旧的伦理关系都已经丧失了意义：

> 母亲！请你宽恕你的叛逆的儿子罢！如果"百善孝当先"是旧道德的崇高的理想，那他便做着别种想法：世界上还有比"孝父母"更为重要更为伟大的事业，为着这种事业，我宁蒙受着叛逆的骂名。母亲！你没有儿子了。

相形之下，觉慧们对"家"的批判还主要是针对着处于统治地位的封建专制的大家长，而李杰的矛头却对准了全部的家庭伦理关系，包括无辜的母亲和妹妹，因为她们也属于那剥削阶级的一员。这种以阶级关系彻底取代人伦关系的做法对几千年来最讲究人情的中国家庭伦理观念的震撼和冲击是可想而知的。

吴荪甫则以另外一种方式拆解了传统的价值观念和人生体系，从而被其父吴老太爷斥为"离经叛道"。他崇尚实业救国，曾游历欧美，受过西方现代价值观念和科学知识的熏陶，向往中国也能顺利走上资本主义的发展道路。为此，他积极致力于发展故乡双桥镇的实业，在那里创办当铺、钱庄、油坊、电厂，梦想着使那落后的农村乡镇变成工业发达的城市。雄心勃勃的他还将事业扩展到上海，在那里开办了实力雄厚的丝厂，同时还与几个志同道合者如孙吉人、王和甫组建信托公司，借以摆脱帝国主义财团的控制，扩充自己的实力，发展民族的工矿企业，以自己的实际行动有力地推动着社会的现代化进程。也正是在这种目标之下，他们摈弃了"君子不言利"的封建遗训，运用自己的聪明才智，光明正大地追求利润和效益。这也是市场经济和资本主义发展的铁的法则。如韦伯所言："在一个完全资本主义式的社会秩序中，任何一个个别的资本主义企业若不利用各种机会去获取利润，那就注定要完蛋。"① 而且我们还要看到，他们的所谓"逐利"大多并不是为了个人享乐。在吴荪甫身上，甚至有着韦伯所说的那种中国人罕见的"现代资本主义精神"。这种精神的重要特征便是不向权力政治和不合理投机寻求机会，而是在商品市场中求营利。营利的目的不是为了得到更多的金钱，而是为了更高的目标。的确，在吴荪甫的心目中，事业高于一切。他不讲求享乐，在事业面前，他甚至轻视了家庭，忽视了妻子。不仅如此，这一形象还是我们民族向来缺乏的"铁腕人物"，有着刚强的意志和顽强的奋斗精神，胸怀远大理想又肯埋头苦干，与封建人物的迂腐狭隘、知识分子的空谈软弱形成鲜明的对比。赢得朱吟秋的丝厂，收购八个小厂，在公债市场上和买办资本家赵伯韬斗智斗勇等一系列事件，都充分显示了他大刀阔斧的魄力和过人的才智。在政治局势动荡混乱，帝国主义又企图扼住他的喉咙的极端逆境中，他有过动摇惶惑、苦闷沮丧，但决不投降，即使为此而倾家荡产也在所不惜。这样的英雄气概，这样一个不带丝毫萎靡之气的人物，不正是我们民族自二十世纪初以来就不断呼唤和期盼的吗？这一"行动型"新人形象的出现，较之其他叛逆人物，更能对封建的社会体系和思想观念形成强大而切实的颠覆。

　　然而在塑造了这样一批具有崭新特质的叛逆者形象，通过他们写出中国社会的缓慢前行的轨迹的同时，作家们也不约而同地写到了这样一个现象：一大批新人从传统的家庭笼牢出走，在社会上闯荡经年之后，其人生道路又发生了逆转，即转回先前为他们所摒弃的传统的老路，从而形成中国现代家族小说中一个引人注目的"出走—回归"模式。这种"出走—回归"有多种不同的方式：一种是处于环境的强大压力之下，其所追求所实践的新的人生之路面临着

---

　　① ［德］马克斯·韦伯：《新教伦理与资本主义精神》，于晓等译，三联书店，1987，第8页。

失败的命运，因为理想的破灭或个人的生存危机，他们放弃了对新生活的追求，"躬行我先前所憎恶，所反对的一切，拒斥我先前所崇抑，所主张的一切了"。《斯人独憔悴》中的兄弟二人颖石、颖铭积极参加学潮，追求进步，对新的人生充满憧憬，可一旦被专制的父亲关在了家里，就成了断了翅膀的鸟儿，再飞不出家庭的狭小的天地，只能软弱地哭泣和悲叹。《科尔沁旗草原》中的丁宁，他同情佃户的贫困，可他的土地改革并没有减轻多少他们的负担；他悲叹草原女性的不幸，可他所喜欢的几个少女皆重陷泥潭，而他却无能为力，其中一个，灵子，还是因为他的缘故才惨遭不幸。他厌恶草原颓败没有生机的生活，却没有力量改变，甚至他自己也无力摆脱。正如他自己所言："我是要作一番轰轰烈烈的事业的，我是亚历山大的坯子，……我是要用我的脊椎骨来支撑时代的天幕的……但是如今事实却用了铁的咒语把我所规律的全系统彻头彻尾地碾碎了。"一种从未有过的倦怠攫住了他的心，最后他只有再次逃离。从形式上看，他行走的线路与"出走—回归"模式呈相反的方向，但就其实质而言，却同样是一种对旧有轨迹的回归，不过这种回归是以一种"逃避"的方式来完成的罢了。

另外一种则以回归传统，甚至"复古"的面目出现。《古屋》（王西彦）中的孙家大少爷孙尚宪，进过京师大学堂，有过激进的思想和进步行动，后来却"浪子回头"，回到家乡做起老爷。更为典型的也许要算《财主底儿女们》中的蒋少祖，作为蒋家第一个叛逆的子孙，他曾怀着与父亲彻底决裂的决心，在外办报，参与政治活动，为新的理想和生活而奋斗，然而在多年的奔波之后，在民族战争的冲击下，他"觉得受了希望的哄骗"，渴望安定的心，开始转向静穆的古代，"在那些布满斑渍的，散发着酸湿的气味的钦定本，摹殿本，宋本和明本里面，蒋少祖嗅到了人间最温柔，最迷人的气息，感到这个民族底顽强的生命，它底平静的，悠远的呼吸"。他认为中国文化，必须从中国内部生发出来。这固然不错，但当他走向"在屈原里面有着但丁，在孔子里面有着文艺复兴，在吕不韦和王安石里面有着一切托尔斯泰"的时候，他已彻底滑向盲目复古的深渊了。

这两种回归都是建立在人物明确的自我感觉之上的，他们无论自觉还是被迫，都对自己的回归，有着明确的自我认识。也就是说他们是意识到这种逆转的。而另外两种回归，却是在人物缺乏明确的自我意识的情况下悄然发生的，人物自身对此并不明了。其一发生在"革命者"身上。尽管家族小说由于题材本身的局限对此并没有细致的刻画，但我们还是可以从一些片断中看到这种潜在的趋势。在沈之菲（《流亡》）、李杰（《咆哮的土地》）为成为"真正的无产阶级"而努力对自身的自由主义、感伤主义、个人主义进行的批判和否定中，在以王颖、胡林、张正华为代表的演剧队内部的小集团（《财主底儿女们》）以组织的名义，对个性的压抑和打击中，我们分明可以看到封建的东西怎样假革命的名义借尸还魂。从封建伦理道德的大本营——家族中逃离出来，以为自己终于找到了"真理"的青年，就这样重新步入了传统道德的圈套。历史在这里显出了吊诡的一面。

还有一种回归在民族资本家的形象上最为明显。他们的回归并不仅仅表现在他们在走出旧的家族生活圈子之后，又往往按照大家族的模式重建一个新的家庭。那种回归毕竟还是表面的。更为重要的是，他们这些完全按照西方资本主义生产模式乃至思想观念经营工矿企业、部分地具备了现代资本主义精神的新型工商阶级，无论他们在社会上思想多么新颖，行为多么先进，回到家中，却往往又成为像他们的父辈那样独断专行的封建大家长。王伯申（《霜叶红似二月花》），二十世纪之初顶着地主阶级顽固派的重重压力发展现代工商业的轮船老板，在当时算得上开风气之先的人物，但一旦面对儿子的婚事，就立刻显露出其封建家长的本来面目。当儿子以上学为由推托包办婚姻时，他则说："你在国内的学校也读不出什么名目来，而且近来的学风越来越坏，什么家庭革命的胡说，也公然流行，贻误人家的子弟；再读下去，太没有意思了。"而吴荪甫，这个曾经游历欧美，有着现代企业家风采的人物，无论在家庭里还是在社会上，也都坚持"他必须仍然是威严神圣的化身"，习惯于把自己的专横意志强加于别人。兄弟姐妹的事情，都要由他来决定才行。即使工厂的管理，也仍然沿袭着血缘近亲式的用人制度，当年的"逆子贰臣"就这样继承父辈的衣钵，重新做起独断专行的封建大家长，从而暴露出这个封建社会的"逆子"与其父吴老太爷内在的精神联系。

为什么会发生这种逆转？在这种反复重现的"出走—回归"模式中隐含着怎样的社会文化内涵？在此我们不妨将身处两个不同时代但却有着相似的反封建要求的叛逆者形象——《家》中的觉慧与《红楼梦》中的贾宝玉做一个比较，或许可以从中看出某种端倪。

在中国文学史上，贾宝玉是一个中国封建社会少有的叛逆者形象。如果我们不拘泥于人物的虚实，围绕着他，实际上存在着四个人物系列或者说四种力量，它们呈现为一种四方关系情境。这一情境可以用由格雷马斯制订、后经杰姆逊修正的符号矩阵来分析。这个符号矩阵设想四种力量处于一个长方形内（如图 1）：X 与反 X 是尖锐对立的两方，非 X 与这两方既不一致也不对立，非反 X 则更为不确定、更加变动不居。这一模型可以比较明白地显示处于矛盾中的对立双方之间以及第三、第四种力量之间的关系，适用于处理比较复杂的人物关系。

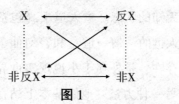
图 1

具体到《红楼梦》，贾宝玉与周围人物呈现为这样一种互动关系：

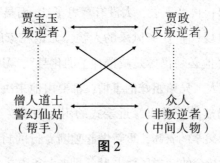

图 2

这个图形是主人公贾宝玉身处其中的中国封建家族社会的缩影。其中，以贾宝玉为代表的叛逆者是这个世界中唯一的清醒者，他们深切感受到封建社会制度与思想体系的陈腐丑恶，深知这个看似牢靠的大厦正处于摇摇欲坠之中，即所谓"悲凉之雾，遍被华林，然呼吸而领会之者，独宝玉而已"①。因此他以决绝的姿态拒绝同流合污，以大胆的叛逆构成与这个现存世界的对立。林黛玉、晴雯也属于这一序列，她们与宝玉同声共气，具有相同的价值立场与精神追求，共同构成《红楼梦》世界的新生力量。"反叛逆者"则是封建社会与道德秩序的坚定维护者。这些人以贾政为代表，由贾雨村、王夫人、袭人等组成，善于以各种手段压制、打击叛逆者，企图以此维持封建社会的稳固昌盛。反叛逆者与叛逆者的对立冲突构成小说的主要矛盾。"众人"是指大观园内外大量存在的中间人物，他们没有自己的独立立场，对对立双方都缺乏明确的认识，随波逐流，基本上处于蒙昧无知的状态。僧人道士（包括灵界的茫茫大士和渺渺真人，也包括人世的一僧一道）和警幻仙子在这一矩阵中基本上是一种寓言化的存在，是外在于小说现实世界而又与这一世界有着千丝万缕联系的另一种力量。他们基本上站在贾宝玉一边，对之起着"帮手"的作用。仙姑几次三番在梦中给宝玉以警示，而僧人道士不仅携他下山，帮他完成到"锦衣繁华地，温柔富贵乡"历练一

---

① 鲁迅：《中国小说史略》，上海古籍出版社，1998，第 165 页。

番的心愿，而且还多次在关键时刻出现。治其病，救其性命，最后还成为他出家的点化因素。这一因素其实相当重要，只是多不为研究者注意罢了。

在《家》中，同样存在着这样一个矩形结构（如图3）：以觉民、觉慧为代表的叛逆者形象，以高老太爷为代表的统治者（反叛逆者）形象，以觉新为代表的大批中间人物，以及以《新青年》《新潮》《少年中国》，屠格涅夫的小说《前夜》等为代表的那种处于现实与非现实之间的帮手力量，一种精神性的存在。（需要说明的是，这种力量在小说中也推出了自己的代表人物——吴虞，但也只是通过觉慧之口传出他即将被聘为他们学校国文教员的消息，吴虞本人并未在小说中实际露面，因而也只能算精神性的，不属于小说人物形象实体。）

图 3

《家》中这种力量的组合方式与拉康所言的那种"自动重复"结构相似，即实质上成为一个对《红楼梦》结构模式的无意识再现。而《家》之所以成为中国新文学"第一畅销小说"①，不能不说与它对以《红楼梦》为代表的民族文化审美心理的继承有极大的关系。

然而在这种表面的相似之中隐含着《家》与《红楼梦》众多的内在差异，其中最大的差异存在于"叛逆者—帮手"这一对关系之中。《家》中帮手的作用同《红楼梦》一样，多出现在主人公长大成人或遭遇困难、挫折的关键时刻，或为他们指明道路，或重新鼓

① 司马长风：《新文学丛谈》，香港昭明出版有限公司，1975，第 117 页。

起他们奋斗的勇气（许多研究者都注意到屠格涅夫《前夜》中的话，"我是青年，我不是畸人，我不是愚人，我要给自己把幸福争过来"，对觉慧等人的"神话治疗功能"。①）在《家》中，这二者之间是"导师—学生""启蒙者—被启蒙者"的关系。帮手们在地位上高于觉慧，"新人"是在帮手的影响、塑造下才得以成长起来的，或更准确地说，才"新"起来的。而觉慧也确实无条件地接受并信赖这种思想意识的权威性。作为个人，觉慧本身其实缺乏足够的主体性，只有在《新青年》等的灌输和影响之下，才觉醒起来。对此小说有一段真切的描写：

> 这些刊物里面一个一个的字像火星一样点燃了他们弟兄的热情。那些新奇的议论和热烈的文句带着一种不可抗拒的力量压倒了他们三个人，使他们并不经过长期的思索就信服了。于是《新青年》《新潮》《每周评论》《星期评论》《少年中国》等等都连接地到了他们的手里。

而在《红楼梦》中，贾宝玉与其"帮手"之间处于较为单纯的"帮助者—被帮助者"关系。僧人道士和警幻仙子虽然在人生的关键时刻都对贾宝玉起过重要作用，贾宝玉的叛逆思想和最终的出家也很大程度上得自他们的启迪，但他却绝非佛道仙的忠实弟子。在他精神世界深处，虽然有佛道仙的成分，但其思想观念的内核却不是佛道仙，而是被它们所极力排斥的"情"（这留待下文详细分析）。因此他与帮手之间并未真正构成"导师—学生""启蒙者—被启蒙者"的关系。他是天生的一块顽石，"胎里就带有一股子邪气"。他是个独立自主的个体，并不需依附任何外力。更重要的，贾宝玉的

---

① 黄子平：《命运三重奏：〈家〉与"家"与"家中人"》，《读书》1991 年第 12 期。

反叛虽然较之觉慧微弱，但他却生成于中国文化内部，无论佛、道、仙，都是中国文化固有的成分，而"情"字更无须从外部输入，它根植于每个人的内心。在贾宝玉身上，凝聚着的是中国社会与中国文化内部一股自我拆解、自我颠覆的力量。因此它尽管微弱，却深厚、绵长，不易被外力摧毁和自我动摇。而觉慧的觉醒和反叛却是由帮手促成的，而且他的帮手，那个由《新青年》、屠格涅夫的《前夜》等组成的世界，来自西方，是中国人在近代落后挨打命运的逼迫下，适应富国强兵、救国救民的要求，向西方寻求真理的结果。它在很大程度上是悬浮于中国社会现实之上的，二者之间缺乏真实而必然的联系，所以极易受外力的影响。

这两个人物形象另一个根本的区别在于，虽然同是对封建专制、封建礼教的反抗，贾宝玉与觉慧反抗的内在依据却有所不同。作为中国文学史上罕见的一个人物典型，贾宝玉最为独特之处在于，他是一个"情种"，因情而生，因情而死，情是他的立身之本，也是他对抗现存封建秩序的依据和武器。他的出身之地，大荒山上"青埂峰"——"情根峰"的谐音，是大有深意的："在一个荒唐无稽的历史中，唯有青埂峰所剩的儿女之情，才有了可观的价值。"① 当然这个情字并不仅仅限于男女之情，而且包含了人类所有的自然情感，美好的人性，孩提时代的童稚和纯真更是珍贵。情，成了贾宝玉评判社会与历史的唯一标尺。一切违背自然人性的东西都要放在这个天平上重新衡量和审判。由情出发，他颠覆了以往的全部历史，因为这历史只有专制权力与奴隶道德。"存天理、灭人欲"的封建礼教在这里遭到了彻底的唾弃。联系到中国传统的封建思想，同世界上任何封建思想一样，都是以禁欲主义、抑情主义为主要特征的，我们不能不感受到这一形象对中国文化的深远意义。

由对"情"的重视，自然而然地导出了他对"人"的重视：无

---

① 李劼：《历史文化的全息图像》，东方出版社，1996，第83页。

论姑娘小姐，还是戏子丫鬟，几乎大观园中的所有少女都得到这位怡红公子的真诚相待，他乐于为她们，哪怕一个不起眼的丫鬟，奔走效劳。因为在他眼里，人的价值并不在于君臣秩序和男女等级的确立，而在于人格的独立和每个人都应该有的生存及爱的权利。而他之所以厌恶"须眉浊物"和妇人婆子，恰恰是因为他们大多沉溺于功名利禄和世俗的算计，被虚伪的道德和利害冲突牵着鼻子走，丧失了人的本真性情。当然，在当时人眼里，贾宝玉"潦倒不通世务，愚顽怕读文章"，行为是"出了名的"荒谬可笑。那是因为，在封建思想道德的束缚下，只有"非礼勿视，非礼勿行，非礼勿动，非礼勿言"，只有充满虚饰性的言辞甚至伪善的行为，才能被人们普遍认可。而人们的内心真实感情的自然流露，那些不加掩饰的自然欲望，都被周围人视为荒谬可笑加以排斥。因此贾宝玉对仕途经济的厌恶，对儿女情长的崇尚，在当时可谓惊世骇俗。正是在这里，他找到了与佛道仙的契合，同时又划清了彼此的界限。虽然同是对孔孟之道、仕途经济、功名利禄的厌弃，同是崇尚"无用"的自由自在，无论佛道仙都是以超越人的欲望，特别是情感为特征的，它们反抗的方式同时也意味着对人生一切充满活力和生机的东西的弃绝。也正是因此，佛道仙思想虽然给中国人带来了精神上的解放，却无法构成对现有秩序的实际颠覆，反而无意中与儒家思想观念形成互补，共同维持着这个大一统社会的千年稳定。而贾宝玉则不同，虽然和佛道仙一样否定了历史层面上的建功立业，以及生命层面上的传宗接代等观念，贾宝玉却无上地崇尚"情"。"宝玉"即"褒欲"也，人的自然欲望，感情，尤其爱情，成为他赖以对抗全部既往历史与现存道德、追求别样人生的出发点。正是"情"这个柔软而无比坚韧的武器，戳破了封建社会几千年黑暗的天空，为新的人、新的更为健康自然的人生带来一股清新之气。曹雪芹的最伟大之处就在于，他通过塑造贾宝玉这样一个前所未有的新人形象，为中华民族摸索到了一条由物转向人的狭窄通道，这个被当时人斥为"于家于国无望"的不肖子，恰恰是中华民族更生的希望。在他身上孕育着的是一种全新的思想因素。只是当时的社会还不能为这种新的思想因素提供一种恰当的表达形式，他还不能在传统文化提供的有限的几种选择之外找到一条可以实践的全新的人生之路。他最终只能以出家的形式表达他对现世的弃绝，但我们绝对有理由相信，他是不可能再与这个现存社会讲和的。他这一撒手，绝无再回头的可能。所谓"兰桂齐芳""宝钗得子"，不过是出于续书作者自身思想的庸俗和迷障罢了。

而反观《家》中的觉慧，从表面上看来，他对宗族制度、封建专制、封建礼教的否定远比贾宝玉要来得坚决彻底。他曾大胆喊出："我要让他（爷爷）知道我们是'人'，不是任人割宰的猪羊。"并明确地提出了贾宝玉时代所不敢设想的理想：将这个"吃人"的旧制度推翻、毁掉，重建一个人人平等的新世界。由此出发，他瞒着封建家长参加社会上请愿、罢课、办刊物、散传单等一系列活动，热心宣传反封建思想；并且无视封建礼教观念，大胆与丫鬟鸣凤相爱，支持觉民逃婚，反对捉鬼的把戏，最后还义无反顾地逃出封建的大家庭。他所表现出的与封建制度彻底决裂的勇气远非宝玉能及。然而他真的与封建大家族，尤其与它所代表的封建价值观念决裂了吗？小说中，觉慧对封建家庭的"叛逆"主要表现在对旧的人生道路和生活模式的厌弃，对以高老太爷、冯乐山为代表的祖辈和以克安、克定为代表的父辈的批判上。这种批判中有对他们专制统治扼杀人性的愤怒，但更多是体现在对他们道德污点的鞭挞上。痛斥他们玩戏子、包妓女、娶姨太太、赌博、偷老妈子、吃鸦片烟等堕落行为，是觉慧们重要的批判方式，他们也因此获得了强烈的道德优越感："这样的人只能够在你们的一代人中间找出来，在我们里面是不会有的。"因此，每看到一次父辈们的"堕落"和"丑态"，他就增加一份胜利的信心，当克定在外讨姨太太的事暴露，家族内的人都为之痛心疾首的时候，只有他感到由衷的高兴：

　　他知道这个空虚的大家庭是一天一天地往衰落的路上走了。没有什么力量可以拉住它。祖父的努力没有用，任何人的努力也没有用。连祖父自己也已经走上这条灭亡的路了。似乎就只有他一个人站在通向光明的路口。他又一次夸张地感受到自己的道德力量超过了这个快要崩溃的大家庭。热情鼓舞着他，他觉得自己的心从没有像今天这样激动过。(《家》)

　　在此，我们不禁要问：难道父辈们没有诸如此类的道德污点，真心拥护旧道德、践行旧道德，就不可恶、就不需批判了吗？如果真是这样的话，那么觉慧的立场又与封建社会的包拯、海瑞有什么质的区别呢？众所周知，在中国传统社会占思想统治地位的儒家学说的一个根本特征是对个人道德修养的推崇。现代价值观则相反，它立足于人对社会、对人类文化所起的实际作用基础之上，从社会公共道德、公共法律的原则上区分对立双方，而不是脱离开这种根本原则，仅仅从个人品德上判断彼此的是非，否则就不可能真正看清中国传统社会与传统礼教的荒谬之所在。而觉慧的言行正表明，他并未摆脱儒家个人修养原则和价值评判方式的影响。在他的思想深处，起作用的仍然是他自幼耳濡目染的传统价值观。他外在的"新"与其内在的陈腐结合在一起。而这一点，在看似比他"软弱无力"的贾宝玉身上却是看不到的。

　　当然，觉慧对封建家长们的批判与他对个性解放、爱情自由的追求密不可分。以《新青年》、屠格涅夫为代表的新思想观念唤醒了他沉睡的"人"的意识，使他意识到"每个青年都有生活的权利，都有求自由、求知识、求幸福的权利"，他也要"像欧洲的年轻人那样支配自己的生活，决定自己的婚姻，创造自己的前程"。他在家中激烈地批判大哥觉新的软弱，支持觉民逃婚，痛恨家长专制，皆是因此而起。然而这种观念在多大程度上影响到他的内心世界呢？我们不妨就小说中唯一和他有直接关联的事件——鸣凤之死——做一番考察。毫无疑问，他是爱鸣凤的，书中有多次写到他们之间真挚而美好的感情。然而不容忽视的是，自始至终，觉慧态度都十分游移。当然在当时的社会条件下，他们的恋情如果公开，肯定会受到远比觉民与琴更为强大的阻力，这种阻力之大，甚至完全有可能将他们双双吞没。然而觉慧的问题并不在这里，他甚至没有勇气做一丝的反抗。在鸣凤被封建家长选去送给冯乐山做妾的关键时候，他却"经过了一夜的思索之后"，"准备把那个少女放弃了"。他始终战胜不了他自己。正如他自己在鸣凤死后所痛悔的那样：

> 我从前责备大哥同你没有胆量，现在我才晓得我也跟你们一样。我们是一个父母生的，在一个家庭里长大的，我们都没有胆量。（《家》）

而他用来逃避的借口，那个小说人物甚至作者都未曾反思到的层面，则更可洞见他与传统无法分割的深层联系——为了更高的目标，更大的事业，可以而且应该牺牲爱情——二十世纪三十年代"革命+恋爱"小说中革命与爱情的极端对立模式可以从这里找到最初的形态和源头。它们和觉慧曾经念叨的"匈奴未灭，何以家为?"实质上是一回事，也和他大哥觉新为了家族利益牺牲爱情异形而同质。可惜的是人物对此并没有察觉，他的反思浅尝辄止了。这无疑已为他以后的"出走"又"回归"埋下了伏笔。

通过以上的比较，我们可以发现，较之几百年前的贾宝玉，在现代"新人"高觉慧身上，沉淀着那么多传统的积垢，而新思想的因素却那么微弱。"回归"是在"出走"之前就奠定了的。家族小说中这种反复出现的"出走—回归"模式，正是作家按照生活的本来面目，对现实生活规律的深刻反映。它揭示出"新人"们虽然在表面上接受了西方的物质文化与精神文化，但实际上对产生这种文化的深层价值内涵缺乏更深层次的体认。在他们的思想深处仍根植着传统的价值观和人生观。而他们直接从外国思想学说中接受的理论命题，在现实中却找不到合适的对接土壤。这不能不对他们新兴然而脆弱的"新人"角色构成内在的颠覆，使他们的事业缺乏深层的文化支撑和价值动力，从而经常地转回封建的老路。中国现代家族小说对这种"出走—回归"模式的揭示不仅使这些"新人"的形象更加鲜活、真实，而且对我们认识社会思想发展的特殊规律也具有极大的启示意义。不过需要说明的是，尽管这些新人身上不乏传统的重负，但他们这种回归与封建家长（族长）们固守封建的社会体系与思想观念不同，他们即使有后退，也大多不会再变成封建的卫道者。在他们身上毕竟积淀了新思想的因素。这些新因素正是新思想、新道德进一步滋生的基础，也只有在这种基础之上，才孕育着中华民族更生的真正希望。

"站在中间的人"与现代中国的认同危机

第二类差不多都是悲剧里的角色。……他们的生年月日就不对。都生在前清末年,现在都在三十五与四十岁之间。礼义廉耻与孝弟忠信,在他们心中还有很大的分量。他们对于新的事情与道理都明白几成。……他们对一切都负着责任:前五百年,后五百年,全属他们管。可是一切都不管他们,他们是旧时代的弃儿,新时代的伴郎。

——老舍《何容何许人也》

如果将时间和年龄放宽一点,这段文字好像是专门为高觉新(巴金《激流三部曲》)、张恂如(茅盾《霜叶红似二月花》)、蒋蔚祖(路翎《财主底儿女们》)、祁瑞宣(老舍《四世同堂》)等人作注的。在中国现代文学史上,这是一个引人注目的存在。不管他们在小说中出现时的实际年龄如何,这些人物都面临着一个共同的困境,那就是在从青春期走向成人、从家庭走向社会、力图通过社会角色来证明自我的存在价值的过程中,遭遇了一个特殊的新旧交替的时代。这个过渡时代带给他们一系列自身无法克服的矛盾,使他们陷入深深的认同危机中不能自拔。所谓"认同"(Identity),按照精神分析学者 E. H. 爱理克逊(Erik H. Erikson, 1902—1994)

的定义，就是回答和解决"我是谁"这个问题。①

对此，查尔斯·泰勒（Charles Taylor）有更为细致的论述："如何回答这个问题，意味着一种对我们来说什么是最为重要的东西的理解。知道我是谁就是了解我立于何处。我的认同是由承诺（commitments）和自我确认（identifications）所规定的，这些承诺和自我确认提供了一种框架和视界。在这种框架和视界中，我能够在各种情境中尝试决定什么是善的，或有价值的，或应当做的，或者我支持的或反对的。换言之，它是这样一种视界，在其中，我能够采取一种立场。"② 明确的自我认同是一个人内心的统一能力，是在成长的过程中，在社会现实中，在个人不断地有效地发展为有组织的自我感觉和确信中培养起来的。所以在哲学上又将"自我认同"译为"主体性"，突显其区别于客体的能动性、创造性和自主性。然而并不是每个人都能形成这种良好的自我感觉的，每个人都可能面临自我实现与自我丧失这两种截然相反的可能性。其中的关键是青春期。爱理克逊将这时期的心理状态界定为认同角色紊乱。在这个时期，人们身体发育成熟，结束了学习阶段，开始努力寻求自我在社会中的位置。童年所接受的所有思想和经验碎片，都需要再次有选择地再生和归纳，以求与意识形态、历史要求和社会角色一致。如果这一过程遇阻，人们就会陷入认同危机中。所谓"认同危机"，"人们经常用不知他们是谁来表达，但这个问题也可以视为他们的立场的彻底的动摇。他们缺少一种框架或视界，在其中事物能够获得一种稳定的意义，某些生活的可能性可以视为好的或者有意义的，另一些是坏的或者不重要的。所有这些可能性的意义是不确定的，易变

---

① ［美］E. H. 爱理克逊：《童年与社会》，转引自邵迎建：《传奇文学与流言人生》，三联书店，1998，第1—9页。

② Charles Taylor. *Sources of the self*: *The Making of the Modern Identity*, Harvard university press, 1989, p. 27.

的，或者未定的。这是一种痛苦和恐惧的经验"①。可见，这个问题与意义和价值有着密切的关联，如果发生了认同危机，一个人往往无法形成统一的自我，因而人格分裂，终身承受着灵魂被撕裂的痛苦。

对高觉新等人而言，这种分裂首先表现在他们的生活道路上。正是在他们长大成人的门槛上，作为家族生活方式与国家政治秩序之间桥梁的科举制被废除，"修身、齐家、治国、平天下"的理想人生模式也丧失了其原有的神圣性和合理性。他们再也不能像他们的祖辈、父辈那样通过"学而优则仕"的传统方式实现自我的社会化。新式教育因此进入他们的生活。他们中的不少人，也都受过现代科学文化知识的熏陶。像高觉新，就"对于化学很感兴趣，打算毕业以后再到上海或北京的有名的大学里去继续研究，他还想到德国去留学"。生活似乎在他面前展开了一条与父辈完全不同的崭新的道路。然而，他们的悲剧在于，尽管新式教育给予了他们从事新的职业、新的生活的技能和可能性，打开了他们的视野，鼓舞了他们的野心，然而由于他们在大家族中的位置，他们只能一辈子固守在家庭的狭小天地，在比祖辈、父辈更为逼仄的环境中耗尽他们的聪明才智。因为在他们身上，寄寓着整个家族乃至社会的希望。尽管到了高觉新们所生活的时代，封建王朝已被辛亥革命的炮火推翻，家国同构的有机连接也至此遽然断裂，但在中国社会的底层，家族这一中国社会的基本细胞却并没有随帝制的消失而消失。作为一种真实的社会实体，它在很长的一段历史时期内仍顽强地存在着，以家族伦理为本位的旧的价值规范也仍然牢牢地统治着中国的大部分地区。只要家族还存在，哪怕是逐渐衰微的存在，它就必然要向社会攫取自己的继承人。这个垂死的存在要它的继承人生儿育女来承继

---

① Charles Taylor. *Sources of the self: The Making of the Modern Identity*, Harvard university press, 1989, p. 28.

香火，要他们放弃自己的前程事业来料理维持大家族的生活。总之，需要他们来继承封建家族的事业。而且越是在崩溃的途中，它越会更加残酷地捕捉更多的"食物"来为它殉葬。① 这种殉葬的无奈和痛苦在《激流三部曲》中的高觉新身上，表现为他需要葬送他的梦想，将他的主要精力用来维持整个家族的正常运转。他被要求在日常的琐碎家事、三亲六故的婚丧嫁娶、陪客庆典中耗尽他的聪明才智。他虽然也在外做事，但相对于家事，那工作不过是可有可无的点缀罢了。我们经常看到的一幕就是他总是会在上班时间放下手中的事，陪着亲戚长辈购物或为他们跑腿。对这种命运，高觉新"不说一句反抗的话，而且也没有反抗的思想"，他只是平静地把这副大家庭的重担放在自己年轻的肩上。然而这并不意味着他没有痛苦，在没人的时候，他会用铺盖蒙着头哭，他会长吁短叹，会以醉酒来麻醉自己。又如《霜叶红似二月花》中的张恂如，他要在风水先生的预言中固守家中半死不活的长源老店，将他年轻的生命消耗在打牌、吃酒、闲聊中。他的命运，正如他自己所言，和打牌一样，他是早就打得腻透了，可那三家不肯歇手，各人手里都有大牌，而他什么都没有，却被拖住了作陪，硬是把他死死地困在那笼似的古老庭院里。这样的环境，怎能不令他度日如年，"如坐监牢"！而在《财主底儿女们》中的蒋蔚祖那里，新旧两种生活则象征性地化为父亲与妻子、苏州与南京这样相互对立的两极。他在中间左右为难，进退失据。作为蒋家的长子和理所当然的继承人，他担负着继承蒋家事业的重任。然而当他屈从于家族的责任、父亲的期望时，苏州那枯燥无聊的生活使他不能不苦闷彷徨。而当他追随妻子的热情、自己的愿望离开苏州时，他又为良心所谴责，忏悔自己是"罪孽深重的儿子"。两个世界，两种人生的拉锯战，终于拉断了他脆弱的神

---

① 巴金：《关于〈家〉》，载《巴金全集》（第4卷），人民文学出版社，1986，第400页。

经，使他最终在疯狂中死去。《四世同堂》中的祁瑞宣，作为一个自食其力的中下层市民之家的长孙，他得将全家老少的平安和吃穿沉重地担负在自己身上，为这个十口之家的温饱鞠躬尽瘁。甚至在家国危难之际，他也只能袖手旁观，因为"家与孝道把他和长顺，拴在了小羊圈。国家在呼唤他们，可是他们只能装聋"。

然而这种人生道路的分裂和痛苦毕竟还是外在的、浅层次的。更深的危机潜伏在他们内心深处，在于他们最为根本的价值危机。也正是在这一点上，高觉新显示出比其他人物形象更为深刻之处，因为在这一人物身上，作者挖掘出了这类人物的灵魂，使其达到了其他人物形象所不曾达到的历史深度。

高觉新称得上是现代文学史上少有的成功的人物典型之一，有着阿Q一样令人说不尽的复杂内蕴。关于他的性格，以往的研究者多定为懦弱和自我压抑，并将他与巴金笔下另一些软弱的男性形象，如汪文宣（《寒夜》）、陈剑云（《激流三部曲》）等相提并论，认为"这是一些习惯于自我克制，自我贬抑，习惯于在逼仄的角落呼吸有限的空气，极力把自己的存在缩小到最大限度的人们，他们过分地谦抑，缺乏自信和强烈的旺盛的生活欲，随时准备向一切横逆低头，为一切人牺牲"①。这种看法固然有其精辟之处，但却未免模糊了他们之间的本质区别。不错，在外在表现形式上，高觉新与汪文宣、陈剑云等人的确都处处退让，懦弱卑微，但汪文宣之懦弱，乃在于他的内在是一种被生活彻底压扁了的萎缩人格。面色萎黄、精神疲乏、身体瘦弱的他不仅在家庭生活中无能为力，在母亲与妻子之间左右为难，而且在社会上也胆小怯懦到了变态的程度。他害怕上司，主任轻微的咳嗽都让他疑心是在怪罪自己。科长看他一眼，他都毛骨悚然。他不能与同事大大方方地交往，别人的谈笑与眼神都令他惊惧。在与妻子的关系上，他完全丧失了自信，他没有勇气

---

① 赵园：《艰难的选择》，上海文艺出版社，1986，第286页。

和能力留住健康的充满活力的妻子，只能以自我压抑、自我贬低来换取妻子的怜悯同情。如果非要拿他和《激流三部曲》中的人物作比较，那么他与"我什么都害怕"的枚表弟以及整日战战兢兢、缺乏自信的陈剑云有着更多的相似之处，他们都是自愿地放弃一切、丧失自由意志的"老好人"，只能任凭命运将自己摧毁。而高觉新不同，他并不是没有胆气和魄力，在现实的困难面前，可以说他比《家》中的任何人都勇于承担责任，敢于面对挑战。在不到二十岁的年纪，父亲去世，他就平静地把大家庭的担子放在自己年轻的肩上。在军阀混战、城中大乱的危险时候，只有他一人挺身而出留在了前院，不顾个人安危地守住了公馆。他是高家的顶梁柱，家中大大小小的事都少不了他，就连亲戚家的事情，也往往要他出马。在公司里他是一个自信、能干的职员，同事找他诉苦，老板也找他出主意，而他心平气和的一席话就"说得黄经理满意地摸着八字胡直点头"。这样的人何曾懦弱呢？他在生活中的妥协和退让，并不像汪文宣那样出于人格的卑屈和性格的软弱，而更多是源自他头脑中浓厚的礼教观念和维护家族和睦的良苦用心。中国传统伦理道德的一个显著特点就是要求子孙们"入则孝，出则悌"，孝是"百行之冠，众善之始"，"人之行莫大于孝，而罪莫大于不孝"（《汉书·艺文志》）。凡是与这一原则相抵触的都必须牺牲。孝悌成为家庭中人们的生活标尺和道德准则。在宗法制大家族中，孝道更是子孙们必须奉行的根本之道。孝的实质就是对长辈的尊敬和服从。生活在这样一种文化中，高觉新不能不深受影响。他所有可称之为"懦弱"的行为都与他对长辈的绝对服从息息相关。他顺从父亲的意志，毫无怨言地放弃学业，奉父母之命、媒妁之言与长辈选定的姑娘结婚；他遵从爷爷的命令，劝觉民答应冯家的婚事，因为"爷爷的命令不能违抗"；他不信什么"血光之灾"，可瑞珏被逼去城外生产，他却不说一句反抗的话就忍受下来，因为他"担不起那个不孝的罪名"；克明吩咐把觉慧的每封信都交来过目，他也一一照办，因为"三爸是家长，他的话我们不能不听"。在这种道德信条之下，他不能违抗长辈的命令，他只有牺牲自己的利益和意志来换取另外的安宁。同时，作为高家的长子长孙，觉新对他的家族怀有高度的责任感和使命感。在他的心目中，家族的荣誉和安宁高于一切。为了能拥有一种"父慈、子孝、兄友、弟恭"的和睦气氛，他总是克己让人。他所处的位置使他比别人更多地承受了各方面的明枪暗箭，他的反抗只能给他招来更多的烦恼和更多的敌人。为了大家庭的安宁，他只有处处退让，事事容忍，自觉地恪守和维护家族秩序的制度。他对陈姨太、王氏、沈氏的挑衅极力忍让，陪她们打牌，买东西，在尽可能的范围内极力敷衍她们。在王氏故意将自己儿子的脸打肿却诬陷觉民时，觉新不是没有是非观念，但为了家庭的和睦，他只能逼觉民赔礼道歉。觉民不从，他就主动去替他挨骂。在他的忍让背后，是他不惜牺牲自己，维持大家庭和睦安宁的一片苦心。这种自我牺牲、克己退让的生活当然令他痛苦，因而他常常长吁短叹，但当弟弟们劝他拿出勇气为自己争取幸福时，他就又想起自己肩上的责任，想起父亲临终前的嘱托，觉得自己"除了牺牲以外，再没有别的出路"。

由此我们可以看出，他为人处世的方式和原则与高老太爷、高克明等封建家长有一脉相承之处。然而，虽然信奉着相同的价值观念，身处文化转型时代的高觉新与父辈的最大不同在于，他再也不能像父辈那样从这种自我牺牲、自我奉献中获得道德的自足感和做人的自信了。众所周知，在中国古代占统治地位的儒家伦理道德，其根本特征便是用现存的人与人的关系规定个体人全部人生选择的合理性。个体的全部价值便是为他的上下左右尽责，他的纯个体的存在和发展是没有独立意义的。在这种文化形态中，人不再按照自我实现的程度而被衡量、被肯定和被承认，而是按照自我牺牲、自我否定、自我束缚的程度而得到社会的承认，并因这种承认而获得自我的道德满足感。与此相辅相成的中国人的最高理想不是"能人"而是"圣人"，其基点就在于个体人格的塑造和完善。孔子奠定了儒家的"修身"传统，将之作为"齐家治国平天下"的根本，这其实是将一切外在的行为规则和内在的心理原则都落实到个体人格的塑造上。孟子则进一步将孔子这种思想发扬光大并推至极端，强调道德的先验的普遍性和绝对性，从而极大地突出了个体的人格价值及其所负的道德责任和历史使命。而到了以朱熹为代表的宋明理学，更进一步将伦理提到"与天地参"的超道德的本体地位，"理学成为一种具有宗教功能的准宗教，也可说是某种道德的神学"①。影响所及，中国几千年封建社会连官吏的选拔在某些时候也不以政绩功业为要，而以个体道德为准绳。这种倾向的是非功过且不去评说，我们却不能不承认，它往往能给身体力行这种文化的个体带来一种崇高感和充实感。我们可以看到，无论高老太爷还是冯乐山，都觉得自己强大而自信，因为他们都从这种文化中汲取到了勇气和力量。他们之所以颠顸也往往源自他们对其所奉行的文化的绝对信仰。而到了高觉新所生活的时代，情况却不同了。传统的伦理道德和价值体系虽然还在影响着大多数中国人的观念行为，但它却失去了原来作为社会价值信仰体系的神圣性，由它所提供的生命和生活意义、道德伦理法则也失去了往日的吸引力。具体反映到《激流三部曲》中，高觉新的种种牺牲、忍让便丧失了意义，它们换来的不再是尊崇，而是弟弟们无情的否定和激烈的批判。如果我们细心一点，就会发现，小说中对觉新"懦弱"的指责大多来自觉民和觉慧的视角。几乎在每一次他为维护大局而做出让步和自我牺牲的时候，两个受到五四新文化影响、站在新文化、新道德立场上的弟弟都会愤怒地指责他这不过是一种懦夫行为，不仅毫无意义，而且害人害己。这种意见和立场对觉新固有的信念形成了强有力的否定和瓦解，摧毁了他的价值信仰，使他痛苦地意识到自己的可悲地位。当觉民毫不留情地骂他是一个"连一点人气也没有"的"受气包"时：

---

①   李泽厚：《中国古代思想史论》，人民出版社，1986，第273页。

　　觉新蒙住脸埋下头往后退了两三步。这一次他的心受伤了。难洗涤的羞愧和悔恨压在他的头上、身上、心上。他过去的信仰完全消失了。他不能够反驳觉民，他现在才明白觉民说的全是真话。他活得简直不像一个人。

　　在某种意义上，也正是这些无情的否定唤醒了他沉睡的自我，他后来的经常的悔恨和自责在很大程度上可以说是这种指责的产物。更为重要的，他自身的痛苦经历也使他真切地感受到了旧道德旧礼教的残酷和荒谬。断送前程的绝望、心爱的姑娘梅的眼泪和抑郁而终、妻子瑞珏的早亡、蕙表妹的默默饮恨而亡……这一系列令他痛不欲生的事件不能不从根本上动摇了他的价值基础，使他对自己的所作所为产生深深的怀疑和悔恨：

　　　　蕙可以说是被他间接害了的。他已经断送了几个人的幸福。这些人都是他所认为最亲爱的，现在都被驱逐到另一个世界里去了，而且每一次都是由他来做帮凶。

　　可想而知，这种感觉是如何撕裂了他，他再也难以从他以前所遵奉的传统价值体系中得到心灵的安慰了，他所做的那些让步、牺牲，不仅不能给他以道德上的优越感，反而更像他的一条条罪状。他不可能不因此而焦虑。"这种焦虑出现在道德的自我意识的每一时候，能把我们驱到完全的自弃和受谴责的情感中去——不是驱到外部的惩罚，而是驱到对我们使命的失落所感到的绝望之中。"①
　　这种痛苦对每个个体来说都是难以忍受的。无论是出于本能

_____

① ［美］P. 蒂利希：《存在的勇气》，成穷、王作虹译，贵州人民出版社，1998，第42页。

抑或自觉，觉新都必然要寻求新的出路。他的贪婪地阅读本地报纸上转载的北京消息、积极购买新思潮杂志报纸，都可以视为他寻求新的人生支柱的努力。在很多时候，他也确实站在新的价值立场一边。在弟弟妹妹叛逆行为的关键时刻，总是他挺身而出，伸出援助之手。觉慧的离家出走，若没有他在经济上的全力支持是不可想象的。然而这种新的价值观念同样不能给他以真正的安慰。长辈的责骂自然在意料之中，觉民觉慧的无所顾忌是他"管教不严"的结果，家里人为此而讽刺他，挖苦他，辱骂他——他成了两个兄弟的挡风墙和受气筒。他为此而深深烦恼。然而这还不是最主要的。更为强大的拆解力量仍然来自他自身。每当他顺从弟弟的心愿，或不得不支持他们的叛逆行为时，传统的伦理规范和价值准则又反过来啮食他的心。觉慧等人离经叛道、胆大妄为，令他惊恐不安，生怕他们有什么闪失，因为他时刻都记着"爹临死时把你们两个交给我，我如果不能够好好地保护你们，我将来在九泉之下还有什么面目去见他老人家？"更重要的是，深受礼教和传统价值规范熏陶的他，也不可能不对这种试图推翻旧的家国形式、崇尚个体自我的新思想新观念怀有疑惧之心。他的位置决定了他不可能像觉民、觉慧一样很快地崇信一种全新的价值体系，更多的时候，他还是习惯于站在旧的立场上。作为自幼在中国传统氛围中长大的青年，觉新比别人更能体会到中国文化和传统社会的魅力。他对新的价值体系并不能完全认同。这样，他又丧失了从新的文化价值观念中汲取力量的可能性。尽管那是一种崇尚个体力量，张扬个性，充满进取精神和个人英雄主义气概的文化体系，但对并不怎样笃信的觉新而言，它同样不能给他带来自信与精神满足感。

在这种情形之下，觉新不能不陷入深刻的认同危机之中。他无法在他的社会实践活动中发展出他有组织的自我感觉和自我确信，无法形成他统一的自我。自幼所接受的信念坍塌了，他的参与不再具有创造性，因而他的热情和付出也就失去了意义。而新的文化更不能提供这种满足，因而同样不能给他以最终的意义。对两种文化，他都失去了虔诚和笃信之感。这使他无论做什么都不能理直气壮，因而常常给人以懦弱无力的感觉。这种特殊的历史与文化处境所造成的"懦弱"与汪文宣、陈剑云等人因人格萎缩而导致的贬抑自屈应该是有质的区别的。

表面上看来，这种文化上的两难不过使他人格分裂："在旧社会里，在旧家庭里，他是一个暮气十足的少爷；他跟他的两个兄弟在一起的时候，他又是一个新青年。"但透过表象，我们不难发现，它们带给他的其实是作为一个人的最深的痛苦——他丧失了生存的价值标尺，因而无法从他的任何生命活动中获得幸福感。这个人物的最大最持久的痛苦，在我看来，并不像有些研究者所认为的那样是"他在一个蔑视他作为人的存在的地方，仍然不能完全忘怀自己是一个'人'"①。他还没有那么彻底的现代意识和那么高的觉悟。他的痛苦更多地来源于认同感的丧失，他的存在失去了傍依和意义，他不可能不因此而空虚、焦虑、绝望。那种感觉正如他自己所言："我不是奢侈家，不是命运和自然的爱子。我只是一个劳动者。我穿着自己的围裙，在自己黑暗的工厂里，做自己的工作。——然而我却是一个没有自己的幸福的劳动者。"马克思认为，劳动是人类的本质，只有劳动才能使人类克服与其本质的分离。一个不能在劳动中实现其本质存在的人是痛苦的。因为"人的存在包括他与意义的联系。只是根据意义和价值来对实在（包括人的世界与人自身）加以理解和改造，人才成其为人。……因此，对人类精神的威胁也就是对他整个存在的威胁"②。沉重的痛苦感和绝望感正是觉新这一人物最引人注目的精神特征。关于他的心理状态，书中随处可见的是这样一些语句：

---

① 赵园：《艰难的选择》，上海文艺出版社，1987，第 288 页。
② ［美］P. 蒂利希：《存在的勇气》，成穷、王作虹译，贵州人民出版社，1998，第 40 页。

我不是青年，我没有青春，我没有幸福，而且永远不会有幸福。

我是不要紧的。我这一生已经完结了。

我的心已经老了，我的心境已经到了秋天。我的生命也像到了秋天，现在是飘落的时候了。

我会留在笼子里，我会永远留在笼子里。

我这一辈子是完结了，……我晓得我不会活到多久！

的确，"当一个人无法意识到自我的价值和意义的时候，他在人生面前就永远是被动的、消极的，并且在精神上是茫然的。在这时，人生对他只是一种沉重的负担"[1]。在痛苦和绝望中备受煎熬的觉新也曾试图以"作揖主义""不抵抗主义"调和两类人群、两种价值的矛盾，然而他的努力只能是徒劳无功罢了。因为这两种文化是绝对调和不到一块去的。而他本人，也只有终身在这种被撕裂的充满绝望的痛楚中苦苦挣扎。死亡也许是这类人唯一的解脱。其实年纪轻轻的觉新就不止一次地想到过死。这一人物形象的生活原型——巴金的大哥，后来也的确死于自杀。而这一群像中另一个更为敏感更为脆弱的蒋蔚祖，则走向神经崩溃和疯狂——认同危机所带来的绝望和痛苦是如此不堪承受。

然而这种痛苦并不仅仅是个别现象，而是所有处于文化转型夹缝中的中国人都不得不面对的历史困境，其中折射的是整个民族在现代的苦涩命运。的确，"对于近代中国人来说，重新确认自己不是个人成长过程中的自然事件，而是一种集体命运"[2]。鲁迅不也多次慨叹过自己处于"明暗之间"的"中间物"的尴尬么？这种认同危

---

[1]　王富仁：《鲁迅研究的历史与现状》，浙江人民出版社，1999，第160页。

[2]　汪晖：《汪晖自选集》，广西师范大学出版社，1997，第2页。

机造成当时中国人普遍的心理焦虑。其情形正如丹尼尔·贝尔所言："每个社会都设法建立一个意义系统，人们通过它们来显示自己与世界的联系。这些意义规定了一套目的，它们或像神话和仪式那样，解释了共同经验的特点，或通过人的魔法或技术力量来改造自然。这些意义体现在宗教、文化和工作中。在这些领域丧失意义，就造成一种茫然困惑的局面。"① 对处于这样一种困境中的人物形象的研究，或许可以在最大意义上加深我们对历史文化、对我们民族近代以来坎坷命运的认识和理解。

① ［美］丹尼尔·贝尔：《资本主义文化矛盾》，赵一凡等译，三联书店，1989，第 197 页。

封建大家长与传统世界的权力符码

　　历史进入近现代，在西方的冲击下，中国开始了由传统向现代的缓慢转型，社会生活的各个领域都发生了巨大的变化。但不同于从萌芽到发生酝酿了几百年的西方启蒙主义运动，中国这一切变化都是在几十年间骤然发生的，这就使得社会思想变化的复杂性在这种特殊的情况下被大大简化，新旧两种人生两种思想观念的冲突往往直接表现为父与子、年轻一代与老一代的尖锐对立。这种情形在大家族内尤其明显。新文化新道德的倡导者几乎都是接受了外国先进思潮或在五四新文化直接哺育下成长起来的新一代青年，而在旧式封建教育和社会环境中形成自己固定的思想观念的老一辈家长（族长）则绝大多数因袭着封建传统的思想观念和伦理道德。因此，在现代家族小说中代际的冲突、对立便成为一种普遍而醒目的现象。由于五四强大的意识形态影响和结构性偏向，在现代作家的笔下，父亲一代多是些负面形象，而且，除了极个别的篇章，这类形象也大多不是主角，"几部写'家'的规模最大的作品，刻画最力的，不是老的家族统治者的形象而是他们的后代"①。这自然不能不影响我们对这一系列人物研究的深度和广度。尽管如此，我们仍然可以从这一群像的不同表现形态和性格特征中挖掘出许多发人深省的文化内涵，从他们作为传统社会的权力符码和旧的价值体系的承载者在现代中国的历史命运中探究时代的变迁。

---

① 赵园：《艰难的选择》，上海文艺出版社，1987，第412页。

一

五四新文化运动的领袖陈独秀曾将社会历史问题归结为家庭问题，认为"西洋民族以个人为本位，东洋民族以家族为本位"，而"律以今日文明社会之组织，宗法制度之恶果，盖有四焉：一曰损坏个人独立自尊之人格；一曰窒碍个人意识之自由；一曰剥夺个人法律上平等之权利（如尊长卑幼同罪异罚之类）；一曰养成依赖性，戕贼个人之生产力。东洋民族社会中种种卑劣不法惨酷衰微之象，皆以此四者为因"①。而家族制度的种种危害，往往是借封建家长（族长）之手来实现的。这群大家族的统治者，由于长期处于"主人"地位，往往养成极端愚妄、专横、残酷和颠顸的性格特征。《家》中的高老太爷最爱说的一句话便是："我说是对的，哪个敢说不对？我说要怎样做，就要怎样做！"活脱脱一个专制暴君的形象。"经济权捏在他的手里，他每年收入那么多的田租，靠剥削便可以养活整大家人，所以一大家人都得听他的话。处理年轻人生死的大权也捏在他的手里。女人的命运就更不用提了。用钱买来的年轻的婢女，在他的眼睛里也只是他财产的一部分，他可以随意赠送朋友。"②而冰心《斯人独憔悴》中的父亲化卿先生，不仅将儿子到南京请愿的行为斥为"犯上作乱"，而且在儿子稍加辩解时大发雷霆，耍尽了封建大家长的威风：

> 忽听一声桌子响，茶杯花瓶都掉在地下，跌得粉碎。化卿先生脸都气黄了，站了起来，喝道："好！好！率性和我辩驳起来了！这样小小的年纪，便眼里没有父亲了，这还了得！"颖贞

---

① 陈独秀：《东西民族根本思想之差异》，《青年杂志》第1卷4号。
② 巴金：《谈〈家〉》，载《巴金全集》（第4卷），人民文学出版社，1986，第465页。

惊呆了。颖石退到屋角，手足都冻得冰冷。(《斯人独憔悴》)

这番场景，使我们形象地看到了封建家族宗法专制的可怕面目。它以一种不容置疑的权威要求所有的家庭成员绝对服从，为了家族的利益、家长的意志，他们必须牺牲个人的全部权利乃至生命。它不允许年轻人有自己的见解和选择，只能遵循和屈从于封建的思想观念和伦理道德。对于敢于反抗的年轻人，它不惜施以极严厉、残酷的手段。高老太爷不许觉慧出门，以断绝父子关系要挟觉民订婚。化卿先生做得更绝，不仅撕毁颖石兄弟的书刊，中断他们与外界的联系，而且索性逼他们退了学。对于专制制度的这种本质，杜勃罗留夫就曾指出："他专横顽固却竭力使自己合法化，把自己当作一个不可动摇的制度。因此，他一面对本身的自由抱着一种漫无边际的见解，同时又竭力采取各种手段，使自己能够永远保持这种自由，使自己能够避免一切大胆果敢的尝试。"① 这种建立在封建的等级制度之上的专制和独裁，是封建社会意识形态的总基础。在化卿对儿子的训斥中，便包含了这样的观念："君要臣死，不死不忠；父要子亡，不亡不孝。"儿子有自己的独立意志，胆敢反驳家长，就是"无父无君"、不忠不孝。这种专制之下，制造了多少人间苦难和悲剧！可以说中国现代的每一部家族小说都浸透了牺牲者的血泪，不管这种残害是有形的杀戮，还是无形的窒息。

封建大家长不仅是家庭、家族的独裁者，而且还是封建礼教的维护者。在他们的心中，封建的伦理纲常是天经地义、不容置疑的。《子夜》中终日怀抱《太上感应篇》、信奉"万恶淫为首，百善孝为先"的吴老太爷是此类人物漫画式的肖像，而《激流三部曲》中周伯涛的所作所为则是他们精神与性格特征的真实写照。依照"父母

---

① [俄]杜勃罗留波夫：《黑暗王国的一线光明》，载《杜勃罗留波夫文学论文选》，辛未艾译，上海译文出版社，1984，第354页。

之命，媒妁之言"，周伯涛将女儿许配给一个人品不好脾气恶劣的少爷，为维护自己的"面子"与礼教的尊严，又不顾家人的反对将女儿送进了虎口。女儿在婆家饱受折磨，他却认为女儿"嫁给郑家做媳妇，当然要依郑家的规矩。做媳妇自然要听翁姑的话，听从姑少爷的话，受点委屈，才是正理"，女儿病危，他仍坚持"蕙儿究竟是郑家的人，应该由郑家作主，我们不便多管"，因为依据封建的道德纲常，女儿"出嫁从夫"。在儿子枚的教育和婚事上，他的守旧偏执更是突出。他不准儿子接受新式教育，整天把他关在家中读四书五经，在他的严厉管制和任意摆布下，这个十六七岁的少年成了一个唯唯诺诺、体弱多病、未老先衰、丧失自己的意志的"小老头"。周伯涛还不顾全家的反对，一意孤行地包办儿子的婚事，后来又延误儿子治病的时机，最终将儿子的性命断送。他"是那种不关心子女幸福的专制父亲的典型"，在他的身上，我们看不到一点做父亲的应有的感情。在他的心目中，只有封建的伦理纲常和道德教条才是最重要的，任何与此相悖的东西，哪怕是人的自然情感，都在他的排斥之列。维护僵化冷硬的仁义道德和封建礼节，成了这种人人生的最高信条。与此相伴随的，是他对一切新事物新思想的敌视和拒斥。他不相信西医，致使女儿的小病拖成大病，并最终丧命；他厌恶新式教育，"听见学堂就头痛"，为了使儿子不被觉民、琴这样的年轻人"带坏"，连他到高家搭馆读书都不允许。他"反对一切新道理"，认为儿女的一切都应由父母做主，哪怕其时各种新思想竞相涌入，他仍要坚守"君为臣纲，父为子纲，夫为妻纲"的封建教条，在他的身上，体现着封建意识形态的极端残酷性和陈腐性，是中国社会向前发展的最大阻力。

作为社会的实际统治者，他们的专制和蛮横不仅表现在家庭内部，还往往延伸到社会生活领域。如《激流三部曲》中的冯乐山，作者并没有对他作为封建大家长的一面做过多描绘，而是将重点放在他作为一个封建思想的维护者所产生的社会影响上。这样，作家对封建宗法统治和礼教的批判也就突破了家庭的狭小圈子，延伸到更广阔的社会，从而更有力地揭示封建势力的无孔不入。

的确，我们看到，在《激流三部曲》中，冯乐山就像一个无处不在的罪恶的影子一样，笼罩在所有人的头上。高家的悲剧，如鸣凤之死、强迫觉民订婚、枚的婚事，几乎都和他有关。这当然不是巧合，而是作者基于对此类人物社会影响力之大的深切体察而做的艺术安排。作为孔教会会长，封建遗老遗少们眼中"旧学造诣很深""德高望重"的长者，冯乐山以社会道德的施予者与维护者自居，以维持封建的社会和思想秩序为己任，充当社会思想和道德风化的宪兵。他疯狂反对新思潮，攻击学生运动，倡导复古，推行道统，都是出于自觉的主体意识。但另一方面，这个满口"仁义道德"的封建卫道士却欺负孤儿寡母，占人钱财，玩小旦，娶小老婆，是个不折不扣的伪君子。这是他性格中很本质的一面。

土豪劣绅作为乡间宗法势力的代表则呈现为另外一副面目。他们已撕破道德的假面，只知利用他们的士绅地位营私利己，专权钻营，他们的目光所及，往往只是些粗鄙的物质实利或权势地位的高下，即使讲伦理道德，也不过是利用它们攫取个人的实利。在这些方面，与普通的乡民相比，他们可能是一些善于算计、"足智多谋"的人物。彭加煌的小说《怂恿》，就以圆熟的艺术手法塑造了一个封建恶霸地头蛇牛七的形象。他虽然不是族长，但却在族中占据实际的统治地位。为了公报私仇，诡计多端的他利用家族观念和经济利益设下计谋，教唆族弟故意找碴，逼曾经给过他气受的冯家把已经宰杀了的猪"还原"，而其中的撒手锏就是叫政屏的娘子死到冯家去，吓吓他们。"如果人真的死了，那就更好办！"因为可以借此把事情闹大，出出他胸中的恶气。而政屏夫妇的利益、性命，何尝在他的考虑之列！挑衅失败，最后吃亏丢丑的只有政屏夫妇。可以想见，即使这场斗争冯家能得胜，政屏夫妇也没什么好处，他们只不过是牛七们争权斗气的工具罢了。从牛七身上，我们看到的是中国地痞恶霸式的农村封建势力的野蛮和凶残，看到的是乡间土豪劣绅的蛮横狡诈、鱼肉乡里。1905 年科举制度的废除割断了乡村士绅与官僚阶层制度上的纽带，农村精英为了自身的发展，大批流向城市。"久而久之，农村精英的大规模流失造成中国乡村士绅质量的蜕化，豪强、恶霸、痞子一类边缘人物开始占据底层权力的中心，原先多少存在的宗法互助关系荡然无存，乡村社会关系恶化，阶级冲突加剧。"① "牛七"这一乡村宗法势力统治者形象的出现，正是文学依照生活的本来面目透视和反映社会生活本质的表现。

二

另外一些形象则可爱得多。如老舍《四世同堂》里的祁老人，也是个大家庭的一家之长，但他绝不像高老太爷一样专横跋扈、颐指气使，对家中的老老少少，街坊邻居，他都和蔼可亲。克己让人，尊长爱幼，和气生财，是祁老人维护家庭和睦和良好社会关系的准则。即使子孙有错，老人也从不以强权和特权压制，而是以自己的人生经验和正直朴素的处世态度来加以规劝。生在古都北平，讲求礼节几乎成为老人的第二天性。他是如此和气，几乎成为全胡同的老太爷。在家中，尤其在晚辈面前，"祁老人对孙子永远不动真气——若是和重孙子在一处，则是重孙子动气，而太爷爷陪笑了"。也许是因为生在平民百姓之家，老人没有那么多的礼教规矩，即使在孙媳妇面前稍微摆那么一点家长的架子，也一点不令人讨厌。

更有代表性的或许要数《京华烟云》（林语堂）和《财主底儿女们》（路翎）中的家长形象。《京华烟云》自不必说，其本身的价值立场即倾向于传统，极力褒扬宗法大家族制度的优越性，其中的家长形象自然多是正面的。就是《财主底儿女们》，这部在主题上与

---

① 许纪霖、陈达凯：《中国现代史》，上海三联书店，1995，第 17 页。

《激流三部曲》一脉相承，而且人物的设置，如蒋捷三与高老太爷、蒋氏三兄弟与高家三兄弟，也有着某种内在的对应性的长篇小说也有了明显的变化。在路翎的笔下，封建大家族统治者蒋捷三的缺点，已不是写作的重点，而更多突出了他作为家族创业者和奠基人的魄力和魅力。作为单个人，他甚至比他的三个儿子更强健，更富有吸引力。可以看出，从高老太爷到祁老太爷、蒋捷三，家长形象有了明显的变化。但这并不意味着个人品质有了差别，其中原因应该更多取决于作家们价值观念的变化。早期被五四唤醒、并在五四精神的感召下成长起来的作家，往往具有明显的意识形态化的使命感，将家族制度及封建的大家长看作是现代中国社会的"万恶之源"，故多从负面加以鞭挞。对封建家族制度的抨击和诅咒，因此成为现代家族小说的一个最强音。然而另一方面，随着时光的流逝和认识的深化，越来越多的作家意识到家族的正面作用与负面作用其实是互相依附的，因而他们叙写家族故事、刻画传统家族统治者形象时变得比较客观。

然而即使是后一种家长形象，他们的美德也都是建立在旧的封建的社会基础和生产方式之上的。在这个范围内，他们或许无可挑剔。但一旦越出这个范围，从更高的层面上来加以审视，他们身上那固有的狭隘性、保守性甚至残酷性就突现出来了。我们看到，善良如祁老人，在民族危难的时刻，所一心惦记的不过是他的"八十大寿"和备下够吃三个月的粮食咸菜，用装上石头的破水缸顶上大门，过他自家"四世同堂"的小日子。更重要的，以他为代表所体现的那种中国人固有的"家庭至上"观念和老人至上的文化传统，如一条看不见的绳索捆住子孙们的手脚，使他们不得不终身围绕着这个中心转，而将个人的发展、社会的公德乃至国家与民族的利益放在服从的地位。这种文化所要求于子孙的最重要的就是一个"孝"字，即"无违"，就是要子孙在日常生活中对长辈无条件地服从，使他们事事心满意足，而他们却极少考虑到子孙的愿望和要求，其结果势必伤害子孙们的身心而他们却漠然视之或浑然不觉。

而正直如曾文璞（《京华烟云》），也一手制造了让十八九岁的少女曼娘为自己垂危的儿子"冲喜"的悲剧，使这个少女进门不久就终身守寡。为着木兰带曼娘出去看了一次电影，他就大发雷霆，因为在他看来，曼娘是个寡妇，她没有与外界正常交往的权利，她应该恪守妇道，而从不顾及这种妇道是如何束缚和摧残了曼娘的生命。这个年轻的女人只能在狭小的庭院中枯度一生，成为礼教的殉葬品。而这一切在曾文璞都是不自觉的。封建的思想观念与伦理道德已成为他血液的一部分。《京华烟云》中另一大家长姚思安，是这个形象系列中唯一的一个道家人物——这部小说的中心意旨就在于弘扬道家文化。作者林语堂在二十世纪三十年代后期转向传统文化，如他自己所言："他苦心钻研了西方美好与璀璨的东西，但他还是回到东方来了。……在中式长袍和便鞋中，他的灵魂得到了慰藉。"而这个慰藉主要来自道家哲学。一直到二十世纪五十年代，林语堂都以道家信徒自居。他认为道家哲学倡导顺从天道，人的自然之性可以获得自由发展，因此"道家总是比儒家胸襟还开阔"。因此，道家文化便成为林语堂三十年代以后寻求理想人生的避难所。在小说中，林语堂无疑是将姚思安作为他这一理想人生的化身来刻画的，他认为中国文化的希望就在这类人身上。然而事实怎样呢？儿子体仁与丫鬟银屏真心相爱，却遭到有着极深的门第观念和封建等级观念的姚母的死命反对和粗暴干涉。因为姚思安的一向通达，孤苦无告的银屏对他产生了幻想："她相信姚先生通情达理，会比体仁的母亲更容易接受这个新现实，也许会安排她一个半婢半妾的地位。"可结果姚思安位居一家之长，在整个事件中却未起到任何作用（当然为了避免出现难以解决的矛盾，作者安排他的主人翁到南洋游历），最后银屏只有自杀身亡。而对他最喜爱的女儿木兰，明知她与立夫更情投意合，也只能拘于礼教将她嫁入曾家。不错，他是淡泊名利超越世俗，可这种洒脱是以逃避矛盾、泯灭是非为代价的。在当时儒家思想占统治地位的环境下，他的"顺应天道"势必使他有意无意地成为"帮凶"。

然而这一切又不仅仅是他们个人自身的过错，而是他们所置身的全部生活环境、全部生活方式的过错。在这样的生活环境和生活方式中，他们只能如此选择自己的思想准则和行为方式。正如马克思所言："但是我们不应该忘记：这些田园风味的农村公社不管初看起来怎样无害于人，却始终是东方专制制度的牢固的基础；它们使人的头局限在极小的范围内，成为迷信的驯服工具，成为传统规则的奴隶，表现不出任何伟大和任何历史的首创精神……它们使人屈服于环境，而不是把人提升为环境的主宰……"① 五四要开启中国现代新文化，要解放人的个性，确立人的主体地位，提倡民主和科学，便不能不与这些封建统治和封建思想的承载者做斗争，"在中国，对以儒家封建思想为中心的封建传统思想的批判是现代中国一切批判的前提"②。只有立足于此，家族小说对封建政治和思想统治的维护者——家长（族长）们的批判才能真正富有历史的深度。

三

新旧两大阵营的代际差别构成中国现代思想的重要特征，但这种以年龄和代际划分的差别和对立并不是绝对的。有许多从旧的大家庭叛逆出来的年轻人又转回封建的老路，而在家族统治者阵营内部也出现了新的变种，或者说继承人，像金铨（张恨水《金粉世家》）、高克明（巴金《激流三部曲》）、姚国栋（巴金《憩园》）

---

① ［德］卡尔·马克思：《不列颠在印度的统治》，载《马克思恩格斯全集》（第9卷），中共中央马克思恩格斯列宁斯大林著作编译局译，人民出版社，1961年版，第148、149页。

② 王富仁：《中国反封建思想革命的一面镜子》，北京师范大学出版社，1986，第93页。

都曾出国留学，孙尚宪（王西彦《古屋》）也曾进过京师大学堂。他们都系统地接受过新式教育，大多也从事过现代职业，如高克明是个大律师，姚国栋则做过三年教授和两年官。其中担任内阁总理的封建官僚大家庭家长金铨，不仅从事新式职业，而且还颇具现代文明气息。他反对"门当户对"的封建婚姻观念，对小儿子燕西与平民之女冷清秋的恋爱婚姻不但不加以阻挠，反而很赞赏冷清秋的才学，唯恐儿子配不上她。在生日宴会上他让丫头秋香和主人一起就座，颇有点讲求平等的味道。然而从本质上而言，他们与其父辈祖辈却没有什么质的区别，在顽固地维护封建的社会秩序和伦理道德方面，高克明绝不亚于他的父亲高老太爷。他认为"女子无才便是德"，反对女儿淑英跟剑云学习外语。淑英与觉民外出开会的消息被他得知后，他大发雷霆，痛骂淑英。淑英抗婚和逃出家庭到上海求学一事在他看来，简直大逆不道，是绝不能宽恕的行为。作为一个封建卫道者，他反对觉民等人在外面办宣传新思想的报纸和发表过激的言语，设计逼报社从商业场楼上搬走。开明家长金铨也从未真正地放弃"地主阶级"的立场，他的"维新"不过是一种改良，其目的是为了更好地巩固其封建统治。这些人是封建家族统治者中的一个新的变种。他们进新式学堂乃至留洋，只是为了适应新的时世，以便获得资本，更好地接封建主义的班，历史注定了他们将成为封建阶级末代政治统治和思想统治的代理人。这种新型封建家长的大量出现，乃至像金铨一样占据当时的政治舞台，说明封建的思想观念在现代中国还大有市场，反封建的道路还很艰巨漫长。

扫码对话之评论员　课堂教学探索　教育专家观点　乡村小说阅览　女性文学研究

"好女人"形象与男权意识的空洞能指

中国传统社会对女人最基本同时也是最推崇的道德期望，是要求她在婚前做合乎体统的"淑女"，婚后做温柔贤惠的"贤妻良母"，只有这样，才能算得上是一个"好女人"。这一基于男性中心意识的思想文化观念，在五四时代受到了强烈的冲击，但在许多人，尤其不少男作家心目中，它仍然是衡量女性的一个至高无上的标准。如作家老舍就曾说过："对于那不大会或不大爱管事的妇女，不管她是怎样的有思想、怎样的有学问，我总是不大看得起的。"① 这种带有浓厚传统文化色彩的观点也深深地影响了老舍作品中女性形象的塑造。在他的笔下，真正的好女人都是些贤妻良母。如《四世同堂》中的韵梅，这个北平普通宗法制大家庭的长孙媳妇，是老舍心目中理想女人的典型。她孝敬长辈，体贴丈夫，关心兄弟姐妹，爱护子女，为家庭奉献出了全部精力。虽然她日常的活动不外乎柴米油盐、家长里短，但在那沦陷区的艰难处境中，正是这种任劳任怨、温柔体贴的传统美德，给了这个风雨飘摇中的家一份最有力的支撑。对这种女性，老舍发出了由衷的赞叹，他说，韵梅"不只是一个平庸的主妇，而是像活了二三千年，把什么惊险苦难都用她的经验与忍耐接受过来的武士"。更有代表性的也许还要数林语堂。在林语堂的文学世界里，女性有着举足轻重的地位，而最能代表他的女性理想的莫过于《京华烟云》中的姚木兰。在他的笔下，姚木兰是个集现

---

① 老舍：《小人物自述》，载《老舍小说全集》（第 8 卷），长江文艺出版社，1996，第 431 页。

代意识与古典美于一体的完美女性。一方面，在深具道家思想的父亲的培养下，她思想达观，个性健全，聪慧能干，还有很高的文化修养，是个自自然然、健健康康的活泼女性。同时，她又具有传统女性温柔贤淑的品德，在婚后承担起大家族的各种琐碎事务，孝顺长辈，辅助丈夫，生儿育女，是个典型的贤妻良母。然而透过这一形象，我们不难发现林语堂对女性形象的建构其实是立足于男权中心主义立场上的，他的女性叙事是在男权中心典律的引导下进行的，满足的是西方读者文化/性别霸权的阅读欲望。姚木兰身上其实充满着未曾被作家意识到的明显悖论。首先"木兰"这一名字本身就是一个巨大的反讽。它取之于古代女扮男装、替父从军的女英雄花木兰。在某种意义上，这个名字本身已经成为中国文化中一个独特的符码和原型，是中国古代女性试图突破性别局限，反叛父权体制中自身"他者"位置的一个象征，虽然这种反叛是以一种模拟男性的方式进行的，"雄化现象表明女性欲望组织被宗法文化符码所内化殖民"，其结果仍不免导致女性"在崇尚理想化的父亲形象中被放逐到边陲"① 的悲剧命运，但无论如何，这种反抗本身不就意味着一种觉醒和进步吗？而林语堂则把花木兰这一原型转换成了受传统束缚的古典女性，这不能不说是一个巨大的退步。最重要的，他没有意识到，他让性格健全、能力出众的木兰囿于家庭的狭小圈子，是以木兰个性、志趣、能力的被压抑被牺牲为代价的。其中最具讽刺意味的，莫过于木兰舍弃自己最爱的立夫，听从父母之命、媒妁之言嫁给平庸乏味的荪亚，而荪亚却背叛了她，追求另一个新女性的细节。它充分暴露了传统女性在男权社会的可悲处境，也构成了对林语堂"理想女性""理想人生"的最大嘲讽和颠覆。实际上，在这类备受男性赞赏的女性身上，是听不到女性自己的声音的，她们内

① 林幸谦：《张爱玲：压抑处境与歇斯底里话语的文本》，《中国现代文学研究丛刊》1996 年第 1 期。

心的感受乃至痛苦都被有意无意地抹杀或忽略掉了。实质上，她们既不是生活中真实的女性，也不是精神上的新女性，而只是男性文化中的"空洞能指"① 罢了。

　　然而时代毕竟不同了。正如郁达夫所言："五四运动的最大的成功，第一要算个人的发现。"② 女人在社会和家庭中的悲惨际遇引起了人们更多的关注，人们开始意识到淑女之"淑"与贤妻之"贤"都是以对男性中心典律的迎合和顺从为前提的，其中隐含着的是女性无尽的痛苦乃至斑斑血泪。女作家以敏锐的直觉首先洞察了这一点。像《绣枕》（凌叔华）中的大小姐，贞洁婉顺，温柔娴静，既有良好的传统文化的教养，又心灵手巧，工于女红，是一个最符合封建礼教规范的淑女，社会以有形的历史与无形的规范在处处暗示这样的闺秀：她们只有如此才能换取男性的欢心和美满的婚姻。然而当她们真的尽力按这样的标准修炼自己时，预料中的幸福却依然那么遥远，因为她们的命运根本上是掌握在别人手中的。小说中那对包含着她的心血与对未来的无限希望的精美绣枕被父亲作为一个说亲信号送到白总长家里时，当晚就受到了最污秽的待遇，被那些酒足饭饱的客人们上吐下踏，至于白总长一家欣赏到与否，根本无从所知。反正两年后她仍待字闺中。那对被玷污被抛弃的绣枕就是她命运的最好写照，也许从单个故事而言这种结局很偶然，然而从几千年女性被奴役被压抑的历史来看，它又是一种必然。只要女性的命运还掌握在别人手里，她们的悲凉结局就是无可避免的。凌叔华较之五四时期其他作家的深刻在于，她通过"绣枕"这一意象写出了几千年中国女性的被动、从属的亚文化特质和"物"的本质，挖掘出了埋藏在传统闺秀美丽神话下那灰暗、隐秘、无意义、无价值的一面。

---

　　① 孟悦、戴锦华：《浮出历史地表》，河南人民出版社，1989，第15页。
　　② 郁达夫：《中国新文学大系·散文二集》（影印本），上海文艺出版社，1981，第5页。

　　"大小姐"们被父权转手给丈夫后种种触目惊心的景象也是现代家族小说作家关注的重点。巴金、苏青、张爱玲……都通过许多面貌各异的女性形象对这种历史进行了淋漓尽致、细致入微的解构。在这样一群"妻子""母亲"形象中，蕙（《春》《秋》）可以说是最普通、也最符合传统"妇道"的一个。温顺可以说是她最大的特征，她默默地顺从父亲的意志，和一个自己深为憎恶的人结了婚。婚后面对公婆的严苛和辱骂、丈夫的专横，只能暗自饮泣，不敢有丝毫的反抗。生了病，婆婆反对请西医，她也只有默默忍耐下去。即使在自己生命垂危，是否需要抢救的问题上，她都不敢对吃人的封建势力说半个"不"字。因为在这里，父亲的专制、公婆的辱骂、丈夫的蛮横都是作为不容置疑的合理习俗出现的，她作为女儿、妻子、儿媳妇，没有说话的权利。透过这貌似平常的生活，我们可以看到封建的体制和礼教是怎样地在一刀一刀地慢慢宰割一个女人的生命。"临死无言，在生可想"是觉民送给蕙的挽联。她的一生都是在默默无言中度过的，但"这并不表示她真的无话可说，而是在貌似强大的礼教的压制下，在宿命论思想的束缚下，她有满腹的言语不能说，也不敢说"①。这种对女性命运的书写表达了女性在社会中的真实身份和地位——那不堪的历史和命运，无情地击碎了那被父权话语所虚构的女性神话，使所谓的"好女人"的标准露出"吃人"的本相。但另一方面，我们不能不看到，以巴金为代表的男性作家之所以这样描绘女性的命运，是和他们反封建的历史目的分不开的。作家塑造这样的女性，并不是要给你留下难忘的审美形象，而是为了以她们的苦难来再现社会的罪恶，印证封建制度的"吃人"性。至于女性的内在本性和精神立场实质是被忽略掉的，"她在过去封建文化中的特定语义固然被抛弃，但她以往在话语结构中的位置却仍在延续，她仍然是那个因为没有所指或所指物，因此可以根

① 张慧珠：《巴金创作论》，四川人民出版社，1983，第 265 页。

据社会观念、时代思潮、文化密码及流行口味时尚来抽出或填入意义的纯粹载体"①。

但这种对女人有爱不能实现、婚姻不能自主的悲剧命运的描写毕竟是立足于一种精英立场之上的宏大叙事，在某种意义上，它还未能真正贴近女人更为内在更为本质的生命形态——那内囿、匮乏的人生。实际上，她们被拒斥于社会之外，家庭那狭小的牢笼是她们唯一的天地。"她周围那一道道由父、夫、子及亲属网络构成的人墙，将她与整个社会的生活严格阻绝，使她在人身、名分及心灵上，都是家庭——父、夫、子世代同盟的万劫不复的囚徒。家庭几乎是专为女性而设的特殊强制系统，它具有显而易见的性别针对性和性别专制意味。"② 女性被强行排除于社会主体生活之外，这意味着她作为一个人，和男性有了截然不同的人生。正如西蒙娜·波伏娃所言，人的每一种生存都应同时包括超越性和内在性，然而在这个现存社会里，男性的使命被规定为"生产、战斗、创造和进取，是向整个宇宙和无限未来的超越"，而另一方面女人却"注定要去延续物种和料理家庭——就是说，注定是内在的"③。她们被禁锢在自己的圈子里，在年复一年、日复一日的枯燥乏味的家务劳动中葬送了一生。这才是女性生存的真正本相和最大悲剧。然而只有到了天才女作家张爱玲这里，女人们这种琐碎、无价值的人生才得以淋漓尽致地彰显。《相见欢》中的荀太太、伍太太，《花凋》中的郑夫人，《鸿鸾禧》中的娄太太，"她们的命运仿佛是周而复始的典型：生命在她们那里只能不断地重复，不会走向任何地方，她们被牢牢地固定在家庭主妇的角色上，停止了生存的扩展，变成了阻碍和消极的

---

① 孟悦、戴锦华：《浮出历史地表》，河南人民出版社，1989，第 43 页。
② 孟悦、戴锦华：《浮出历史地表》，河南人民出版社，1989，第 7 页。
③ ［法］西蒙娜·波伏娃：《第二性》，陶铁柱译，中国书籍出版社，1998，第 492 页。

象征"①。其中全少奶奶（《创世纪》）在传统大家族中更充满了为人媳妇的苦处："这些年来，就这厨房是真的，污秽，受气是真的，此外都是些空话，她丈夫的风趣幽默，不好笑的笑话，她不懂得，也不信任。"这种"除了厨房，还是厨房，更没有别的世界"，可谓一语道尽了女性亚文化群体的内囿实质。

正是有因于此，张爱玲的笔下没有真正的"淑女"和"贤妻良母"，有的只是一个个蒙着"淑女"或"贤妻良母"假面的真实女性。通过她们，张爱玲挖掘到的，是那不仅为男性所忽略，而且被女性自己有意无意地掩饰的历史真相。她们在某种程度上构成了对"好女人"形象与男权意识的最大颠覆和解构。我们且来看她笔下的这三类人物形象：

淑女　按当时社会上流行的标准，张爱玲小说中的女性人物大多是或曾经是或正在努力使自己成为一个淑女。因为不如此，她们便有嫁不出去的危险。而当时"对女孩子们，婚姻是结合于社会的唯一手段，如果没人想娶她们，从社会角度来看，她们简直就成了废品"②。虽然当时的社会已在提倡男女平等，鼓励女人出去工作，成为一个自食其力的人。但对大多数女性，尤其大家族中的女性而言却是不可想象的。她们一方面为门第所阻，不能出去当女店员、女打字员，"做'女结婚员'是她们唯一的出路"（张爱玲《花凋》），因为不那样就失去了淑女的身份，"那身份食之无味，弃之可惜"。另一方面，当时社会所能提供给女性的机会太少，她们即使工作，也多是些辅助性的职业或充当"花瓶"的角色，这种工作不仅不能给女人带来成就感，而且工资微薄，仅靠这点收入，她是无法维持一种体面的生活的。在这种情形之下，找一个有钱有势的丈

---

① ［法］西蒙娜·波伏娃：《第二性》，陶铁柱译，中国书籍出版社，1998，第341页。

② ［法］西蒙娜·波伏娃：《第二性》，陶铁柱译，中国书籍出版社，1998，第489页。

夫仍是大部分女人的最好出路。为此，她们努力修饰自己，使自己成为符合男性要求的女性模样。在这种文化之下，有的女孩被塑造成了真正的"淑女"，其典型特征就是"白"——乏味空洞，这留待下面再详述。另一种则仅仅是戴上了淑女的假面，因为社会和男人们需要：

> 小姐们穿不起丝质线质的新式衬衫，布褂子又嫌累赘，索性穿一件空心的棉袍夹袍，几个月之后，脱下来塞在箱子里，第二年生了霉，另做新的。丝袜还没上脚已经被别人拖去穿了，重新发现的时候，袜子上的洞比袜子大。不停地嘀嘀咕咕，明争暗斗。在这弱肉强食的情形下，几位姑娘虽然是在锦绣丛中长大的，其实跟捡煤核的孩子一般泼辣有为。
>
> 这都是背地里。当着人，没有比她们更温柔知礼的女儿，勾肩搭背友爱的姊妹。她们不是不会敷衍。从小的剧烈的生活竞争把她们造成了能干人。（《花凋》）

最能把这种淑女的真实面目暴露得淋漓尽致的还要数《倾城之恋》。正如有的评论者所诠释的那样：

> ……这部爱情传奇是一次没有爱情的爱情。它是无数古老的诺言、虚构与话语之下的女人的辛酸的命运。这是一次成功的出售。（孟悦、戴锦华《浮出历史地表》）

而这样一次"成功的出售"是由女主角白流苏来完成的。白流苏出身于一个靠遗产过活的封建大家族，家族内部钩心斗角。作为一个离了婚又回到娘家的年轻女子，她在家里备受歧视，处境难堪且难耐。而她唯一的出路就是利用自己的"淑女"身份和残留的美貌嫁一个可以养活自己的男人。为此，当从英国回来的青年实业家范柳原向她表示好感时，她决心不惜得罪自己的妹妹和家人，用她的前途赌一把："如果她输了，她声名扫地，没有资格做五个孩子的后母。如果赌赢了，她可以得到众人虎视眈眈的目的物范柳原，出净她胸中这口恶气。"因为她深知，在这个社会里，"一个女人，再好些，得不着异性的爱，也就得不着同性的尊重"。

在香港她和范柳原展开了一场看不见硝烟的战争，表面上，白流苏深具"真正的中国女性美"，以擅长"低头"——一种柔弱、退让、惹人爱怜的姿态——吸引了有着"中国情结"的范柳原。范柳原称她是"一个真正的中国女人"，说穿了不过是喜欢她的"淑女"气质，然而这都不过是表象而已。外表柔弱、"无用"的白流苏其实是最懂得以退为进，以柔克刚的。钩心斗角的大家族生活培养训练了她的心机。她和范柳原的"恋爱"故事根本不像一个爱情故事，"两方面都是精利的人，算盘打得太仔细了，始终不肯冒失"，因而斗智斗勇，谁也不肯让对方占了便宜去：

> 流苏吃惊地朝他望望，蓦地里悟到他这人多么恶毒。他有意的当着人做出亲狎的神气，使她没法可证明他们没有发生关系。她势成骑虎，回不得家乡，见不得爷娘，除了做他的情妇之外没有第二条路。然而她如果迁就了他，不但前功尽弃，以后更是万劫不复了。她偏不！就算她枉担了虚名，他不过口头上占了她一个便宜。归根究底，他还是没有得到她。既然他没有得到她，或许他有一天还会回到她这里来，带了较优的议和条件。（《倾城之恋》）

虽然借助于一场偶然的战争才得到了她梦寐以求的婚姻，但白流苏毕竟是赢了。这种淑女的形象无疑会令男性大吃一惊，乃至大失所望的，她们不"淑"，甚至有点"恶"，但这种"恶"是建立在无奈基础上的：在自私虚伪的父权体制下，她不如此便无法生存。

正如她自己所言："我何尝爱做作——这也是逼上梁山。人家跟我要心眼儿，我不跟人家要心眼，人家还拿我当傻子呢，准得找着我欺侮！"这话虽然是对着范柳原一个人说的，然而在某种意义上，何尝不是对整个男权文化的抗议。淑女以非淑女的形式瓦解了淑女的概念——她们虽然还不能推翻占统治地位的男权话语，但这种通过置换内涵的方式淘空话语本身的做法不是对男权意识的最大嘲弄么？

贤妻 贤妻是从淑女而来的，而且往往都是些确实符合男性标准的真正淑女。她们不仅外表娴静，而且内心也极为贞洁，然而这种贞洁是以一种惊人的无知和幼稚为底色的，张爱玲精辟地将之概括为"白"：

> （烟鹂）给人的第一个印象是笼统的白……单只觉得白……她的白把她和周围的恶劣的东西隔开来，像病院里的白屏风，可同时，书本上的东西也给隔开了。烟鹂进学校十年来，勤恳地查生字，背表格，黑板上有字必抄，然而中间总像是隔了一层白的膜。（《红玫瑰白玫瑰》）

还有《鸿鸾禧》中的娄太太：

> 娄太太戴眼镜，八字眉皱成人字，团白脸，像小孩子学大人的样捏成的汤团，搓来搓去，搓得不成模样，手掌心的灰揉进面粉里去，成为较复杂的白了。

一个人的外貌折射的是她整个的内在。"白"（空白）实际上映现的是这类在数千年的男权统治下，丧失了女性主体的"良家妇女"思想感情和个人主体性的匮乏。她们没有自己的主见，孟烟鹂连拿把伞都要询问丈夫的意见，娄太太和丈夫怄了气，第二天为点意外小事，也只得忍气吞声打电话到丈夫办公室讨主意。这是父权统治刻意要制造的效果，因为只有将女性之异己、他性的本质尽数洗去，使她们像孩童一样听话、易于统治，女性才能被乖乖地纳入他们所要的社会秩序，女人才可能安于被指定的从属和第二性的位置。父系社会对女性的所有规定，包括举手投足、品性做派，无不围绕着此而来。

然而具有讽刺意味的是，男权社会刻意要塑造这样的女性，佟振保这样的男人择偶也首先选择这样的女性，然而当男人们真的娶到这样纯洁的"白"女人时，他们又无不对她们的空洞乏味、笨拙无能感到厌烦。为了妻子的拘谨不大方，振保从不把朋友往家里带，应酬起来宁可多花两个钱，在外面请客。而且开始定期宿娼，以弥补家庭生活的不足。——他落入了自己挖的陷阱。而这种处境又使他们反过来折磨女人。振保将烟鹂封闭在家中，娄先生总是对着娄太太挑毛病，女人因此而更加无所适从：

> 他们父子总是父子，娄太太觉得孤凄。娄家一家大小，漂亮，要强的，她心爱的人，她丈夫，她孩子，联了帮时时刻刻想尽办法试验她，一次一次重新发现她的不够。她丈夫从前穷的时候就爱面子，好应酬，把她放在各种为难的情形下，一次又一次发现她的不够。后来家道兴隆，照说应当过两天顺心的日子了，没有想到场面一大，她更发现她的不够。（《鸿鸾禧》）

女人的不堪的人生由此可见一斑。然而哪里有压迫哪里就有反抗，即使在这种最匮乏无力的女性内心深处，对自己的这种不堪的处境也不能不深感憎恨。一向逆来顺受的孟烟鹂就以和一个脸色苍黄、脑后带瘌痢疤的裁缝发生男女关系的方式给了丈夫佟振保一个致命的回击，使他所精心构建的"对"的世界、所坚信不疑的关于两类女人——"红玫瑰"（荡妇）、"白玫瑰"（贞女）的信念因此而全盘坍塌。男性霸权文化的矛盾最终反弹回男性自身，使他们所有的建立在极端不平等基础之上的、关于女人的价值构建露出荒谬的底色，他们所谓的"贞女贤妻"的标准也因此而受到无情的颠覆。

良母　张爱玲笔下没有慈母，却有中国现代文学史上最为恐怖的母子、母女关系，有最为冷酷残忍的母亲形象——《金锁记》中的曹七巧。然而这一形象毕竟是超常态的，是一个较为极端的例子。在此我们所关注的，是张爱玲笔下另外一些更为平常的母亲形象。像《花凋》中的郑夫人，《创世纪》中的紫微、全少奶奶，《鸿鸾禧》中的娄太太，《心经》中的许太太……她们大多围绕着家、丈夫、孩子操劳了一辈子。然而张爱玲的女性书写却不是为了讴歌或赞美这种奉献、牺牲，而是将笔触直指向母子、母女关系的深层——那相互怀着不可名状的隔膜和仇恨的对立的两方。她认为，理想的母亲只存在于想象之中，儿女们只会在"魔住了"的睡梦中，"自以为枕住了母亲的膝盖"，呜呜咽咽地叫着"妈，妈，你老人家给我做主！"然而几乎立刻她便明白过来："她所祈求的母亲与真正的母亲根本是两个人。"（《倾城之恋》）在现实中，所谓的良母其实是那么无情。像郑夫人（《花凋》），见人就诉说她如何为儿女牺牲了一生，如何因为"情感太重"不能丢下家庭一走了之：

> 我就坏在感情丰富，我不能眼睁睁看着我的孩子们给她爹作践死了。我想着，等两年，等孩子大些了，不怕叫摆布死了，我再走，谁知她们大了，底下又有了小的了。可怜做母亲的一辈子就这样牺牲掉了！

然而当女儿川嫦真的得了肺病，卧床不起的时候，一向自私的父亲不愿拿钱出来买药，一向自称是爱儿女，一生只为儿女而活的郑夫人也同样不会，因为"若是自己拿钱给她买，那是证实了自己有私房钱存着"。和这一小小顾虑相比，女儿的命算得了什么！病中的女儿只是母亲的一个沉重的拖累罢了。在这里，母亲不再是温暖而安全的避风港，不再是爱、慈祥乃至神圣的象征，而成了父权社会的共谋者。这一类母亲往往自己也对"母亲这一角色充满厌恶和憎恨"。

西蒙娜·波伏娃指出："女人并不是生就的，而宁可说是逐渐形成的。在生理、心理或经济上，没有任何命运能决定人类女性在社会的表现形象。决定这种介于男性与阉人之间的、所谓具有女性气质的人的，是整个文明。"① 好女人的标准更是男性社会基于自身的利益、违背女人的天性而设定的，它在很大程度上，是以扭曲女人的人性，剥夺了女人的正常人生为代价的。中国现代作家，尤其是张爱玲对传统女性真实人生处境的揭示，挖掘出了那潜抑在统治秩序深处、被排斥在已有历史阐释之外的女性历史，无情地解构了统治中国几千年的男权话语，因而"具有反神话的、颠覆已有意识形态大厦的潜能"②。

---

① ［法］西蒙娜·波伏娃：《第二性》，陶铁柱译，中国书籍出版社，1998，第309页。

② 孟悦、戴锦华：《浮出历史地表》，河南人民出版社，1989，第5页。

扭曲的魂灵与歇斯底里话语

在封建文化结构中女人无主体性可言。幼年时代是父亲的女儿，长大了便被寻觅夫家，出嫁后便只具有别人的妻子和母亲的身份，从姓氏到整个身心都是别人的，她的一生都是生存在一系列男人庇护下的名分之中——为女为妻为母，除此之外，她没有其他身份，更没有"自我"可言。男人是她们生活的唯一重心。然而当这一重心缺失或变相缺失，女人"做奴隶而不得"的时候，她们在这样的社会和文化中又是怎样的一番处境呢？作家们对现代中国大家族中此类女性形象的"发现"和刻画或许更能体现出文化变迁的深层轨迹。

一

人们首先发现了寡妇的苦境。

如巴金笔下的钱梅芬（《家》），失去爱情之后，又青年孀居，之后，"陪着那个顽固的母亲，过那种尼姑庵式的生活"。不如此，她又有什么办法呢？按照封建的伦理道德观念，女人应该"从一而终"，青年孀居几乎就等于进了活棺材。对这时的梅来说，死固然是痛苦的，然而从某种意义讲，生却显得更为残酷。因为她失去的不仅是爱情和婚姻，而且随之而去的还有她的青春、享受的权利、生的欲望和希望。尽管时代变化了，五四新文化的春风也已经吹进她的生活，但对在旧礼教、旧道德环境下长大的梅来说，那一切都是可望而不可即的，她的命运正如她自己所说："一切都是无可挽回的了。不管时代如何改变，我的境遇是不会改变的"，"我的一生已经完了"。她冲不出禁锢着她的环境，更走不出自己心中无形的枷锁，最后只能抑郁而死。作家对这类女性命运的关注带有特定的历史信息，甚至这些形象本身就是他们所处时代的标志，所以在钱梅芬身上，孀居的苦并不是作家的写作重点，而是更多地将笔墨放在她有爱不能实现、婚姻不能自主的痛苦上，这和五四时期的整个社会大潮是一致的。因而他们笔下的女性人物与其说是那个时代的女性典型，不如说是那时代男性作家们的女性观的结晶，是他们进行社会批判、社会建构的工具。这一点尤其集中地体现在林语堂对曼娘（《京华烟云》）这一形象的塑造上。与钱梅芬相比，曼娘的际遇更为悲惨。这个 19 岁的少女，先是为礼仪所缚，不能与未婚夫见面，后又奉命在未婚夫病危之时前来成婚"冲喜"，几天之后就成了寡妇，以后终身守节。在这一人物形象身上，体现了作家林语堂一种非常矛盾的文化观念。一方面，他按照生活的本来面目，写出了封建礼教对这个少女的残酷性，尤其对她思想的内在束缚。作为一个自幼在礼教严格训导下长大的少女，曼娘循规蹈矩，行为举止皆遵循礼教规范，不敢越雷池半步。"冲喜"事件中，她自愿地将头伸进绞架里。在以后漫长寂寥的孀居岁月中，她也极力将自己封闭在狭小的庭院中，按照社会对"寡妇"的有形无形的规定生活。为了帮她排遣寂寞，木兰领她去看了场电影，受到公婆的责备后，她自己也反过来责怪木兰，认为木兰不该将她领到那种地方。可见封建礼教已毒化了她的心灵，使她终身自觉地安于那种死牢般的生活。通过她，作者对封建礼教的危害性和辐射力进行了有力的批判。但另一方面，作者在塑造这一人物时明显地带一种粉饰倾向。他将曼娘自愿地为平亚"冲喜"乃至守节设置为爱情的缘故，将当时社会一种非常普遍的陋习描写成了一个偶然，从而也就大大淡化了这一女性人物命运的悲剧色彩。同时在有意无意中极力褒扬这一人物身上的古典美和传统美德，至于曼娘在那样一种终身的苦境中有什么样的内心活动、是否有精神和肉体上的惨烈痛苦，却都被忽略掉了。这不能不深深地暴露出林语堂作为一个男性作家在妇女命运和妇女解放问题上的视点盲区。

男性作家作品中，真正对现代社会大家族内寡妇的命运和苦境，以及这种生活带给她们的心灵扭曲有深切体悟的还要数吴组缃的《箓竹山房》。小说的主人公二姑姑本是一个敢于大胆追求爱情的小姐，她与叔祖门生的私情被人发现后，一时人人夸为"绣蝴蝶"的小姐连丫头也来鄙夷。若干年后，门生赴南京应考，船翻身亡，当时十九岁的小姐闻耗自缢，后为园丁所救。少年家觉得这小姐尚有可风之处，商得女家同意，大吹大擂接小姐过去，抱着灵牌做了新娘，从此终身守寡。这个故事与《京华烟云》中曼娘的遭遇颇有相似之处，但两者的侧重点却大为迥异。《京华烟云》从外部角度写出了身为寡妇的女人在家庭和社会中所受到的种种限制，吴组缃则从内部，描摹出这种处境对女人心灵和人性的压抑和扭曲。曼娘故事的重点在她与平亚的恋爱上，而二姑姑年轻时的浪漫故事只是作为背景一笔带过，二姑姑在小说中出现时已是一个守了一辈子寡的老太太：

> 那只苍白皱折的脸没多少表情。说话的语气，走路的步法，和她老人家的脸庞同一调子：阴暗，凄楚，迟钝。

在空旷、寂寥的箓竹山房，二姑姑由一个年轻、热情、充满对未来美好希冀的小姐慢慢熬成了一个苍白干枯的老太太。更重要的，这种一辈子了无生机，只能靠着一点美好回忆生存下去的守寡生活扭曲了二姑姑的心灵，使她心理变态，半夜偷窥青年男女，因为那种正常的生活对她来说是那么的遥不可及。马斯洛曾经说过："心理变态者就是各种需要都被剥夺殆尽的那种人。"① 从这个意义上，《篁竹山房》的确写出了一个守节妇女精神与心灵的惨苦。它表明，即使是出于爱情，那种"从一而终"的伦理道德观念，也是一把利刃，无情地绞杀着女性的精神和肉体，因为它和人性是相违背的。正如鲁迅所说：

> 节烈苦么？答道，很苦。男人都知道很苦，所以要表彰他。烈是必死，不必说了。节妇还要活着。精神上的惨苦，也姑且弗论。单是生活一层，已是大宗的痛楚。②

这种单为女性而设的奴隶道德，最能从深层反映出男权统治的冷酷性和残酷性。

既然守节如此痛苦，女人们为什么还要守到底呢？这固然表现了她们自身的愚昧，但更表现了当时整个中国社会思想的封建性质。因为，如果不这样做，如果被休或改嫁，将意味着更大的痛苦。那时，她面临的不仅仅是生活的艰难、生理的痛苦，而且是整个家族、整个社会的歧视和压迫。那么男权社会为什么要制订这样的惨无人道的伦理规范呢？是出于维护社会道德风化的真诚愿望吗？对此，女作家张爱玲通过《倾城之恋》中白流苏的际遇进行了犀利的剖析。故事起端于白流苏离婚在娘家待了七八年之后。这时，她丈夫病故，徐太太前来报信。白流苏的两个哥哥开始劝她回去替丈夫守节：

> 你别动不动就拿法律来唬人！法律呀，今天改，明天改，我这天理人情，三纲五常，可是改不了的！你生是他家的人，

---

① ［美］弗兰克·戈布尔：《第三思潮：马斯洛心理学》，吕明等译，上海译文出版社，1987，第85页。
② 鲁迅：《坟·我之节烈观》，载《鲁迅全集》（第1卷），人民文学出版社，1956，第242页。

死是他家的鬼，树高千丈，叶落归根——

说得何等冠冕堂皇！可问题的实质，正如白流苏所言，你们这话为什么当初离婚时不说呢？女方主动提出离婚不更是违背礼教吗？事实上，他们这时重提什么三纲五常，根本的原因在于，白家这时已困窘到了极点，流苏自己的钱也被哥哥们输光，现在她再住娘家已成个大累赘："从前还罢了，添个人不过添双筷子，现在你去打听打听看，米是什么价钱？"她四嫂更是直截了当地说一辈子靠定娘家，把娘家拖穷了，是没廉耻的行为。连她的母亲都认为回去守节是她最好的出路：

先两年，东拼西凑的，卖一次田，还够两年吃的。现在可不行了。我年纪大了，说声走，一撒手就走了，可顾不得你们。天下没有不散的筵席，你跟着我，总不是长久之计。倒是回去是正经。领个孩子过活，熬个十几年，总有你出头之日。

可见，经济上的败落、生活上的入不敷出才是白流苏的家人们祭起礼教的大旗、劝她回去守节的根本原因。封建礼教极端的虚伪性由此可见一斑。

当然五四之后，时代变化了，连白流苏这样生于封建宗法大家族的女性身上也有了新思想新文化影响的印迹。她敢于大胆摆脱挨打受骂的不幸婚姻，主动提出离婚，这在当时是颇有些惊世骇俗的。后来即使面对家庭的压力，她也坚持不再走"守节"的老路，要凭自己的力量为自己争幸福，在某种程度上，颇有些子君的勇气和精神。而且相对于她的环境，这种做法尤显得难能可贵。它充分说明，即使在大家族这样顽固的礼教堡垒中，也有了新思想的萌芽。但问题在于："娜拉出走之后怎么办？"鲁迅曾指出，在当时的社会条件下，她们只有两条路："不是堕落，就是回来。"① 后来的事实表明，身为肩负着五千年沉重历史的中国女性，的确有着走不出的历史地平线。走投无路的白柳苏当时也曾想过出去找个事做，胡乱混碗饭吃，再苦些，也强于在家里受气。但另一方面，以她的资历和女性身份，以及当时的社会状况，她只能找些"低三下四"的工作，但那样不仅难以自保，而且会失去淑女的身份，"那身份，食之无味，弃之可惜"。她最好的出路如徐太太所言，还是找个人，再嫁。后来她果然以寻求生路为目的，以自己还算年轻娇美的容貌和"善于低头"的"真正的中国女人"气质为手段，和范柳原展开了周旋，最后终于借助于一场战争，得到了她梦寐以求的婚姻。至于她爱不爱这个人，那并不重要："她承认柳原是可爱的，他给她美妙的刺激，但是她跟他的目的究竟是经济上的安全。"对此，范柳原曾一针见血地指出"根本你以为婚姻就是长期的卖淫"，揭示出女性难以摆脱的困境和局限。其情形正如女作家白薇所言："现在是时代轰轰然开着倒车，五四以后抬起头来的妇女，时代的黑手又把她们拖回家庭，拖回坟墓去；同时躲进了坟墓的千代朽物的封建男权，又被拖回来显威肆虐……"②

二

如果说封建礼教的压抑和束缚使《箓竹山房》中的二姑姑心理变态，但这种变态还基本上是内敛式的、尚在一定的度内的话，那么顾曼璐（《十八春》）、曹七巧（《金锁记》）、金素痕（《财主底儿女们》）等人在这种社会和文化压力之下则灵魂扭曲到了惊人的地步，呈现为一种强烈的攻击性和破坏性。当然，曼璐不是寡妇，曹

---

① 鲁迅：《坟·娜拉走后怎样》，载《鲁迅全集》（第1卷），人民文学出版社，1956，第268页。
② 白薇：《我写它的动机》，《妇女生活》1935年第1卷第1期。

七巧和金素痕在故事伊始也都是有丈夫的人，但在某种意义上，她们的身世都逸出了当时的社会常规，具有一定的特殊性。正是这种特殊性使她们承受了父权统治最大的重负和压抑，从而陷入人格扭曲和歇斯底里的状态：疯狂、自虐而虐人。像顾曼璐，为了留住丈夫，竟逼害亲妹妹，设法囚禁逼奸曼桢，从一个爱家的女儿变成了一个可怕的变态的"红粉骷髅"。而这一切的根本原因，乃在于她畸形的人生。为了全家的生存，十几岁的她不得不卖身养家，做了为人们所不齿的舞女，不仅失去了拥有正常的人生和爱情的权利，而且在开始年长色衰之时连祝鸿才这样庸俗下作的丈夫都保不住。谁能知道她心中积郁了多少的怨愤和仇恨！特别是对年龄相近的妹妹曼桢：

> 曼璐真恨她，恨她恨入骨髓。她年纪这样轻，她是有前途的，不像曼璐的一生已经完了，所剩下的只有她从前和慕瑾的一些事迹，虽然凄楚，可是很有回味的。但是给她妹妹这样一来，这一点回忆已经给糟蹋掉了，变成了一堆刺心的东西，碰都不能碰，一想起来就觉得刺心。

自我牺牲的不甘，失去爱情和希望的痛楚，再加上婚姻生活的不如意，都使曼璐心底积满了仇怨，这种怨恨进一步毒化了她的心灵，使之扭曲变态。

可见压抑的处境是造成女性灵魂扭曲和歇斯底里倾向的根本原因，而这样的女人大多生命力比较旺盛，如金素痕（《财主底儿女们》）就比蒋家的任何儿女都泼辣有为。可惜这一人物在男作家路翎笔下基本上被当作一个反面人物草草带过，没有得到更为细致的诠释。尽管如此，我们也能感受到这一带点"恶"的色彩的女性蓬勃强健的生命力，但当时的环境并没有给这样的女性留下活动的余地。在极度压抑的处境中，她旺盛的生命力只好转化成了对金钱的极度狂热和占有欲。

与之相比,《金锁记》中的曹七巧的天空就更加低矮了,虽然她也一样的泼辣能干。在姜家那样的官僚大家族中,是没有她这样的贫穷出身的女人说话的份的。加之她没有"教养",口无遮拦,常把和"软骨症"丈夫之间的"性"的烦恼挂在嘴边,触犯了"礼法大家"姜家的禁忌,越发为人所嫌恶,连丫鬟们都瞧她不起。在姜家她不过是被轻蔑的对象。而作为一个妻子,她嫁了个"软骨症"丈夫,终身卧床,丧失行动能力,是一块"没有生命的肉体"。作为女人,她爱上了不该爱的姜家三爷季泽,虽然他对她并没有一点真心,但这个浪荡公子是关在姜家宅院内的七巧唯一能接触到的男人,也是姜家唯一愿意搭理她的人。然而即使这样的男人她也得不到:

> "我就不懂,我有什么地方不如人?我有什么地方不好?……难不成我跟了个残废的人,就过上了残废的气,沾都沾不得?"她睁着眼直勾勾朝前望着,耳朵上的实心小金坠子像两只铜钉把她钉在门上——玻璃匣子里蝴蝶的标本,鲜艳而凄怆。

这样大胆的表露,充分暴露了她备受压抑的内心。然而对花花公子季泽来说,与七巧调情,只不过是他玩的无数游戏的一种,想寻求快乐,外边有的是青楼女子,他犯不着为她而冒险。所以这时的他摆出一副正人君子的面孔,叫声"二嫂",以提醒各自在"家里"的身份,以人伦武器拒绝了七巧。七巧的呼唤落了空。

关于她此时期的心理状态,作者借旁人之口做了交代:

> 大年夫妇出了姜家的门,她嫂子便道:"我们这位姑奶奶怎么换了个人?没出嫁的时刻不过要强些,嘴头子上琐碎些,就连后来我们去瞧她,虽是比较暴躁些,也还有个分寸,不似如

今疯疯傻傻，说话有一句没一句，就没一点儿得人心的地方。"

作为一个闯入上层社会的贫贱女子，麻油店姑娘曹七巧要想得到她想要的那份荣华富贵，只有付出生命备受压抑的代价，安于宗法姜家所赋予她的位置。即使丈夫去世，她分家另过，确实成了一家之长的时候，姜家的钱也并不真的属于她。她只不过是姜家未成年儿子一时的财产管理人。要确保这个资格，她必须恪守妇道，做个守节的寡妇。否则钱就会被收回，自己一生的苦也就白吃了。她深深地明白这一点。她只有进一步地压抑她自己。当她终于通过分家得到了那份梦寐以求的财产，姜季泽又反过来向她倾诉衷情的时候，她一方面沉浸在巨大的喜悦中，一方面不能不产生了戒心：

　　他难道是哄她么？他想她的钱——她卖掉她一生换来的几个钱？仅仅这一转念便使她暴怒起来。就算她错怪了他，他为她吃的苦抵得过她为他吃的苦么？好容易她死了心了，他又来撩拨她。她恨他。

当这一点真的证实之后，七巧不能不怒不可遏。她将手中的扇子向季泽头上掷去，"你拿这样的话来哄我——你拿我当傻子——"她没有上当，保住了维系生命的金钱，然而就在这一瞬间，她意识到自己已失去了比生命更珍贵的东西。

"焦虑神经病的最常见的原因为未经发泄的冲动。基力的冲动已被唤起，但无从满足或实践；这种基力既失其用，于是焦虑代之而起。我且以为这未满足的基力尽可直接化为焦虑。"[1] 七巧爱季泽，曾有多少回"为了要按捺住她自己，她进得全身的筋骨与牙根都酸

---

① ［奥］弗洛伊德：《精神分析引论新编》，高觉敷译，商务印书馆，1936，第30页。

楚了"。失去了这一生中唯一的爱之后，她心中积郁多年、无处发泄的怨毒之气开始疯狂地指向自己的一双儿女。

儿子结婚令她倍感失落：

> 这些年来她的生命里只有这一个男人，只有他，她不怕他想她的钱——横竖都是他的。可是，因为他是她的儿子，他这一个人还抵不了半个……现在，就连这半个人她也保留不住——他娶了亲。

对着儿子儿媳妇，七巧压抑多年的"性"病态地发作了。因为对方是儿子，七巧只能寻求变态的心理满足。儿子被她彻夜地留在烟榻旁以探听他的房事，第二天再四处宣传，把儿媳芝寿描绘成一个淫妇，使芝寿无地自容，又气又怒：

> 芝寿猛然坐起身来，哗啦揭开帐子，这是个疯狂的世界。丈夫不像个丈夫，婆婆不像个婆婆。不是他们疯了，就是她疯了。

在这种的情形之下，芝寿不久就病死了。长白的姨太太绢姑娘也在扶正不到一年吞了生鸦片自杀。从此，长白不敢再娶了，只在妓院里走走。

对女儿长安，因为是同性，七巧更是加倍地折磨。她最看不得女儿有比她更光明的生活。先是给她裹脚，以便能完全控制她的成长，后又因为一点小事要到学校大吵大闹，逼得长安不得不主动退学。在这之后，长安"渐渐放弃了一切上进的思想，安分守己起来。她学会了挑是非，使小坏，干涉家里的行政。她不时地跟母亲怄气，可是她的言谈举止越来越像她母亲了"。环境的影响是可怕的，七巧的影子成了长安身体的一部分。变态的七巧通过自己的家长权力扭曲了长安的身心，使本来在这变动的时代可以有更好的生活的长安重复着母亲的老路——虽然年轻些，但"也不过是一棵较嫩的雪里红——盐腌过的"。

她尤其看不得女儿有婚姻的可能和幸福。先是在长安生痢疾时不给她延医服药，只劝她抽两筒鸦片，致使长安上了瘾，婚事大受影响。后来终于在堂妹的帮助下，和刚从德国留学回来的童世舫订了婚。订了婚以后，长安像换了个人似的，拼命戒烟。七巧"不由得有气"。长安洋溢着幸福的表情刺痛了她内心的伤痕，备尝礼教压抑之苦的母亲开始借助于礼教残酷地压制女儿。骂她"死不要脸"，"你姜家枉为世代书香，只怕你还要到你开麻油店的外婆家去学点规矩哩！"

> 姓童的还不是看上了姜家的门第！别瞧你们家轰轰烈烈，公侯将相的，其实全不是那么回事！早就是外强中干……人呢，一代坏似一代，眼里哪儿还有天地君亲！少爷们是什么都不懂，小姐们只知道霸钱要男人——猪狗都不如！我娘家当初千不该万不该跟姜家结了亲，坑了我一世，我待要告诉那姓童的趁早别像我似的上了当！

当年在姜家因没有教养而备受歧视的七巧在此以礼教的坚定捍卫者而出现，"父亲的法"的被害者成为可怖的执行者。曾被别人的谎言扼杀的女人同样用谎言扼杀了自己女儿的幸福，将她强行留在囚禁她自己一辈子的"没有光的所在"。

曹七巧的病态与疯狂，显示出在三从四德、纲常伦理的宗法礼教之下，女性亚文化群体的悲剧。在儒家的伦理价值体系中，女人被界定为一种文化符号，从形体到心理、外在与内在，主体与性欲等方面都加以规范化，这个规范之外的女性人生则被有意无意地忽略掉了。张爱玲等作家对在这样的社会历史中成为怪物或失常者的

女性形象的刻画，使转型时代中受扭曲、凌辱、压抑和毁灭的女性
话语获得具体的历史面貌，并以此深刻地揭示出男权制度的血腥。
在这样的制度下，无论她们是循规蹈矩，甘于忍受自己被"活埋"
的命运，还是离经叛道，进行反抗，都注定要陷入被扭曲被撕裂的
艰难处境。"试问，这样的生存状态，血肉之躯能担当得起么？原因
应该在将七巧逼为'疯女人'的话语和制度中寻找。"① 作家们这种
对压抑处境中女性病态或极度歇斯底里倾向的描写，提升了原型的
意义，使其具有反讽历史与文化的张力。

---

① 邵迎建：《传奇文学与流言人生》，三联书店，1998，第 120 页。

最底层的呻吟与封建的臣妾文化

儒家的全部伦理道德学说，都是建立在上下等级关系之上的。封建的等级制度和等级观念是封建社会意识形态的思想基础和总纽带。它以封建正常秩序下的长幼尊卑为主要内容，把全社会的人都固定在封建关系的地位不相等的网结上，用以维护现存的封建秩序。在这样的一个社会中，在人与人之间，"有贵贱，有大小，有上下。自己被人凌虐，但也可以凌虐别人；自己被人吃，但也可以吃别人。一级一级的制驭着……"① 那么，在这样一个尊卑贵贱分明的等级社会中，谁处于最底层呢？鲁迅曾指出是"妇女和儿童"。但这种说法毕竟笼统。而且，儿童虽然弱小，只能任人摆布，但他们迟早会长大，有改变命运的可能，特别是男孩，长大成人，总可以登上支配的阶梯（不论几等）。而女人，在这样一个讲究"男尊女卑"的社会中，无论处于哪一个阶层，都始终处于被压抑被贬低的位置。当然在她们之中，也是分三六九等的。透过家族这一中国社会的缩影和标本，我们就可以发现，真正处于这一食物链最下端的是丫鬟和姨太太。当然二者等级并不完全相等。在阶级地位上，姨太太要高于婢女，因为他们毕竟还属于统治阶级范围之内，奴役和戕害婢女也有她们的份。但另一方面，婢女虽然位于社会和大家族的最底层，可为任何人所奴役，但自食其力的她们在精神上却往往鄙视姨太太，认为给人家"做小"是可耻的。可见，二者之间的尖锐对立

---

① 鲁迅：《坟·灯下漫笔》，载《鲁迅全集》（第1卷），人民文学出版社，1981，第215页。

从来都是存在的。但与分歧相比，二者的共同点更为主要。且不说许多姨太太本身就是由婢女转化而来，就是许多不曾做过婢女的姨太太也大多和婢女一样，出身卑贱，位处下层，被人看不起，受着阶级与性别的双重压迫，其在社会和大家族中的非人处境是相似的。正是鉴于此，我们将现代家族小说中的这两类人物形象放在一起，以期对她们的性格命运做一番深入细致的考察。

一

丫鬟，又称婢女、丫头，是过去大户人家所役使的一种女性家奴，地位卑下。按《说文》里的解释，婢即"女之卑者也"。《广韵》也称："婢，女之下也。"在上古时代，她们原本是没入官府的罪人眷属，后来泛指未曾婚配的女仆。很显然，她们带有奴隶的性质，所以又往往被人们称为奴婢。

既是奴隶，那么婢女们不被当人，而像牛马一样遭奴役、辱骂、毒打，甚至赐死、杖毙，就不足为奇了。中国现代许多家族小说都以深厚的人道主义同情和悲愤的笔墨刻画出了婢女们的这种凄惨命运。她们身处大家族人群的最下层，受着几乎所有人的奴役，充当几乎所有人的出气筒。特别是像小艾（张爱玲《小艾》）这样不满十岁就被卖入富家、失去人身自由的丫头。在她的上头，压着重重的大山。酷苛的折磨首先来自五太太，五太太本来也是旧式婚姻的受害者和礼教的牺牲品，她嫁给生活荒唐的五老爷不久，因为三姨太的关系，和五老爷生了两场气，结果五老爷从此以后就对她不予理睬，没等满月就带着姨太太到北京上任去了。两年后从北京回来时他也是和姨太太一起住在外面，有时候到老公馆里来一趟，也只在书房里坐坐，老太太房里坐坐，五太太那里是不去的。结果"时间一年年地过去，五太太又像弃妇又像寡妇的一种很不确定的身份已经确定了"。然而就是这样一个深受礼教之害与男权社会之苦、生平"脾气最好"的人，打起丫头来也绝不手软。叫了一两声没有立刻来到、地上有瓜子壳、猫没有在灰盆子里拉屎、衣服穿污损了，都是小艾的错，都免不了一场打骂，用鸡毛掸帚呼呼地抽，有时也罚跪，罚她不许吃饭。除了受主人的折磨，小艾在大家族佣人群里地位也是最低的。她晚上要替五太太捶脚，常常熬夜，第二天还要一大早起来替女佣陶妈刘妈拎洗脸水。厨房的人势利，欺她是新来的，又是小孩子，总让她等到最后，而这时又免不了要被陶妈"劈脸一个耳刮子"。

除了来自同类的摧折，奴婢们还常常成为男主人兽欲的牺牲品。在那样冷酷的环境中好不容易才长十四五岁的小艾就成为五老爷一次醉酒后的猎物，过后"他那眼光无意之间射到她脸上来，却是冷冷的，就像是不认识她一样"。其实在他的眼里，丫头何尝是人，不过像块抹布一样用过了就扔在一边。而小艾不仅受到极大的身心摧残，而且还因此遭到三姨太的毒打，差点把命都送掉。在她的故事中，有一种令人喘不过来的压抑感和悲愤感。因为作家在叙写这样的悲惨际遇时有意采取了一种封闭内敛的叙述方式，而不像郁达夫那样将人物内心的情感用语言尽情宣泄出来。人物内心的痛苦愤懑始终只能郁积在胸中，无法找到适当的途径排遣。这也是和人物的身份相吻合的。身为奴婢，小艾没有为自己申诉的资格和权利，反而"越辩越打得厉害"，在这种环境里，她只能沉默，沉默成了她唯一的武器，"因为除此以外她也没有别的方法可以表示丝毫的反抗"。就是在遭受五老爷的凌辱之后，尽管她恨极了，"心里就像滚水煎熬着一样"，"恨不能够立刻吐出一口血来喷到他脸上去"，但在实际的行动中，她却只能依着五太太的吩咐为他端茶送水。人物的那种欲说不能、痛苦无告的心情被作者以客观冷静的笔法封结在了事实内部，不能不给读者以强烈的震撼。

在这种情形之下，对奴婢们而言，最为奢侈的恐怕莫过于爱与被爱的权利，特别当这种爱是发生在她们与她们所隶属的大家族中处于少爷位置的人之间时。《家》（巴金）、《科尔沁旗草原》（端木蕻良）、《京华烟云》（林语堂）都以沉痛的笔墨描写了发生在她们身上的这种爱情悲剧。鸣凤（《家》）作为中国现代文学史上最优美的人物形象之一，聪慧、美丽、善良，讨人喜欢。虽然同样是在不满十岁的年纪就被卖入富家做丫鬟，同样地伴随着"听命令，做苦事，流眼泪，挨打骂"长大，同样地处于大家族这一黑暗王国的最底层，在长年累月的劳累、痛苦而又心惊胆战的生活中，学会了逆来顺受，"她觉得，世间的一切都是由一个万能的无所不知的神明安排好了的，自己所以到这个地步，也是命中注定的罢。这便是她简单的信仰，而且别人告诉她也正是如此"。然而，她仍然保持着少女那份特有的纯真和乐观。她说话常"带笑"，看人时"闪动着两只明亮的眼睛"，"脸颊上现出两个小酒窝"。在她柔顺的外表之下，实际上有一颗勇敢无畏的心，黑夜游园，小姐们吓得瑟瑟发抖，她却敢于一个人独自断后。成都兵变，外面枪弹横飞，全家没有一个人敢出去打探情况，她却自告奋勇去查看。更重要的，在这种奴隶的位置和非人的处境中，尽管她也认命，但却并未完全泯灭人的自然情感和美好天性。由自然而诚挚的本心出发，她爱上了三少爷觉慧，因为在高家，只有他才真正把她当作人。爱情给了她生活的勇气和希望，给她的奴婢生涯增添了一线光明。然而这种爱在当时却是为世俗难容的，他们身处不同的等级，这在当时，几乎是一道不可逾越的鸿沟。鸣凤深深地明白这一点："在他们两个人的中间横着那一堵不能推倒的墙，使他们不能够接近。这就是身份的不同……虽然他答应要娶她，然而老太爷、太太们以及所有公馆里的人全隔在他们两个人的中间，他又有什么办法？"所以她虽然强烈地爱着觉慧，却极力压抑自己的感情，处处躲着觉慧。当觉慧在梅园中向她示爱时，开始她一再"做出冷淡的样子"。然而当觉慧用激将法说要把她早点嫁出去时，她的感情再也掩饰不住了，眼泪暴露了她内心的秘密。但是等到觉慧明确地表示了对她的爱情，并且允诺要娶她做三少奶时，她却又惊惧地捂住他的嘴，认为自己"没有那样的命"，请他不要再说了，她只要能一辈子做他的丫鬟，一生一世在他身边就心满意足了。这一场面生动地展示了鸣凤的内心世界，强烈的爱情与对冷酷的现实的恐惧和预感，构成她内心巨大的感情冲突，使她备受煎熬。正如有的研究者所指出的，鸣凤对自己天性的这种强行压抑，似乎更多的是出于一种条件反射，一种本能。因为"高府上下没有任何人曾明确地阻止鸣凤的爱情，这个'禁区'的存在，完全是这个十六岁的孩子从生活中领悟到的"①，甚至在她即将被高老太爷作为礼物送给封建遗老冯乐山做姨太太的紧要关头，她和觉慧的恋情都不曾公开过，因此外部的打击压制也就无从谈起。但封建的等级制度和礼教观念却化为一种看不见却又无所不在的网严密地控制着鸣凤的思想感情和行为方式，她的痛苦只能强行压抑在自己的内心。当最后时刻来临，她终于鼓足勇气走进觉慧的房间时，她多么希望觉慧能救她，然而她深知，这是多么渺茫。在当时的社会环境中，除非他牺牲自己的一切，名誉、身份、前途……不惜与家庭决裂乃至身败名裂，才有这种可能。然而这又是她所不愿意的。她不想妨碍他。在她的心目中，"他的存在比她的更重要"。所以她欲言又止，而且最终也还是将自己的愿望永远地埋藏在心里。屈服吗？现实中有多少处于相似处境的女人选择了苟且偷生，然而对鸣凤而言，那是无法忍受的。因为她已经尝到了爱的滋味，尝到了被人当作一个"人"来尊重的滋味。她不能够再回到原来那种任人侮辱欺凌的位置上去。她不能够想象没有他的爱的生活。这份爱在觉慧那里或许只是他生命的一部分，为了更广大的事业他甚至可以舍弃它。但对于鸣凤，它却意味着她生命的全部，是她作为一个人，而不仅仅是一个奴婢的价值的证明，是她赖以生存的生命源泉。失去了它，她也就失去了存在的意义。所以尽管她不想死，尽管对生

---

①　汪应果：《巴金论》，上海文艺出版社，1995，第 165 页。

活充满留恋，但她最终还是毅然决然地走向自杀这一无言的结局。或许在现实中，她不是非死不可的，然而鸣凤这一人物形象最为夺目的光彩就在于，为了捍卫人的权利，她宁愿付出生命的代价。她的死就是对这个黑暗王国的最沉痛的抗议和控诉。

与鸣凤相比，银屏（《京华烟云》）则要泼辣得多，是个"有脾气"的丫鬟。她不仅大胆地与少爷体仁相爱，而且在体仁离家的日子还运用智谋与专横不讲信义的姚母周旋，据理力争。最后又勇敢地逃出姚家，因为她知道："我要不冒险逃出来，他们早把我嫁给别的男人了！"而体仁虽是个不成才的浪荡子，对她却是真心的。所以他们大胆地在外面共筑爱巢，并且还生了个儿子。然而这一切都是瞒着姚家偷偷进行的，当一切真相大白的时候，银屏的噩运也就降临了，姚母不仅一直将她视为"小婊子""骚狐狸"，拒不接纳，而且还派人将她的儿子抢走，使她全部的希望落空。而她所期盼的不过是一个"半婢半妾"的位置罢了。即使这一点，也因被姚母视为"你打得好算盘！癞蛤蟆想吃天鹅肉！"而成为泡影，她最后的结局也只能是一死了之。也许有人要问，在那样的时代，男人纳妾并不是一件不可能的事，丫鬟也往往是妾的一个重要来源，而且无论鸣凤、灵子（端木蕻良《科尔沁旗草原》）、银屏都安于丫鬟，最多不过是妾的位置，为什么还会受到那么顽强的阻挠和疯狂的迫害呢？在这里，不能不暴露出封建道德和礼教的极端荒谬。首先，发生在他们之间的多是一种真挚的恋情（且不论后来是否变心），特别是觉慧，他对鸣凤的爱情中已完全摆脱了封建阶级的情趣和观念，他看中鸣凤的是因为"你真好，真纯洁""你这样聪明"，这说明，在他的爱情观中，人的价值已被完完全全地放到了中心位置。纵使鸣凤自己愿意，已接受了资产阶级人本思想的觉慧也绝不会将她视为一辈子的丫鬟或妾来爱，因为在他的观念中那无疑是对女性的欺污。即使体仁，对银屏也是建立在相互理解的基础之上的，他爱她，是因为"只有你了解我。天地之间，只有你我相互了解"。而这个社会炮制无爱的婚姻，公开允许纳妾、嫖娼、偷老妈子、玩弄丫头，唯独对真正的爱情嗤之以鼻，视为离经叛道。而且，在这里与丫鬟们相恋的男主人都是未曾婚配的，少爷们在结婚之前先有一个"妾"或涉足男女关系，即使在封建社会也并不是件光彩的事。而在那些封建家长看来，这都是那些狐狸子的婢女的错，是她们"勾引"了儿子。丁宁的母亲斥骂灵子的口吻和几百年前《红楼梦》中王夫人对晴雯的恨语如出一辙，只不过更加粗俗罢了："你一个不要脸的东西！……你把我儿子活活给毁了。他是什么样的身份？他是什么样的人？被你这个贱胚拖累了。"而在当时封建思想还很浓厚的中国社会，"狐狸子""妖精似的"几乎是年轻女子最严重的罪名，丫头辈凿实了这个罪名更是难逃重罚，"或打，或卖，或杀"，都有可能。所以鸣凤才一再请求觉慧千万不要说出去，因为"这样一来，什么都完了"，这是生活给予她沉重的警示。最重要的，发生在他们之间的是一种自主的爱，是年轻人自己独立选择的结果。这在当时婚姻大事仍需依据"父母之命、媒妁之言，子女不得过问"的中国社会无疑是大逆不道的，况且当事人一方还是根本不被当作"人"的、最没有资格爱人的奴婢。封建的伦常制度，"从表面上看，它不过只是要维护一种男女有别、上下有等、尊卑有序的社会秩序；但在骨子里，却是要取消每个人的独立人格和自由意志，使人不成其为人"①。在这种制度下，任何出于个人意愿，而非家长安排的行为都会受到家庭和社会最严厉的惩罚，没有人身自由、地位最为卑微的丫鬟自然首当其冲。摧毁她们的一切来捍卫封建道德伦常的神圣性和牢固性，在统治者看来几乎是理所当然的。在他们心目中，丫鬟们不配有幸福，她们最多不过是老头子们的玩物罢了。

"由于受到盘剥和奴役，被当作物而不是被当作人看待，打杂女

---

① 易中天：《中国的男人和女人》，中国文联出版社，1998，第205页。

仆、室内女仆不能指望她的命运会有任何改善。"① 在这种情形之下，婢女中比较聪明伶俐，有心机，不甘于永远处于被压迫，受屈辱地位上的，只有通过另外的方式力求改变命运。和鸣凤们不同，这类婢女往往不是出于爱的本心，而是为了改变命运的需要讨好女主人或接近男主人以图跻身于"主人"行列。可惜在现代家族文学创作中，这类善于运用手腕、不惜扭曲自己努力向上爬的丫鬟形象十分缺乏，这不能不说是现代家族小说的一种结构性视点盲区。② 但即便是此类婢女，她们付出人格扭曲的代价所孜孜以求的不过是一个"妾"的位置，而且也只能是一个"妾"的位置罢了。且不说那些不能得逞的，即使成功，或许生活条件会有所改善，但她们那种被奴役的地位和奴隶实质却是不会有根本性改变的。

二

　　在大家族人群中，和丫鬟命运最为相似的是姨太太。

　　有条件纳妾的家庭大多富裕，姨太太们不用像丫鬟们那样整日劳作。所以有不少主子认为丫鬟们能嫁到东家做个小妾，是她们的福分。大太太周氏（《家》）在让鸣凤应承高老太爷让她去冯家做妾的命令时就这样说道："你在我房里做了几年丫头，也没有得到多少好处。现在给你找到这门亲事，我也算放了心。冯家很有钱，只要你在那边安分守己，你一生穿衣吃饭一点也不用忧愁。这样也比五太太的喜儿好得多。……强似嫁一个贫家男人，连衣食也顾不周到……"然而在鸣凤看来，那种生活却比做丫鬟更为可怕："在那种

---

　　①　[法] 西蒙娜·波伏娃：《第二性》，陶铁柱译，中国书籍出版社，1998，第 630 页。

　　②　这类婢女形象只有到了二十世纪八九十年代才在家族小说中得到有力表现，如林希《婢女春红》、李孚《东家》、苏童《妻妾成群》等，只有在这些小说里，对婢女的描写才真正达到了人性深度，可惜在此只能暂付阙如。

家庭里做姨太太的人的命运是极其明显的：流眼泪、吃打骂、受闲气，依旧会成为她的生活的重要事情。所不同的是她还要把自己的身体交给那个脾气古怪的老头子蹂躏。"那种双重折磨更令人难以忍受。果然，代替她去冯家的婉儿就成为冯乐山这个脾气古怪的六十多岁的老头子的玩物和泄欲工具。高兴起来可能把她当成个宝，不高兴了动手就打。而按照封建的伦理纲常，姨太太也同时是正妻的奴隶，受她管辖，她们之间是一种主仆关系。至少妻对于妾，是"半个主子"，和夫一样，对妾握有生杀予夺大权。因此受夫妇的折磨也成为姨太太生活中的日常功课。婉儿在冯家就是冯乐山与冯老太婆共同的出气筒。不仅如此，根据主仆嫡庶之分，姨太太在家中的地位不仅低于正妻，还低于嫡子，受正室子女的气也成为她生活的一部分。《财主底儿女们》中的姨娘就是她们的真实写照。她是蒋捷三花钱买来的，在这个家庭里毫无地位。儿媳妇金素痕就多次指着脸骂她。她心里充满了哀愁，可在人前还要假装快乐，因为快乐是她的义务。因为长期不敢大声说话，耳语是她一贯的说话方式。在这个大家庭中，她和她的四个子女是那样的卑微，胆怯，"使看见他们的人觉得他们全体顶多只有两个人，并且两个人等于一个人。他们这个团体走过大厅时总是无声的"，其家庭地位之低可想而知。姨娘这个人物只在小说中出现了两次，（一次正面，一次侧面提示），加起来也不过千余字，但由于作者路翎抓住了这个人物的命运实质和性格特征，这一形象也像其他主人公一样鲜活生动，给人留下了深刻的印象。

由于地位低下，姨太太们只有靠有限的途径寻求自己的生存空间。既然社会上公然推行"娶妻娶德，纳妾纳色"，以色事人就成了她们的"天职"，也是她们巩固在大家庭中地位的主要途径。为了笼络住男人的心，她们可谓费尽了心机，像陈姨太《激流三部曲》，整日"浓妆艳抹，香气扑鼻"，走路也"扭扭捏捏"，在年轻人们看来，无疑是"风骚可厌"的。可出身贫贱处于受人歧视的"小老婆"地位，又无儿无女的她，除此之外，还有什么别的途径立稳脚跟呢？在高家，除了高老太爷，"没有一个人对她友好"，因此她不能不紧抓住高老太爷，极力讨他的欢心。高老太爷死后，她失去靠山，处境险恶。克安骂她为"泼妇"，是"小"，王氏羞辱她，"豆芽长得天那么高，也是一棵小菜"，连用人王妈也仗势欺人，骂她"老妖精"，使她不敢忘记"自己在高家的地位和身份"。正因为此，巴金说"陈姨太其实是一个旧社会的牺牲者"①，她"不能不靠一些小的计谋和狡诈来保护自己的利益……她不能不常常借一个人的力量去对付另一个人，免得自己受到损害……她应该有一个表示，使别人知道她并不是一个好惹的人"②。相形之下，陈姨太的处境还算好的，因为高老太爷身边并无别的女人与她争宠，而那些处于妻妾成群的大家庭中的妾们处境就复杂得多了。她们不仅面临着来自正妇的嫉恨，排斥和摧残，而且她们之间也是争风吃醋，斗得你死我活。因为她们的生死荣辱，全系于夫君一身，不争宠，又有什么别的出路？何况，妾与妻不同。妻的地位，是受礼的保护的。妻失宠，至多不过是受到冷落而已，在家中的地位和虚架子还是保得住的。而妾不同，她们是没有一点身份地位的人，一旦失宠，就一无所有，甚至被扫地出门，所以妾非争宠不可。有些妾的确也赢得了一时之宠，像《小艾》（张爱玲）中的三姨太，嫁给五老爷有十多年，能够一直宠擅专房，连正妻都因此而被晾在一边。然而这种地位是不稳固的，五老爷本是个喜新厌旧的人。因此，三姨太除了尽可能地利用自己的容貌风姿、巧言令色，投其所好地讨好他外，还对别的女人严加防范。小艾受侮怀孕，最气恼的就是三姨太，因为她自己多年来一直盼望着有个孩子，但始终没有，"倘若小艾真的生下个孩子，那就名正言顺地要册立为姨太太了"，岂不影响到自己的地位，所以她

---

①　巴金：《谈秋》，《收获》1958 年第 3 期。
②　巴金：《谈〈家〉》，载《巴金文集》（第 4 卷），人民文学出版社，1958，第 467 页。

才对小艾痛下毒手，几乎要了她的命。而三姨太自己最终也还是没能逃脱被遗弃的命运。姬妾制度对女人人性的扭曲从中可见一斑。

三

由此可见，奴婢制度和姬妾制度是人类历史上最丑恶、最残酷的制度，它建立在对人的奴役，尤其男性对女性的欺侮玩弄之上。而其根源则在于封建的伦理纲常。按照这种伦理纲常，人群是按照"名分"来划分的，人与人之间要男女有别、上下有等、尊卑有序，在这种社会秩序之下处于最底层的奴婢和姬妾不仅要承受最深重的社会压迫和性奴役，而且被剥夺了最起码的尊严。这种制度使她们人格萎缩，使她们在自觉不自觉中丧失自己的独立意志，变成奴隶，造就奴性。因为"妾妇之道"，就在于"以顺为正"。（孟子《滕文公下》）

然而从整个社会范围来看，被置于这种处境的绝不仅仅只是奴婢和姬妾，因为封建的纲常秩序实际上把每个人都安排在不同的等级之中。奴婢和姬妾相对于女主人是卑贱的，可女主人相对于男主人又是卑贱的。而男人也分了无数个等级，儿子相对于父亲，民相对于官，都有高低贵贱之分，在这种多重取向的立体等级之中，每一个下级相对于上一级，都有主仆之分。即使出将入相，也不过是"皇上的奴才"，即使明媒正娶，也不过是"公婆的奴仆"。因此奴婢和姬妾的处境和际遇实际上正是中国人千百年来生活的一个缩影和象征。它说明，中国几千年来的封建文化实质上是一种臣妾文化，这种文化设计把全社会的人都固定在封建关系各不相等的网结上，用以维持封建秩序的长治久安。其代价必然是人的独立性的丧失。实际上，几千年来中国人之所以人格萎缩、奴性，与这种文化设计息息相关。而奴婢和姬妾的命运正是这种文化的陈腐性和残酷性的最好见证。

"转向"的背后

——兼论郭沫若的文化人格

一

20世纪20年代中期，郭沫若的世界观和创作发生了一个至关重要的"转向"。按他1924年8月写给成仿吾的一封信中的话说："我现在成了个彻底的马克思主义的信徒了！我把我从前深带个人主义色彩的想法全盘改变了。"① 此后，他发表了一系列文章公开宣布自己的这一转向，推翻自己及前期创造社"极端个人主义"的文学主张，认为"个人主义的文艺老早过去了，然而最丑恶的个人主义者，最丑恶的个人义者的呻吟，依然还在文艺市场上跋扈"②。

众所周知，郭沫若和创造社的其他成员一起，是扛着个性解放、艺术至上的大旗冲上文坛的。在1923年写成的《批评与梦》里，他还说："我只想当个饥则啼寒则号的赤子：因为赤子的简单的一啼一号都是他自己的心声，不是如留声机一样替别人传高调。"为什么在短短的时间内会发生如此巨大的变化？郭沫若在忆及此段经历时曾多次提到当时时代环境和马克思主义的影响，后来的研究者也多从这两方面入手分析。固然，这些因素对他的转向都或多或少起了一

① 郭沫若：《郭沫若全集》（第16卷），人民文学出版社，1990，第8、9页。

② 郭沫若：《郭沫若全集》（第16卷），人民文学出版社，1990，第45页。

些推动作用，但一个人内在的思想变化仅仅用这种外缘的因素是否就可以解释得清楚呢？何况是那样一种走向自己过去思想反面的巨变。在我们看来，这里面一定有其内在的文化价值取向在起作用。根据博兰霓的知识论观点，真正决定一个人创造力的不是表面上可以明说的"集中意识"（focal awareness），而是他心中无法表面化的"支援意识"（subsidiary awareness）。这种"支援意识"往往来自长期的文化教养和具体事例的潜移默化，一旦形成就很难轻易抹去。

我们先来检视一下西方文化在他身上留下的烙印。在日本留学期间，他开始了对西方文化的全面涉猎。歌德、席勒、卢梭、雪莱、海涅、惠特曼等人尤其对他后来成为一个浪漫主义诗人起了决定性的影响。这些作家的共同思想特征，首先是对现存社会的强烈不满和全面反叛。从卢梭到海涅，他们的作品都渗透了反抗当时整个社会的叛逆精神。与此相联系的是对自由的热烈追求。他们用政治自由对抗专制暴政，用信仰自由对抗宗教压迫，用泛神论或无神论对抗天主教权威，用自然人性对抗陈腐道德，从而磨炼出一种文学史上前所未有的独立精神。再就是鲜明的个人色彩。正是因为与现实格格不入，处在与社会矛盾对抗的位置，他们才更强调个人的思想和生活，推崇个性的解放和自由。他们对情感、自然、艺术和创造是极端推崇的，因为这些正是他们用以反抗现实的武器。可以想见，所有这一切，对自幼深受封建教育体制摧残和封建道德束缚的郭沫若具有多么大的吸引力！他从切实的人生感受出发，与这些作家发生了强烈的心灵共鸣。

这些西方作家作品对郭沫若的影响是全方位的。在现实层面上，他们使他从背叛父母意愿与旧式婚姻而产生的沉重负罪感中解脱出来①，从而成为一个勇于追求爱情自由的人。他的婚姻观也一变而像歌德、雪莱等人一样，只建立在爱情的基础上。纵观他的一生，比之义务和责任，他对爱情看得更重。在思想层面上，他也一如这些作家，大胆举起叛逆的旗帜，全面否定了"冷酷如铁、黑暗如漆、腥秽如血"的"没有太阳"的旧中国，崇尚自我的创造、夸张人的力量、大胆追求个性解放。在文学层面上，他接受了文学应该表现自然情感的主张，认为："我们的诗只要是我们心中的诗意诗境底纯真的表现，命泉里流出来的 strain（曲调），心琴上弹出来的 melody（旋律），生底颤动，灵底喊叫，那便是真诗、好诗，便是我们人类底欢乐源泉，陶醉底美酿慰安底天国。"② 西方文化对他的影响无疑是广泛而深远的。

　　然而，这是否就意味着郭沫若也变成了一个真正的个人主义者呢？换言之，支撑郭沫若表层思想观念和行为准则的内在价值结构是否是立足于真正的个人立场上的呢？只有弄清这一点，我们才有可能进一步探讨其转向的内在动因。这可以从他早年弃医从文的原因中见出端倪。一九四八年，他是这样回顾自己的文艺创作起点的："这个时代觉醒（指五四）促成了我的觉醒，而同时把我从苦闷中解放了。从前我是看不起文艺的，经这一觉醒，我认为文艺正是摧毁封建、抗拒帝国主义的犀利的武器，它对于时代的革新，国家的独立，人民的解放，和真正的科学技术等具有同样不可缺乏的功能。因此，我可以心安理得地放弃我无法精进的医学而委身于文艺运动了。"③ 这明白显示的是以家国为核心的传统价值取向，而这一切与

---

　　① 郭沫若曾屡次提及："我自己底人格，确是坏透了。""你说你是不良少年，我简直是个罪恶的精髓。"显示了他当时抛弃旧式婚姻、与安娜自由结合之后，内心滋生的沉重道德压力。这种负罪感在与西方文化接触后不久便渐趋平复。在这一点上，歌德、海涅等人的影响是决定性的。见《三叶集》，载《郭沫若全集》（第 15 卷），人民文学出版社，1990，第 16、44 页。

　　② 郭沫若：《郭沫若全集》（第 15 卷），人民文学出版社，1990，第 228 页。

　　③ 《文艺生活》（海外版）1948 年第 6 期。

真正个人主义的本质、基石——以个体为社会的中心价值，个人及其活动应是目的而不是手段——是有着根本区别的。如果说这段话是他转向后的追忆因而或许不能代表他前期的真实思想的话，那么我们也可以从他前期的主张中找到类似的表达。在一篇主张"我对于艺术上的功利主义的动机说，是不承认它有成立的可能性的"文章最后，他说："有人说'一切文艺是完全无用的'，这话我也承认。我承认一切艺术，虽然貌似无用，然而有大用存焉。它是唤醒社会的警钟，它是招返迷羊的圣箫，它是澄清河浊的阿胶，它是鼓舞革命的醍醐，它的大用说不尽，说不尽。"①

　　这里再清楚不过地昭示了他的传统价值立场，可以说，郭沫若从来也算不上一个真正的个人主义者。回顾他的一生，他并非出身于一个典型的诗书世家，到他祖父一代家里人才开始读书，然而就是这样一个文化根基并不深厚的中等地主兼商人之家，却像当时几乎所有的封建家庭一样信奉"学而优则仕"，渴望子女能在仕途上进取以光宗耀祖。他自幼就有一位严厉的廪生做专馆先生。这位塾师实行的管教方式是当时流行的"扑作教刑"——打，因为人们普遍相信"不打不成人，打到做官人"②。正是在这种环境之下，他开始接受中国传统文化的系统教育。而"白日读经，晚来读诗"③的课程安排则决定了他这时期接受最多的是中国文化的大传统——儒学家思想的全面熏陶。当然，随着八股文和科举制的废除，西学也开始进入他的生活。但无论私塾还是新式学堂，所被允许开设的新学几乎全都是自然科学，极少有西方人文学科课程。即使自然科学，他所能学到的也非常有限，因为当时教师们自己的新学知识也极为贫乏。对此他是极不满意的："中国闹洋学已经闹了好几十年，一直

_____

① 郭沫若：《郭沫若全集》（第15卷），人民文学出版社，1990，第229页。
② 郭沫若：《郭沫若全集》（第11卷），人民文学出版社，1990，第37页。
③ 郭沫若：《郭沫若全集》（第11卷），人民文学出版社，1990，第41页。

到现在就连'科学'的'科'字还说不上半边。"① 这样的新学课程注定无法使郭沫若同孩提时代被迫接受的中国经典分道扬镳。相反，这时期真正吸引他兴趣的还是传统的文化世界，尤其是其中的经学和文学。中小学阶段给他留下深刻印象的两位教师帅平均和黄经华都是著名经学家廖季平的弟子。② 及至留学日本，在全面吸收西学的同时，他仍沉浸在王阳明的哲学世界里。这样的经历可以说奠定了他一生的价值取向。后来他之主张个性解放、个人创造，都是为他的群体价值观服务的。他用顺应自然的情感对抗封建僵化的理性，为的也不过是以"小我"的充分张扬使"大我"得以表现；他的创作无功利主张，也并非真正的为艺术而艺术，而是"无用之中有大用"的一种自然功利观；至于他的个性解放思想，一如他的泛神论观点③，并不能真正代表其思想的实际状况。他当时所追求的不过从旧传统、旧制度、旧习俗的束缚中解放出来，并不是真正立足于个人本位的自由。"假若我们根据的东西只是一些口号而我们又不知这些口号里面的含意与后面的历史背景，亦即不晓得这几个名词真正意义的时候，我们常常把我们自己想象出来的意义投射到这几个口号上。我们常常会根据我们的观点、我们的问题、或我们所关心的事情来解释这些名词；这种解释常常与这些名词所代表的思想没有多大关系。"④ 这一点在郭沫若身上是非常典型的。西方文化的冲击的确使他获得了思想上的大解放，但不能不说这种影响仅仅限于他思想和信仰的表层，其深层的文化价值坐标并没有发生根本性的转变。传统的经国济世、治平天下的理念一直是他思想的核心。前

---

① 郭沫若：《郭沫若全集》（第11卷），人民文学出版社，1990，第182页。

② 郭沫若：《郭沫若全集》（第11卷），人民文学出版社，1990，第73—170页。

③ 关于郭沫若泛神论思想，可参阅孙党伯《郭沫若评传》，人民文学出版社，1987，第137—151页。

④ 林毓生：《中国传统的创造性转化》，三联书店，1986，第11页。

期他之所以推崇个性解放与艺术至上，是因为当时他并不认为这种个人关怀对关系到国家存亡的基本关怀有威胁作用，反而认为它们在功能上对国家有利。而当形势变化，个人主义诸价值不再被认为可以做实现家国强盛的有效工具时，他也就毫不迟疑地转向了。支配他这一人生选择的正是自幼培养起来、深植他内心的传统价值观。

那么如何看待郭沫若的马克思主义观呢？因为他声称其转向是马克思主义取而代之的结果。然而仔细检讨他的马克思主义观，我们仍然可以得出相同的结论。他对马克思主义的认识很鲜明地体现在一篇名为《马克思进文庙》的短文里，文中他让孔子与马克思会面：

> 马克思问："究竟你的思想和我的怎么样？"
>
> 孔子答："我们的出发点可以说是完全相同的。"
>
> 孔子问："你的理想的世界是怎样的呢？"
>
> 马克思讲了"各尽所能，各取所需"的共产主义情景。
>
> 孔子拍案叫绝："你这个理想社会和我的大同社会竟是不谋而合。"
>
> 马克思感叹道："我不想在两千年前，在远远的东方，已经有了你这样一个老同志！你我的见解完全是一致的。"

形式虽荒诞，这篇短文却真实地反映了郭沫若当时对马克思主义的认识。由于和外来的新思想接触不久，了解不深，这些新思想只有附会到传统中某些既有的观念上才能生发真实的意蕴。在白色恐怖之下，郭沫若之所以会转向马克思主义，是因为这种从日本间接传来的新思想，其集体立场与传统的家国意识有着内在的契合，其共产主义远景与古老的大同理想也有着形式上的相似。事实上，正是这种"大我"意识和集体主义唤起了郭沫若心灵深处牢不可破的价值认同，他才有可能那么迅速地抛弃自己前期热烈追求的个性解放，转而接受马克思主义。在五四全盘反传统大潮的冲击下，他是极少数终生崇拜孔子的人之一。相对于传统文化这张"皮"，任何新学说于他都不过是附丽于其上的"毛"而已。孰轻孰重，自不待言。

二

19 世纪中叶西学东渐以来，中国数千年的文化遭受到猛烈的冲击，然而，尽管传统框架已被撼动，但中国传统中许多根深蒂固的因素还广泛存在着。新一代知识分子所鼓吹的种种主义表明他们的思想内容已有了重大改变，然而他们推行这些主义的方式却仍然是士大夫式的。这种转换无疑是不彻底的，其价值向度并没有发生根本性的改变。对个人而言，如果他同时肯定了这新、旧两类价值，他就难免会处于两难困境之中，有时需要做痛苦的抉择。在这方面郭沫若的转向是富有代表性的。许多像他一样的知识分子，内心深处来自传统的"支援意识"是如此的强大，而西方文化的影响则大多浮于表面，因而很容易就转回原有的价值轨道。和古代士人相比，他们中的大多数人虽然历经欧风美雨，又受过五四新文化运动人格再造的洗礼，其内在的文化人格却并没有根本改变。在这一点上，郭沫若同样富有代表性。

如前所述，郭沫若深受中国文化传统的影响，无论个性主义还是马克思主义，都是他内在家国价值取向在不同形势下的不同取舍而已。这样的人，注定要执着于现世。郭沫若选择的方式是直接参与政治——这不仅是指他的文学活动大都围绕着政治这一中心，而且指当现实环境允许他投身实际的革命活动以实现他的经世理想时，抛弃文学在他是毫不犹豫的。① 这样就必然会与政治权威发生面对面的关系，因而也就不可逃避地面临着一个"道"与"势"的关系问题。当"势"与"道"和谐一致时，他可以安然做一个"士大夫"而不违背自己的道德良知，然而当个人所信守的理想与现实政治权威发生冲突乃至尖锐对立时，他必须要在"坚守道义"和"屈道阿世"之间做艰难的抉择。因为总是贴近政治，郭沫若就不止一次地遭遇过这种难题。在他投身实际的政治活动之初，就赶上了蒋介石背叛革命。对此，他没有犹豫，立即写出战斗檄文《请看今日之蒋介石》，揭露其虚伪、狡诈的政客面目，坚定地捍卫了道的尊严。然而时隔二十多年，当他再次面对"道"与"势"的冲突时，虽然性质截然不同，但他毕竟失去了坚持真理的勇气，给后人留下了几多遗憾！1950 年他曾应约为《武训画传》题词，词中表达了对武训义举的敬佩。但不到一年时间，毛泽东批判电影《武训传》的文章发表，他马上撰文检讨自己称颂武训的"错误"。1965 年 5 月 25 日《人民日报》发表了毛泽东《看了〈逼上梁山〉以后写给延安平剧院的信》，其中删去了赞扬他的一句话，郭沫若感到迫切需要进一步表白自己紧跟毛主席的决心，于是在随后的一次会议上，他以《做一辈子毛主席的好学生》为题致闭幕词。……他为什么那么诚惶诚恐，为什么自我否定得那么彻底？固然，这里面有他不得不屈从的客观情势。与上次不同，这次他面对的是自己虔诚拥护衷心爱戴的领袖以"革命"的名义发出的号召，自觉听从就意味着进步，否则就是落后，就会被历史抛弃。知识分子更是被要求必须通过严格的自我改造，冲刷掉灵魂深处从旧社会带来的残余污垢，从炼狱之火中煅造出一个纯净的"新我"来，为此要不惜献出自己的一切。只有这样，才能算得上一个真正的"革命者"，才能彻底实现知识分

---

① 可参见他投身大革命之后，回顾自己前期文艺活动及创造社时的淡漠心情。《郭沫若全集》（第 13 卷），人民文学出版社，1990，第 229 页。

子的"革命化"。为了这宝贵的身份和荣誉，人们不能害怕改变自己过去的思想。这里面不仅有利害的考虑，也有真诚的信仰。

　　然而客观环境的严酷不能完全掩盖个人主观因素的虚怯。郭沫若在中华人民共和国成立后十七年至"文革"期间的所作所为是不能仅仅从外在条件上找原因的。看看他那些歌功颂德的"打油诗"，看看他那些"紧跟""拥护"的发言稿，我们不能不说他已完全丧失了一个知识分子所应有的人格独立性。

　　在这里我们不妨把郭沫若的人生道路与鲁迅做个比较。鲁迅早年也东渡学医，但自从1907年决定弃医从文之后，尽管后期政治立场转向左翼，但他始终以主要精力投入文学事业，并且终身未改其自由作家的身份和立场。在现代中国，当新一代作家作为自觉的社会群体出现而文学实践成为一种独立的职业时，写作就具有了崭新的价值和意义。做一个自觉的作家，如鲁迅，就意味着担负起了自行认定的道德重任，作为社会良心的代表来监督和审视体制。这与西方社会对"知识分子"一词内涵的界定是一致的。而郭沫若是不甘心仅仅当一名作家的。① 尽管他受到以自由与叛逆为旗帜的文学的广泛影响，但似乎并没有真正懂得拜伦、雪莱等人"遗世独立"精神的真正含义，也从未能充分认识到一个自由作家内在的精神价值。他在传统的汪洋大海里浸润得太深了，所以依然如千百年来的一般士人一样，认准一条实现人生最高价值的路径：介入政治。只有在政治的怀抱中他才能"安身立命"。他一生的活动都证明了他内心对政治的热衷和不能忘怀，文学与政治在他心中是不可能等量齐观的。当第二次面临同样的选择时，我们首先感受到的是他的惶恐心理。他不能再被政治抛弃了！那海外孤旅的十年放逐，那异域他

---

　　① 与蒋介石决裂后，又受到武汉方面的责备，郭沫若意识到："此次的结果或许是使我永远成为文学家的机缘。"此时他有一段非常沮丧的内心独白，颇能反映他的这种态度。见《郭沫若全集》（第13卷），人民文学出版社，1990，第174页。

乡的隐姓埋名，这一切都太痛苦了。他受不了那份长期闲置路边的寂寞。他内心有个巨大的空白，除了政治，其他任何方面的成就，如文学、如史学，都不能予以填补。他日夜盼望的就是能回到原来的大道上去。在这种心态下，他是否还保有一份清醒的"道"的意识都是一个大可怀疑的问题。

既然是政治的附庸，学术和文化就永远不可能成为一种"批判的力量"，作为其传播者的知识分子也就在权势的压迫下极易流入屈学阿世。五四新文化运动的主将鲁迅、胡适都曾试图将西方"为知识而知识"的传统引入中国现代社会，因为只有以知识的获得本身为唯一目的，以真为最终依据，人才能形成自觉的具备反思功能的智性系统。这一系统及其所依据的中立价值的存在，使得西方知识分子可以大无畏地面对真而不退缩。正是因为获得了真的特权，他们才进而获得了使自身具备超越性与独立性的客观基础，成为社会良知的代表。然而鲁迅、胡适等人的努力并没能在全社会形成一种强有力的冲击，因为即使是新文化运动的领导者，其中也有相当多的人自己就没能摆脱"学而优则仕"的传统观念的束缚，不能严守学术立场。

"中国传统社会并没有中产阶级，知识分子是防范政治权力无限泛滥的唯一压力集团。他们的防范势力虽然不算成功，但是毕竟多少发生了一些消极的抗腐作用。"① 缺少学术立场做人格保障的中国古代士人除极少数，大都经不起政治权威的巨大压力，但他们之所以还能对政治权威发生一些"消极的抗腐作用"，靠的主要是他们源远流长的修身传统。没有西方教会式的权威组织做后盾的中国"道统"只有依赖于"以道自任"的个人—士本身的精神修养来维护。这个修身必须兼顾"穷""达"两方面，而尤以前者为紧要：因为只有做到"独善其身"，个人才能"穷"而不为权势所屈，以致枉

_____
① 余英时：《内在超越之路》，中国广播电视出版社，1993，第238页。

道而行。然而到了中国现代，辛亥革命以后，原有政治权威倒塌，也同时引发了价值权威的空阙。传统的伦理道德和精神信仰失去了原来作为社会价值的神圣性，儒家学说提供的生活和生命意义、道德伦理观念也失去了往日的威慑力。五四新文化运动是一次知识分子重建中国社会全新价值体系的尝试，但他们把民主与科学放在与中国传统文化截然对立的位置，对传统，尤其对孔教有意采取了整体打倒、全盘否定的态度，他们在提出"仁义道德吃人"的命题时，并未对后世政治化的儒教与原始儒家教义细加分梳。加上思想解放所带来的道德松弛，修身传统也就慢慢丧失了在社会上的现实效用和精神号召力。尽管后来时有官方倡导，但那种假道德之名戕害人性之实的虚伪礼教，更进一步加剧了人们对这一传统的疏离。具体到郭沫若，大环境的影响，加上个人的特殊经历（三次因其叛逆行为被学校开除，中学毕业时修身成绩只有三十五），他内心深处修身意识的薄弱是可想而知的。纵观其一生，虽然深受传统文化的影响，但以仁义礼智信为中心的儒家道德观念在其思想和行为中并不占显要位置。按照儒家"内圣外王"的人格理想，"外王"（治国平天下）虽然重要，但必须以"内圣"（道德修养）为基础，而缺少道义承诺的"外王"追求，是极易沦为谋取个人功名利禄的手段的。漫长的中国历史上，这样的例子可谓俯拾即是。历史证明，没有知识支持的道德极易沦为专制统治的工具，这样的道德重建注定不能使人高贵，而只能使人愚昧与萎缩。新的立场没有确立，旧的依傍又已丧失，大批现代知识分子的独立人格就这样无可挽回地失落了。

是谁打败了吴荪甫？

——细读《子夜》

　　《子夜》是中国现代文学史上少有的一部以民族资产阶级为主角，反映他们的事业成败、生活际遇和精神气质的长篇小说。自它诞生的半个多世纪以来，人们虽然对其成就评价不一，但大都不能不承认这部小说在五四之后的全部新文艺中的重要地位和"里程碑"意义。小说主人公吴荪甫，是个有胆识、有手腕、有魄力又懂经营之道的民族资本家，尽管并非出自作者的本意，但书中写得最动人的地方却无疑是他为发展民族工业呕心沥血、顽强奋战的场面。这是一个中国文学史从未有过的新人形象，具有"英雄般的品格"和一切事业成功者的良好素质。然而他却"无可避免"地失败了，而且败得那样惨。那么他到底是被谁打败的？这样一个人物的失败在当时的中国文化语境中又有着怎样深长的意味？联系到自20世纪初，随着中国社会由农业文明向现代工业文明的缓慢转型，工商阶层就与知识阶层、军人阶层一起共同构成左右中国现代化格局和走向的新兴精英和动力群体①，而偌大一部中国现代文学史对此却鲜有涉猎的奇怪现象，对这个人物的命运作一番细致的分析或许是不无意义的。

---

　　① 许纪霖、陈达凯主编：《中国现代化史》（第1卷），上海三联书店，1995，第20页。

一

在小说的现实层面上，吴荪甫的事业遇到了来自三方面的挑战，他们组成三组相互对立的关系：

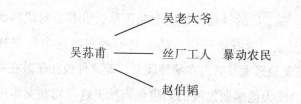

吴老太爷

吴荪甫　——　丝厂工人　暴动农民

赵伯韬

第一组：吴荪甫与吴老太爷所代表的封建势力

这是一对父子，同时又是一对"仇敌"。以吴老太爷和《太上感应篇》为代表，以"万恶淫为首，百善孝为先"为主要特征的封建势力构成了与吴荪甫为代表的新兴资产阶级的尖锐对立。吴老太爷虽然半身不遂，虚弱不堪，"二十多年来从未跨出他的书斋半步"，但却非常顽固。十几年来他坚决拒绝和儿子妥协，因为他认为"与其目击儿子那样的'离经叛道'的生活，倒不如死了好！"因此他绝对不愿到上海来。然而，在书中，这组关系力量对比悬殊。与"下一代"相比，吴老太爷似乎不堪一击：初到上海，那光怪陆离的大都会景象，红红绿绿耀着光的"怪物"和"肉的海"，都使他耳鸣目眩，"神经更是要爆烈似的发痛"，心脏也"狂跳不歇"，以至于一到家就断了气。而他教养多年的"金童玉女"（他的一对小儿女）也是一到上海就马上受了诱惑。借着诗人范博文的口，作者进行了胜利的宣判："去罢！你这古老社会的僵尸！我已经看见五千年古老僵尸的旧中国也已经在新时代的暴风雨中间很快的很快的在那里风化了！"真的是这样吗？透过这表面的"胜利"，我们看到，吴老太爷们远比诗人们想象的要顽固得多，强大得多。且不说冯云卿，这些到了上海也未曾风化的"吴老太爷"们，就是四小姐吴惠芳在上海住了一段时间之后，也重新拿起《太上感应篇》，关在自己屋里

"修行"。更为可怕的，是封建的思想观念以一种变相形式潜入"新人"们的肌体，对他们的思想行为构成暗中颠覆。像吴荪甫这样一个曾经游历欧美，有着现代企业家风采的人物，身上也同样不自觉地残存着浓厚的封建意识。无论在社会上，还是在家庭中，他都坚持自己"必须仍旧是威严神圣的化身"，以和吴老太爷同样的封建专制对待家人。在工厂的管理上，他专断粗暴，沿袭着封建的血缘亲属式的用人制度。所有这一切，都不能不暴露出这个封建社会的"逆子"与其父吴老太爷的内在精神联系。而这种内在联系在一定的条件下往往会成为他事业发展的陷阱。当然，这一切在文本中尚处于隐蔽状态，即使有威胁，也还是潜在的，不明显的。

第二组：吴荪甫和以丝厂工人、暴动农民为代表的无产阶级

这一组关系从阶级本性上来说是天然对立的。然而他们又相互依存，尤其工人阶级与资本家，始终处于缺一不可、对立又统一的关系中。没有了工人，他的工厂就得全部停产。所以每当丝厂工人"闹事"，吴荪甫都恼怒万分，暴跳如雷。书中写了吴荪甫丝厂的一次怠工和一次罢工，怠工从侧面着笔，罢工从正面详写。工人的不满、共产党的鼓动、工会的明争暗斗……都使气氛变得非常紧张。然而这个理论上的"最大敌人"在小说所涉及的实际状况中却尚不具备足够的对抗力。小说中的工人基本上还是一盘散沙，他们中的大多数并没有明确的斗争目标和抗争勇气，几个领导者，也大多为"左倾盲动主义"所囿，只知盲目发号施令，缺乏丰富的斗争经验和斗争策略，因而力量还是微弱的。暴动的农民则以武装起义的方式攻陷了他的故乡双桥镇，将他的钱庄、当铺、米厂、油坊抢的抢、烧的烧，使他三年来努力把家乡小镇建成工业发达的城市的理想和心血毁于一旦，同时截断了他的后路，妨碍了他的资金周转和事业扩张，打乱了他发展民族工商业的有效战略部署，损失不可谓不大。然而对此作者亦不想深究，主人公事业的大本营在上海，只要这一切还未危及上海，都是可以忽略的。所以吴荪甫在与孙吉人等志同道合者顶下了益中信托公司，准备大规模办实业时，"便觉得双桥镇的失陷不算得怎样一回了不起的打击了"。至于农民暴动的严重性，如当它"涉及民族工业存在的地区时，可以直接摧毁它的生产能力；在农民暴动成功后，可以利用政权的力量抑制或摧毁资本主义工商业的发展"[1]，显然并未在作者当时的考虑之列。换言之，作者并未将他们设计为吴荪甫的主要对手和敌人，虽然这种力量从长远来看，是最具威胁力的。

第三组：吴荪甫和以金融买办资本家赵伯韬为代表的帝国主义势力

从全书来看，吴荪甫的事业涉及四个方面：一是故乡"双桥王国"，二是他的裕华丝厂，三是与孙吉人等合办的益中信托公司，四是公债。如前所述，"双桥王国"已毁于农民暴动，使吴荪甫在银钱方面损失不少，但尚未危及他的主要事业。裕华丝厂的工人运动在书中占了相当的篇幅，但在屠维岳的软硬兼施之下，怠工和罢工都已基本平息。使他损失最大的是后两项，而这后两项都与赵伯韬有关。益中仅存在了两个月，也就是小说故事从开头到结尾的这一段时间，主要作为是接管了朱吟秋的丝厂和陈君宜的绸厂，收购了八个小厂。这两件事都受到了赵伯韬的阻挠。他先是通过押款事件扣住朱吟秋的干茧不放，使吴荪甫丝厂急需的原料短缺，逼吴荪甫等人和他合作，共同管理益中。遭到拒绝后，又进而有计划地对益中实行"经济封锁"，逼他们就范。赵伯韬为什么要这样做呢？通过书中的交代，我们得知有两种可能：一是他自己有个大的计划，想通过金融资本控制工业资本，而这背后有美国金融资本家撑腰；二是勾结了洋商，来做中国厂家的抵押款，充当帝国主义的掮客。这两种可能都无疑会对处于幼稚、凋落期的中国工业造成极大的损害，甚至"断送中国民族工业的前途"。也是一般评论者将帝国主义势力

---

[1]　王富仁：《灵魂的挣扎》，时代文艺出版社，1993，第 255 页。

看作是吴荪甫事业最大敌人的主要理由。然而，益中的空壳子还在，吴荪甫他们仍可以"吸收存款，等机会将来再干"，况且还可以在香港招股。这样算来，益中并不算失败，只是遇到了点暂时的挫折。再者，从经济学的观点来看，在当时资金短缺的情况下进行盲目扩张的确也不切实际，有他们自身战略上的失误。他们的事业真正算得上"惨败"的是后一项：公债买卖。吴荪甫等人当时之所以参与到公债投机中去，一是为了筹集资金，二则只有在公债市场上打败赵伯韬，益中才可能不受他的挟制。然而即使这后一项，他们也是完全有可能胜利的，因为赵伯韬此时也"有点兜不转"了。若不是杜竹斋在关键时候倒戈，他们绝对有可能打败赵伯韬，而杜竹斋之所以倒戈，完全出于意外，因为当时他无论投向哪一边都有利可图，没必要非拆吴荪甫的台不可。关键在于交易所门前的一幕："要是吴荪甫他们的友军杜竹斋赶这当儿加入火线，'空头'们便是全胜了。然而恰在吴荪甫的汽车从交易所门前开走的时候，杜竹斋坐着汽车来了。两边的汽车夫捏喇叭打了个招呼，可是车里的主人都没觉到。竹斋的车咕的一声停住，荪甫的车飞也似的回公馆去了。"一切都那么巧合，巧合得让人怀疑整个细节的真实性。如此一来，吴荪甫"惨败"结局的冲击力就要大大地打个折扣了。

从以上三方面的分析，我们可以看出，尽管吴荪甫遭遇了种种困难和挫折，小说也的确写尽了一个有志于"实业救国"的民族资本家在当时的历史条件下所经历的常人难以忍受的磨难和痛苦，但凭他的过人的才智和顽强的毅力，在小说的现实层面上，我们完全有理由相信他具备克服这些困难的可能性，他最后的全军覆灭并不十分令人信服。然而，在小说之外，在更广大的社会历史和时代文化层面上，吴荪甫却面临着更大的挑战，而这种挑战是他仅凭个人的力量所无法战胜的了。

二

如果说作品只是一则个人"小文本",那么由各种相关的社会性因素组成的文化语境则是隐蔽地活跃于其间、起支配作用的社会性"巨型文本"。这种"巨型文本"由作者、读者、世界等组成,决定性影响着文学文本的文化原料选择、审美惯例和基本价值取向。要理解文学文本,就必须从其语言世界中"读"出潜藏着的文化文本("大文本"),通过重构这文化文本加深对文学文本,尤其主人公形象的理解。

从这个角度来审视《子夜》,我们可以看到主人公吴荪甫面临的无形挑战首先来自作者。文学作为一种艺术,说到底离不开作家的创造,作家的思想观念和感情倾向往往会影响作品中的人物塑造、主题倾向和修辞。对《子夜》,作家茅盾就有一个明确的创作意图,即意在驳斥托派"中国已经走上了资本主义道路,反帝反封建的任务应由中国资产阶级来担任"的妄言,诠释"中国并没有走向资本主义发展的道路,中国在帝国主义的压迫下,是更加殖民地化了。中国民族资产阶级中虽有些如法兰西资产阶级性格的人,但是因为一九三〇年半殖民地的中国不同于十八世纪的法国,因此中国资产阶级的前途是非常暗淡的"[1] 的观点。这种创作意图及其所代表的某种意识形态理念构成了小说的写作基础。在这种观念的支配下,作家显然无意把吴荪甫塑造为一个"英雄",至于读者对他的"同情和偏爱",更"是作者始料不及"[2] 的。在他的理智层面上,对吴荪甫这样的民族资本家,其实明显地持一种贬低和道德丑化倾向。如写其相貌,有意采用了"紫脸多疱",一生气,这些紫泡就"冒

---

① 茅盾:《我所走过的路》(中),人民文学出版社,1985,第92页。
② 朱佩弦:《子夜》,《文学季刊》第1卷第2期,1934年4月1日。

气"等缺乏美感的夸张词语。在写他"身材魁梧,常是威严"之后,唯恐读者误会似的连忙添加一句倾向性极强的判断语:"一望而知是颐指气使惯了的大亨。"写他的表情,翻来覆去只有一个词"狞笑"。在小说情节的安排上,则着重突出他"无可避免"的失败,而对能体现他能力和魄力的一系列事件,如构建"双桥王国",赢得朱吟利的丝厂,收购八个小厂,在公债市场上与买办资本家赵伯韬斗智斗勇,则尽量侧写或轻描淡写,一笔带过,少有正面的细致刻画。特别是在吴荪甫自己的丝厂管理上,为了衬托工人力量的壮大,写他除了大发脾气和依赖一个屠维岳,几乎一筹莫展,办法全无,屠维岳的能干只能衬托出他的无能,而不顾这样的描写如何与作者在文中处处暗示的吴荪甫曾游历欧美、富有先进的现代管理知识,"最怕拖沓、蠢笨、不中用的人儿"的性格特征形成的显在矛盾。与对人物奋斗事迹的粗略描写相对照的,是小说对主人公面临的来自各方面的挑战、压力,时时陷入困境难以自拔的浓笔重绘。吴荪甫事业的曲折艰难、心情的焦躁沮丧、经常的绝望和不甘的挣扎成为全书几乎每一章的写作重点。本文在故事层面上的这种多次重复造成了一种特殊的效果,使作者所要强调的"民族资产阶级在中国没有前途,只有灭亡和投降一途"的主题格外突出。小说还多处强调吴荪甫对工农运动的仇视,陷入绝望时的"兽性大发",以此种事件所昭示的"道德污点",加强对这个人物进行批判和贬低的正当性。另一方面,形象大于思想,人物按照自身的性格逻辑、生活按照自身的本来面目,显示出与作家的倾向性相悖的另一面,吴荪甫成为一个使读者同情偏爱的具有"英雄气概"的人物形象。这样两种相互冲突的价值立场始终同时并存于小说文本之中。夏志清曾言:"我们相信一部以马克思思想为中心的讽刺资产阶级生活的小说,可以与以儒家观点或基督教观点而写成的小说写得一样的好。"① 然而，当两种彼此对抗，互不相容的价值判断和感情倾向共存于同一小说文本，而且力量不相上下难以协调时，它们就不可能不造成小说内在的紧张，使之成为一个被撕裂的文本，从而最终损害小说的完整性和人物形象的内在统一性。

读者也是文学艺术系统中不可忽视的一环，读者的阅读活动能够将作品的语言形态所指的或所暗示的一切，破译、阐释甚至创造出来。接受美学的理论家甚至认为，作家写出来的"文本"还不算"作品"，它不过是用符号记载文学信息的客体，只有经过读者的接受和再创造之后才能称得上是真正的艺术品。具体到《子夜》，这种情况就更为特殊：读者不仅以"期待视野"的方式潜在地影响了作家茅盾的价值选择和写作方式，而且一个特殊的读者，共产党领袖瞿秋白还直接参与了小说的创作，吴荪甫最终失败的结局可以说和他直接相关。他的意见被作者接受下来的主要有三点：一是删除了赵伯韬挑动丝厂工人罢工的情节，因为这样就"把工人阶级的觉悟降低了"；二是将小说的结尾由赵吴两大集团的握手言和改为一胜一败，"这样更能强烈地突出工业资本家斗不过金融买办资本家"；三是在结尾处添加了资本家吴荪甫绝望之际"兽性大发"的细节。② 这几点无疑大大强化了作家本来就有的"赤化"色彩。而对此，瞿秋白尤嫌不够。《子夜》出版后，众多评论者纷纷将吴荪甫定位为"失败的英雄"的时候，他却认为小说的最大缺陷就在于"使读到《子夜》的人都在对吴荪甫表同情，而对那些帝国主义、军阀混战、共党、罢工等破坏吴荪甫企业者，却都会引起憎恨"，因此，他建议道："我想假使作者从吴荪甫宣布'停工'后，再写一段工人的罢工和示威，这不但可挽回在意识上的歪曲，同时可增加《子夜》的

---

① 夏志清：《中国现代文学史》，转引自《茅盾研究资料》（中），中国社会科学出版社，1983，第437页。

② 茅盾：《我所走过的路》（中），人民文学出版社，1985，第118页。

影响和力量。"① 这种分歧隐含着吴荪甫命运的关键，因为作家与读者通过作品与评论所显示的，绝不仅仅只是他们个人的思想意识，而是他们所属的社会集团、社会阶层的行为和观念的体现，折射的是一个时代的文化精神和社会心理。

《子夜》诞生的二十世纪三十年代，是一个各种社会力量各种思想观念紧张对抗的时代，冲突几乎在所有层面上同时发生。其中最为尖锐激烈的是围绕着"中国往何处去"而展开的两条道路两种价值体系的斗争。一条始于洋务运动，从致力于发展自己民族的现代军事和工矿企业，到维新变法、辛亥革命力图建立资本主义的政治制度和社会制度，再到五四新文化运动倡导的以人道主义为核心、追求民主和科学的资产阶级思想体系，中国人为摆脱落后挨打的命运，形成了一股以英美等资本主义发达国家为楷模、追求资本主义发展道路的社会思潮。这种潮流后来体现在自由主义知识分子的理想中，更体现在像吴荪甫这样的民族资产阶级的实践中。它也构成少年茅盾文化根基的第一道底色。② 然而这条道路却始终面临着强大的内外挑战。正像一个事物的两面，西方在向中国昭示了一条走向现代化的道路的同时，却以政治压迫和经济掠夺的方式带给中国人刻骨铭心的屈辱感。1919 年的巴黎和谈成为积年愤懑的导火线，资本主义社会自身发生的经济和社会危机则大大引发了中国人对这条道路的怀疑。也正是在这个意义上，我们可以将买办资本家赵伯韬定位为吴荪甫事业最具威胁力的敌人，因为他也许在现实的较量中并不总能占优势，但他却在象征的意义上瓦解了吴荪甫道路所代表的信仰，构成对其事业的内在颠覆和反讽。与此形成鲜明对照的，是另一条以否定私有制、取消为利润而工作的资本家、倡言阶级斗争和无产阶级革命为特征的崭新道路的蓬勃兴起，而且在民族主义

---

① 瞿秋白：《读〈子夜〉》，《新文学史料》1982 年第 4 期。

② 姜文：《〈子夜〉文本及创作动机的文化底色》，转引自《茅盾与中外文化》，南京大学出版社，1993，第 355 页。

和知识界"唯科学主义"的双重助动下，这股力量还日益演变为一种不容置疑的全权意识形态话语。这种意识形态话语在三十年代逐渐成为一种强大的文化压力，有力地制约着当时的文学创作。透过对《子夜》的文本分析，我们看到，作者正是由这种思想基点出发，否定了吴荪甫道路的正当性，赋予他"必然失败"的历史命运。而这种创作方式又反过来形成一种不同于五四小说的全新写作范式，奠定了"中国小说的政治意识形态性和党派性传统"①。在这种情形之下，吴荪甫们虽然抱负不凡，能力超群，也只能无可奈何地沉入半个世纪的"失语"之中。这个阶级已被某种权力预先地、难以抗拒地规定了现在的结局，他们的悲剧命运是注定了的。

---

　　① 汪晖：《关于〈子夜〉的几个问题》，《中国现代文学研究丛刊》1989年第 1 期。

盗火者的困境

——论茅盾笔下的民族资本家形象

20世纪初，随着中国由农业文明向现代工业文明的缓慢转型，工商阶级也逐渐成为新兴的阶层之一。他们与知识阶层、军人阶层以及中国社会原有的士绅阶层、官僚阶层、农民阶层一起，共同构成了左右中国现代化格局和走向的动力群体。[①] 然而偌大一部作为中国现代社会与现代中国人生活与心灵世界反映的现代文学史，对此却鲜有涉猎，其中的原因是耐人寻味的。在这种情形之下，茅盾以其独特的艺术敏感塑造的一批资本家，尤其民族资本家形象就格外地引人注目了。透过茅盾的创作，对这一群体在中国最初的生活际遇、事业成败和性格命运以及他们被遗忘被丑化的历史进行重新审视，对我们反思过去认识现在或许不无裨益。

一

1932—1948年间，茅盾塑造了一系列民族资本家的形象，如吴荪甫、朱吟秋、周仲伟、孙吉人、王和甫（《子夜》，1932年）、唐子嘉（《多角关系》，1936年）、何耀先（《第一阶段的故事》，1938年）、王伯申（《霜叶红似二月花》，1942年）、林永清（《清明前后》，1945年）、严仲平（《锻炼》，1948年）。尽管这些作品的写作

---

① 许纪霖、陈达凯主编：《中国现代化史》，上海三联书店，1995，第20页。

重点不在人物形象的塑造，而是为了反映重大的社会问题和社会进程，但透过纷纭的社会现象，我们还是可以看到这一群体独有的特质和光彩。这无疑是一群中国文学史上从未出现过的"新人"形象。他们不再因循封建社会"学而优则仕"的人生老路，而是崇尚"实业救国"，以现代科学技术和管理知识兴办民族工商业。他们中的佼佼者，如吴荪甫、林永清，都曾游历欧美，受过西方现代价值观念和科学知识的熏陶，向往中国也能顺利走上资本主义的发展道路。他们也以自己的实际行动有力地推动着中国的现代化进程。吴荪甫热心于发展故乡双桥镇的实业，创办当铺、钱庄、油坊、电厂，梦想着使那落后的农村乡镇变成一个工业发达的城市。雄心勃勃的他还将事业发展到上海，在那里开办了实力雄厚的丝厂，同时还与几个志同道合的同志如孙吉人、王和甫组建信托公司，借以摆脱帝国主义财团的控制，扩充自己的实力，发展民族工矿企业。他们希望他们生产的灯泡、热水瓶、阳伞、肥皂、橡胶套鞋，能走遍全中国的穷乡僻壤，给那些新从日本移植到上海来的同部门工厂一个致命打击。同样，何耀先、林永清、严仲平在艰苦的条件下义无反顾地选择橡胶厂或机器制造厂等实业作为自己的奋斗目标，在他们的心目中，往往是把这些事业作为拯救中国落后挨打命运的"火种"来追求的。

也正是在这种目标之下，他们摈弃"君子不言利"的封建遗训，运用自己的聪明才智，光明正大地追求利润和效益。这也是市场经济和资本主义发展的铁的法则。如韦伯所言："在一个完全资本主义式的社会秩序中，任何一个个别的资本主义企业若不利用各种机会去获取利润，那就注定要完蛋。"[①] 当然在这种经济利益的追逐中，他们或多或少地损害了工人或农民的利益，如王伯申的机动轮船在

---

① ［德］马克斯·韦伯：《新教伦理与资本主义精神》，于晓等译，三联书店，1992，第8页。

涨了水的河上行驶，激起的水浪淹没了沿岸不少农民的田地，激起了他们的强烈愤怒。吴荪甫、周仲伟、唐子嘉的工厂在内外交困的情形下，都采用了降低或拖欠工人工资，加大他们的劳动强度等方法来转嫁危机。这是资本家本身的阶级立场使然，因为就其本性来说，资产阶级和无产阶级是永远对立的。也正是因为此，判定他们是否反动，就要根据不同国家、不同历史时期的社会状况具体分析，而不能仅仅依据他们对工人农民的态度来判断。就当时的中国而言，还是一个有着浓厚封建关系的落后农业国，作为资本主义代表的民族工商业便是当时最先进的一种经济形态，民族资产阶级为民族工商业所作的一切努力便具有先进性和革命性的意义。并且我们还要看到，他们的所谓"逐利"大多并不只是为了个人享乐。在少数几位精英人物身上，甚至有着韦伯所说的那种中国人罕见的"现代资本主义精神"。这种精神的重要特征便是不向权力政治和不合理投机求机会，而是在商品市场中求营利。营利的目的不仅仅是为了得到更多的金钱，而是为了更高的目标。① 在他们的心目中，事业高于一切。像林永清夫妇在抗战时期日军猛烈的炮火下，为了保全工厂东奔西走，吃尽了苦头，怀了五个月的孩子也因此小产。吴荪甫，这个二十世纪的骑士，在他的事业面前，更是轻视了家庭，忽视了妻子，甚至牺牲了睡眠和健康。

不仅如此，这些人还是我们民族向来缺乏的"铁腕人物"。他们大多有着刚强的意志和顽强的奋斗精神，既有远大理想又肯埋头苦干，与封建人物的迂腐狭隘，知识分子的空谈软弱形成鲜明的对比。在这个意义上，《子夜》中的吴荪甫，这个有胆识有手腕、有魄力又懂经营之道的"二十世纪机械工业时代的英雄、骑士和王子"，可谓是中国现代文学史上最有光彩的人物形象之一。他为了事业和理想，

---

① ［德］马克斯·韦伯：《新教伦理与资本主义精神》，于晓等译，三联书店，1992，第9页。

敢于不惜一切代价与各种困扼他的环境和阻碍民族工业发展的帝国主义及其代理人血战到底。在兵荒马乱、百业萧条的困境中，他仍然憧憬着民族的远大未来："高大的烟囱如林，在吐着黑烟，轮船在乘风破浪，汽车在驶过原野。"① 富有实际经验的他还善于脚踏实地，懂得事业的规划要大，起点不妨低些。他的"双桥王国"就是这样建造起来的。他讲求效率，富有"冒险的精神"和"硬干的胆量"，自信坚毅的目光常常煽动起别人勃勃的事业雄心。"他喜欢同他一样的人共事，他看见有些好好的企业放在没见识、没手段、没胆量的庸才手里，弄得半死不活，他是恨得什么似的。"② 赢得丝厂，收购小厂，与赵伯韬斗智斗勇等一系列事件，都充分显示了他的魄力和才智。在动荡混乱的逆境中，他有过动摇惶惑、苦闷沮丧，但决不投降。这样的英雄气概，这样一个不带丝毫萎靡之气的人物，不正是我们民族自二十世纪以来就不断呼唤和期盼的吗？同样，他的同志孙吉人胸中也怀着同样的高瞻远瞩的气魄，不仅瞩目于中小企业，而且准备经营交通、矿山等关系到国计民生的大企业。何耀先、严仲平等也都曾在战火纷飞的情况下，苦苦支撑企业的发展。林永清夫妇则以极大的勇气冒着日本帝国主义的炸弹，将设备从上海拖到汉口，又拖过三峡。在人手不够、交通工具匮乏的艰难处境中，林永清亲自写下标语，鼓励自己和工人们："炸弹可以毁灭物质，不能毁灭精神；万一今天炸毁工厂，明天我们就重新恢复！"③ 这种毅力和精神都给在艰难中向现代缓慢转型的中国社会注入了巨大的活力。

---

① 《子夜》，载《茅盾全集》（第 3 卷），人民文学出版社，1984，第 127 页。
② 《子夜》，载《茅盾全集》（第 3 卷），人民文学出版社，1984，第 81 页。
③ 《清明前后》，载《茅盾全集》（第 10 卷），人民文学出版社，1984，第 128 页。

二

　　然而这又是一个未老先衰、趋于凋敝的阶层。茅盾的几部作品在塑造了这批具有崭新素质的"盗火者"形象的同时，也十分清晰地勾勒出中国民族资产阶级半个多世纪以来所走过的坎坷的历史道路，揭示出他们顽强奋斗，却最终难免失败、没落的悲剧命运。

　　发展民族工商业首先面临着来自现实的层层阻力。轮船公司主人王伯申所处的时代还是封建势力、封建思想占统治地位的 1918 年，他的所作所为都受到地主阶级顽固派的阻挠和对抗，不仅运输事业遭非议，而且开设"贫民习艺所"的设想最后也只能不了了之。更重要的，发展民族工商业需要安宁、理性、有秩序的环境，但这群民族资本家所处的时代却是如此混乱。战争、内乱和骚动不断地侵袭着他们，民族工商业的发展只能在充满暴力、欺诈和腐败的无序状态下蹒跚行进。连年的军阀混战，政客们的争权夺利，使吴荪甫们生产的国货无法正常运出和销售，工厂面临着破产的危机。抗日战争的爆发更是无情地打断了何耀先等人工厂的正常运作，他们只能在炸弹的袭击下东奔西迁。帝国主义的经济压迫和商品倾销也是阻碍中国民族工商业发展的重大因素。作为半殖民地国家，中国从近代以来就一直是帝国主义列强进行政治压迫和经济侵略的对象，中国的民族工业始终只能在帝国主义的夹缝中艰难生存。特别是 1929 年前后，资本主义世界爆发了空前的经济危机。为了转嫁危机，缓解国内矛盾，帝国主义以商品倾销为手段加紧了对中国的经济侵略。政治的软弱使中国的进口关税形同虚设，大量外国货低价倾销到中国，民族工业面临着破产的危机。火柴厂老板周仲伟（《子夜》）尽管手腕灵活，为人精明，但在瑞典和日本厂家的冲击和压制下，也只能将工厂卖给日商，自己重新沦为买办。像吴荪甫这样一个中国民族资产阶级的精英人物，"铁铸的人儿"，在有美国资本做后台的金融买办资本家赵伯韬和日本丝织厂的双重挤压下，也只能面临着失败的命运。另一部以债务纠葛为题材的小说《多角关系》，虽然没有对此做过多的描写，但透过主人公唐子嘉的困窘处境，我们仍然可以看到民族资本家在内外多种因素的夹击中勉力挣扎的悲剧。

除了现实的困境，茅盾的作品还展示了中国民族资产阶级所面临的被中国主流意识形态忽略和否定的历史命运。当时作为执政党的国民党，表面上支持私人资本的，还经常予以保护和奖励，但在其最根本的政策上，对私人资本始终不积极支持甚至加以限制。早在孙中山的三民主义纲领中，就主张一切有关国计民生的部门通通由国家掌握，余下一些不太重要的、难以垄断的或比较分散琐碎、不适宜国家经营的部门，才可留给私人资本。[1] 如《子夜》中的丝绸厂老板陈君宜所言，沉重的捐税就是使民族资产阶级寸步难行的第一道难关。除了原料税，"制成了绸缎，又有出产税，销场税，通过税，重重迭迭的捐税，几乎是货一动，跟着就来了税"[2]。这一切与日本政府大力扶持本国工业，不惜以完全免税方式鼓励丝织品出口的做法形成了鲜明的对比。[3] 抗战时期国民党实行的统制管制、官价限价更作为一种"最厉害的脚镣手铐"给了民族资产阶级一个致命打击，当时所谓的"工业贷款"在林永清看来也不过是做做样子："历届工贷分配到民营工厂的到底有百分之几？而且手续之麻烦，办事之迟慢，一言难尽！人家打发叫花子的还干脆爽利得多呢！"[4] 在这种政策之下，出现民间资本的严重萎缩，中产阶级的日渐衰落也就不足为奇了。加之国民党内部在统制经济与自由经济的

---

[1]　孙中山：《民生主义》，载《孙中山选集》（下卷），人民出版社，1956。
[2]　《子夜》，载《茅盾全集》（第3卷），人民文学出版社，1984，第45页。
[3]　《子夜》，载《茅盾全集》（第3卷），人民文学出版社，1984，第44页。
[4]　《清明前后》，载《茅盾全集》（第10卷），人民文学出版社，1984，第144页。

双轨体制中滋生出的结构性腐败，更进一步侵蚀了民族工商业发展的正常环境。而且，在文化上，国民党鼓吹忠孝仁爱的传统道德，对民主政治和自由体制并不热心，从而也使民族资产阶级在制度文化和精神文化等深层层面上失去了内在价值依托与可持续性发展的潜在动力。

对这一阶层的更有力否定还来源于另一种更为强大的思想潮流，这就是在茅盾作品中得以鲜明表现的那种对民族资产阶级的明显丑化和贬低倾向。我们看到，茅盾虽然按照生活的本然面目塑造了一系列民族资本家形象，也写出了他们的崭新特质，但在作家的主观倾向里对这一阶层却明显持一种强烈的排斥和否定态度。民族资本家在他的笔下往往只是被丑化和道德批判的对象，如对吴荪甫，作者一方面无意中塑造了一个"英雄"，"始料不及地引起了读者的同情和偏爱"[1]。但另一方面，他却又极力贬低和丑化这一形象。小说情节的详略安排也侧重于主人公"不可避免"的失败，而对能反映他能力和魄力的一系列事件则极力轻描淡写，不予他充分展露才智的机会。不仅如此，在小说的结尾，写吴荪甫悲壮的失败之后，还不顾人物性格发展的逻辑硬加进一个"兽性大发"的情节，以突出他的反动面目和道德污点。这种写作倾向发展到《多角关系》，丝绸厂老板唐子嘉，一个"具体而微"的吴荪甫，就成了一个骄奢淫逸（通过他儿子的所作所为来影射），拖欠工人工资并凶神恶煞地对待工人的完全的"丑角"和"反动派"。其他几个人物，如严仲平、何耀先，也都是作为在民族危亡之际，被人民的抗战热情和早已行动起来的年轻人带动着才慢慢"觉悟"起来的"中间人物"来刻画的。

这种写法绝非偶然，而是代表了当时的一种时代精神与社会文化心理，其中蕴含着许多耐人寻味的深层内涵。早在五四之后不久，

---

① 朱佩弦：《子夜》，《文学季刊》第 1 卷第 2 期，1934 年 4 月 1 日。

陈独秀就给来华讲学的罗素写过一封信,表达了他对罗氏主张的不满:"近来中国有些资本家的政党机关报屡次称赞你主张中国第一宜讲教育,第二宜开发实业,不必提倡社会主义,我们不知道这话真是你讲的,还是别人弄错了呢?我想这件事关系中国改造之方针,很重要,倘使别人弄错了,你最好是声明一下,免得贻误中国人,并免得进步的中国人对你失望。"① 作为五四新文化运动的领袖,陈独秀的代表性自不待言。而到了三十年代,整个中国知识界都呈现出一种左倾倾向,有人甚至径直将 30 年代文学的基本主题归纳为"反资本主义"。② 这种倾向对经历了"三千年未有之大变",旧的统治秩序和文化范式趋于崩溃,新的价值系统和发展模式正在探索中的现代中国而言,具有决定性的意义。它表明大多数中国人已抛弃了自洋务运动、戊戌变法、辛亥革命以来,对以英美为代表的资本主义发展之路的模仿和追随,转而选择了另一条以否定私有制,取消为利润而工作的资本家,倡言阶级斗争和无产阶级革命为特征的崭新道路。对自接受西方文化以来,就总摆脱不掉那种因帝国主义枪炮强行输入而带来的刻骨铭心的民族屈辱感的中国人而言,这种选择自有其现实的合理性和必然性。在这种形势之下,被当作"对立面"的中国民族资产阶级也就不得不承受被压抑被贬低的历史命运,沉入半个多世纪的"失语"之中。

然而除此之外,中国的民族资产阶级还有一个最大的敌人,那就是他们自己身上残存的封建性。自从这群人物形象问世以来,人们就不断地批判他们的软弱性和两面性,将之视为他们的最大缺陷。然而这并不准确。实际上,在大多数情况下,他们的软弱并不是缘于个人品质,如《子夜》中的吴荪甫,无论是面对敌人的威逼利诱还是现实的艰难困境,他都顽强奋斗,从来不曾屈服过。"他的失败

---

① 陈独秀:《陈独秀致罗素先生底信》,《新青年》第八卷第四号。
② 旷新年:《1928:革命文学》,山东教育出版社,1998,第 1 页。

仅仅说明了他所致力的事业的艰难和客观压力的强大，而并不说明他精神意志上的疲弱。"① 而所谓的剥削性也往往是现存的生产力水平和经济结构中的地位所决定的，和人物的个人品性并不能直接对等。事实上，封建意识和封建观念才是中国民族资本家真正的"阿喀琉斯的脚踵"，它限制了他们的视野，使他们的境界只能在低矮的天空中徘徊。二十世纪之初顶着地主阶级顽固派的重重压力发展现代工商业的轮船老板王伯申在当时算得上开风气之先的人物，但一旦面对儿子的婚事，就立刻显露出封建家长的本来面目，强迫儿子接受他订下的包办婚姻。何耀先反对儿子与曾小姐来往，理由是"我会看相。她，聪明有余，温厚不足，并且也太解放了"②，俨然一副封建遗老的口吻。连吴荪甫这个曾经游历欧美，有着现代企业家风采的人物，无论在家庭里还是在社会上，都坚持"他必须仍然是威严神圣的化身"，习惯把自己的专横意志强加于别人。兄弟姊妹的事情，都要由他来决定才行。即使工厂的管理，也仍然沿袭着血缘近亲式的用人制度。从而暴露出这个封建社会的"逆子"与其父吴老太爷内在的精神联系。这些都表明，中国的民族资本家虽然在行为方式上接受了西方的制度文化和物质文化，但对产生这种文化的深层精神内涵并没有太多的体认。其行为无论在西方价值体系还是在中国民族文化心理中都缺乏必要的根系，呈现一种漂浮状态。一旦工具理性与价值理性发生严重冲突，他们往往轻易放弃其自由理想，呈现出向封建旧传统投降的趋势。这才是他们发展的最大陷阱。

　　文学不仅是一门艺术，而且也是"某种占统治地位的意识形态

---

① 王富仁：《灵魂的挣扎》，时代文艺出版社，1993，第204页。
② 《第一阶段的故事》，载《茅盾全集》（第4卷），人民文学出版社，1984，第253页。

结构的结晶"①。在这个意义上，中国民族资产阶级作为现实中的"先锋"和文学上的"弃儿"的历史命运，隐含着中国现代化道路曲折坎坷的诸多文化密码。通过对这一群体性格际遇的重新审视，我们或许可以拓宽对历史的理解，为现实寻找更有价值的参照空间。

　　① ［英］伊格尔顿：《马克思主义与文学批评》，文宝译，人民文学出版社，1986，第30页。

"现代性"的反思

——《子夜》启示录

在中国，现代化已经成为一个使用频率很高的语汇，但"现代性"则显得较为冷僻。所谓"现代性"（modernity）是指在现代化进程背后起决定作用、影响其发展方向及成败得失的思想观念。这种现代性观念为现代化进程提供了一整套价值和规范，是一个国家或民族经济、政治等外在变迁的内在动因。自鸦片战争以来，中国人为摆脱落后挨打的命运，进行了无数的抗争和努力，从戊戌变法至今，多少人为之献出生命与鲜血，但回顾一百年来，中国争取现代化的道路却如此艰难曲折，不能不说与这一进程背后现代性观念的偏颇大有关系。学术思想是一切外在变迁的基础，在价值观念未发生建设性的根本变化之前，政治、经济是不会出现奇迹的。因而不妨对这种观念进行一番审视和反思。

一

本来，现代性是一个内涵繁复的西方概念，它是随欧洲资本主义的发生而发生，随着启蒙运动的推进而在西方的经济、政治、艺术等领域而展开的一场全面的"理性化"建设。随着资本主义向全世界扩张，这些观念与行为模式也逐渐进入了中国的历史与文化视野，并进而影响了中国的政治、经济、思想发展。大批的中国人在自觉不自觉中接受了这些价值观念，并以此为标准着手进行改造中国的社会工程。立足未来，回顾过去，我们需要探讨的是西方现代性观念中有哪些进入了中国的历史叙事（包括文学的历史，成为文学的主题，规范文学的形式等），在中国的现实语境中发生哪些变异，又在何种意义上影响了中国的现代化进程等等问题。

还是先从西方说起。近代西方社会成立的一个关键是由笛卡尔所奠定的一个新的世界观的出现，即认为世界是一个以作为主体之人为中心，可以被支配被改造被利用的客体，这种主客二元对立模式是近代西方社会现代意识结构的中心。这种"支配世界"的现代意识结构不但透过文化理性化的过程普遍表现在科学、技术、哲学、艺术等各文化层面，更透过社会理性化进程普遍表现在政治、社会、经济、法律等各社会生活层面，在这种意识支配下，人类对自然环境和社会环境进行了有系统、有目的的理性控制和支配，这在经济与技术领域表现得最明显。韦伯曾将这种理性分为价值理性与工具理性两种，其中价值理性来自宗教世界观的理性化，它对近代资本主义所赖以成立的自由劳动的经济组织，科学技术、官僚制度等工具理性化起了推动作用，二者结合给西方社会发展带来了空前成就，推动了科技进步、工业革命以及广泛的经济和社会变革，而一旦工具理性的过程开始，其形式结构就沿工具理性的内在自有规律前进，而逐渐脱离了原来的伦理的价值的基础，与机器生产相结合，发展成一种决定一切生活的强制性力量。西方近代社会的现代化就是依赖着这种特殊的工具理性观发展起来的。从二十世纪以来的发展看，这种特殊的工具理性观的发展使人类加速走上了物化的、非人化的处境，因而产生了极复杂的社会、伦理等等问题。十九世纪以来，西方诸思想大师对"现代性"的批判和反思就是直接指向这一严重的负面效应的。法兰克福学派就继承了韦伯理性化的观点和卢卡奇的物化观，对西方现代性发展进行了深入的批判，认为科学与技术已不再如十九世纪的理性进步主义者认为的那样，是解放人类的伟大力量，而变成一种社会的奴役手段，并可能造就新的理性极权社会。后现代思想家利奥塔则将批判的矛头直接指向启蒙运动的两大

"堂皇叙事"——"科学求真"和"自由解放",认为这两种对立冲突交互出现的"神话"观念造就了一种追求终极本质和最高权威,以单一标准裁定所有差异进而统一所有话语的"元叙事"(metanarrative),主张对其进行质疑和瓦解。

与西方相比,中国的情况则更为复杂。作为后发现代化国家,中国人在"落后就要挨打"的历史困境中,在侵略与反侵略的现实抗争中,必然会对西方产生一种既认同又拒斥的复杂心态。这种复杂性在很大程度上决定了中国对西方现代性观念的取舍与自身发展方向的选择。启蒙运动的两大路线,以一六八八年英国光荣革命为特征的英美经验化路线和以法国大革命为特征的法俄唯理化路线,都曾进入中国。从洋务运动、戊戌变法到辛亥革命,正是沿着前一条路线步步深入的。从单纯追求船坚炮利到发展民族工商业和资本主义政治经济体系,中国正是以西欧为榜样开始缓慢地向现代转型。然而时间不长,另一种以排斥资本主义经济体系与价值取向的思想潮流也开始在中国漫延,并逐渐占了上风。

以五四新文化运动的领袖陈独秀为例,他曾给来华讲学的罗素写过一封信,表示了他的不满:"近来中国有些资本家的政党机关报屡次称赞你主张中国第一宜讲教育,第二宜开发实业,不必提倡社会主义,我们不知道这话真是你讲的,还是别人弄错了呢?我想这件事关系中国改造之方针,很重要,倘是别人弄错了,你最好是声明一下,免得贻误中国人,并免得进步的中国人对你失望。"① 其中隐含的倾向是显而易见的。再从文学方面来看,五四之后的二三十年间,虽然艰难曲折,中国的民族工商业仍然有了很大的发展,民族资产阶级也成为现代社会三大精英阶层(知识阶层、工商阶层、军人阶层)之一②,然而偌大一部作为中国现代社会与现代中国人心灵世界之反映的

---

① 陈独秀:《陈独秀致罗素先生底信》,《新青年》第八卷第四号。
② 许纪霖、陈达凯主编:《中国现代化史》,上海三联书店,1995,第20页。

文学史，对此却鲜有涉猎，其中的原因是耐人寻味的。

《子夜》大概算是唯一一部以民族资本家为主角，反映他们的精神气质、事业成败、生活际遇的长篇小说。所以书一出版就有人盛誉它的"社会史"价值。[①] 对《子夜》一书艺术建构的成败，当时的评论界也是毁誉差半，莫衷一是。作者本人的思想倾向与书中主人公性格命运的内在矛盾，给人以强烈的印象。一方面，小说的主人公吴荪甫被塑造成一个有着强烈的爱国心，坚强的意志，过人的才干，一心要以企业为民族打开一条生路的民族资本家。为了这个目标他不惜一切代价要与各种困扼他的环境与阻碍民族工业发展的帝国主义及其代理人血战到底。在兵荒马乱，百业萧条的困境中，他仍然憧憬着民族的远大未来："高大的烟囱如林，在吐着黑烟，轮船在乘风破浪，汽车在驶过原野。"为了这个目标，他不仅以实际行动建起了一个"双桥王国"，而且与几个志同迎合的同业者组成一个庞大的益中信托公司，一方面借以摆脱帝国主义财团的控制，一方面借以发展自己民族的纺织、汽车、轮船局、矿山、化学工业。在政治局势动荡混乱，帝国主义又企图扼住他的喉咙的极端逆境中，他有过动摇，但绝不妥协投降，而是坚持斗争到最后一刻。虽然他最终放弃了发展民族工业的计划，把益中的八个厂顶给外国资本家，把全部资金转到公债上去做投机，但正如有人所分析的那样，这是不能作为判定他妥协、投降、买办化的依据，反而应该看作是同帝国主义进行反抗与斗争的一种手段。[②] 在生活上，他不贪图物质的享乐，金钱的欲望也吸引不了他，他心中只有事业，为了事业，甚至轻视了家庭，忽视了妻子……

这样一个人，是具备了韦伯所说的"现代资本主义精神"的。这种精神的一个重要特征就是不向权力政治或不合理投机求机会，

---

① 《中国当代文学研究资料·茅盾专集》（第 2 卷下册），福建人民出版社，1985，第 942 页。

② 陈诗经：《论吴荪甫》，《中国现代文学研究丛刊》1981 年第 4 辑。

而是向商品市场求营利。而且这种营利不是为了得到尽可能多的金钱，而是为了更高的目标，是一种个人"得救"的手段，吴荪甫曾游历欧美，深受西方文化精神的影响，所以他当初不办银行，而是极力发展民族工业，认为只有这条路才最有助于民族的前途。所有这一切都使他最后的失败令人同情，令人感慨。这样一个闪耀着独特个性魅力的艺术形象，是茅盾对中国现代文坛的一个极大贡献。

然而，另一方面作者在文中又极力丑化吴荪甫的形象，处处流露出作者本人强烈的主观倾向，譬如写吴荪甫的外貌"身材魁梧，举止威严"，"一望而知是颐指气使惯了的大亨"；写他的笑，则是"狞笑"，明显带有贬义。更重要的，对吴荪甫的优长，从来只有侧写，即通过他人之口道出，而不予以正面刻画。对最能反映他能力与魄力的一系列事件，如建"双桥王国"收购八个小厂，赢得朱吟秋的丝厂，在公债市场的斗智斗谋都是轻描淡写，一笔带过。尤其在他自己的丝厂管理上，除了大发脾气与依赖一个屠维岳，他几乎一筹莫展，办法全无，屠维岳的能干只能衬托出他的无能。这样一个人，怎么可能与作者处处暗示的"铁铸的人"相符合呢？作者写他是一个"二十世纪机械工业时代的英雄、骑士和王子"，然而在实际的描写中，却只把笔墨放在他的不可避免的失败上，而不予以他充分展露才智的机会。

二

茅盾按生活的真实逻辑塑造了吴荪甫这样一个民族资本家的典型，但从主观上他并不情愿塑造这么一个"正面人物"，在他的意识深处对以吴荪甫为代表的民族资产阶级阶层，实际上抱一种极强烈的否定倾向。从新文化运动的先驱陈独秀、李大钊，到后来的瞿秋白、茅盾，这种倾向是一脉相承的。这是因为，在戊戌变法、辛亥革命、至胡适等自由主义知识分子所倡导的，是一种以欧美资本主义为导向的经验论现代话语之外的，另一种以法俄唯理论路线为导向，以马克思主义为理论，以十月革命为榜样，以共产主义为目标的别一路现代性观念。这一观念逐渐影响了绝大多数中国人，有其客观的历史与现实原因。作为一种力图批判与超越资本主义的思想观念，其主要倾向是否定现存的资本主义发展道路，否定私有制，取消为利润而工作的资产阶级企业家，倡言无产阶级革命和共产主义的社会改造。因此，当时的新民主主义革命者们认为，只有用它来指导中国革命，革命才会成功，中国社会才有前途。对共产主义的向往点燃了新民主主义革命的火焰。

唯物辩证法与历史唯物主义开始指导人们的生活和学习。但与此同时，也存在着因为对这种新理念还未充分理解而产生的一些问题。当时知识界弥漫的"唯科学主义"便是其中之一。"唯科学主义"的信奉者把"现代科学"尊为至上的权威，当作一种取代传统价值主体的新的价值体系来接受，并将之运用到社会历史的各个领域，使之从一种工具理性变为一种价值理性，从而使一切他们认为是"科学"的事物都成为无可置疑的"神话"，因而也就失去自我反思与批判的能力，也在一定程度上阻碍与延宕了当时中国的现代化发展。

另一种声音：90 年代的乡村小说

历史进入 20 世纪 90 年代，汹涌而来的商品经济大潮和社会的急剧转型使中国文学在 20 世纪 80 年代的那种轰动喧腾的热闹景象成了明日黄花。在金钱和大众文化的双重夹击下，90 年代文学似乎成了一个被遗忘的存在，而其中尤以乡村小说为甚，其独有的品格更没有得到应有的重视。事实上，在 90 年代"躲避崇高、消解神圣、拆解深度"的后现代景观中，乡村小说以其对世俗文化的疏离和对 80 年代文学精神的高扬而独树一帜。当然，把这些风格各异的作家作品作为一个群落放在一起来谈未免冒险，因为虽然它们都写中国的乡村和农民，但其中却有着大异其趣的创作宗旨与创作风格，艺术成就也良莠不齐。从描写对象上来说，它们至少可以分为两个类型，一以关注现实为主，如刘醒龙的《分享艰难》，谭文峰的《走过乡村》，何申的《年前年后》，关仁山的《九月还乡》等一批被称为"现实主义冲击波"的作家作品，这类作品往往能深入到农民生活的深处，真实而艺术地反映出时代变革，尤其是 90 年代中国农村社会的矛盾冲突和发展走向，以及农民在商品经济浪潮冲击下各式各样的困惑、不适和痛苦的转变。另外，还有刘玉堂、赵德发、孙宇以及许多并不纯粹写乡土的作家，如阎连科、迟子建、李贯通、铁凝，他们也写 90 年代乡村的变化，但更多是将目光投向许多仍处于封闭状态下的农村，它们一般地处偏远，现代文明之风还没能影响到他们的生活状态，传统的思想观念和行为方式仍牢固地主宰着人们的生活，这种生活苦涩、艰难，甚至连最起码的温饱也达不到（如曹乃谦的"温家窑"系列），往往有着畸形的关系和丑陋的人性

（周大新《走出密林》），但也有着温馨、美好、其乐融融的一面
（如迟子健的《亲亲土豆》，赵德发的《通腿儿》，孙宇的《乡村情
感》）。所有这些都提醒我们，中国的广大农村即使在现在这样一个
变革时代仍是复杂多样的。另一类则以回顾和反思历史为主，如陈
忠实的《白鹿原》、刘震云的《故乡天下黄花》、韩少功的《马桥词
典》、张炜的《九月寓言》、莫言的《丰乳肥臀》、余华的《活着》
以及阎连科的一系列中短篇小说，大多是轰动一时的佳作。它们以
中国乡村和农民的"过去"为描写对象，对我们民族，尤其农民在
半个多世纪以来的变迁史、心灵史，进行了深入的描绘与反思。然
而这样的分类并不意味着二者之间就不存在某种共同的可言说性和
相似性。在我们看来，无论反映现在还是审视过去，90 年代乡村小
说都蕴含着一种使文学富有生机和活力的东西。对这种生机和活力
的阐述将有助于我们深入地把握这个时代的文学脉搏，为文学未来
的发展寻找更为坚实有力的依托。

一

如果说 20 世纪 90 年代是一个价值崩溃、人文精神失落、生活
日趋平面化的时代，在这样的时代，文坛充斥着大大小小消解精神
生存的世俗文本，知识分子的精英意识与批判立场被排斥和喜剧化，
那么 90 年代的乡村小说却有着截然不同的风貌。无论回溯过去还是
描写现在，乡村小说都以一种充满使命感和忧患意识的人道主义立
场关注乡间社会，弘扬人性，追寻人生的真正意义与存在价值，以
一种激浊扬清的英雄主义情怀对抗着甚嚣尘上、躲避崇高的世俗文
化大潮。在他们的作品里，贯穿着的是对普通农民乃至整个民族命
运的思考，以及对"人"的尊严与价值的呼唤。而这正是 80 年代匡
时济世的现实主义精神和人道主义精神的延续和发展。

这首先体现在这些作品对近百年来中国农民贫困、匮乏的生存

现状与愚昧、扭曲的精神状态的昭示和批判上。从《丰乳肥臀》到《九月寓言》，我们看到的是如此苦难的意象。这除了是因为二十世纪太多的血腥杀戮、欺骗奴役使任何有良知的作家都难以无视这种残酷的历史现实外，更重要的原因是这些作家从思想深处反对那种把苦难看作人类前进必须付出的代价的观念，在他们的眼中，每个人都有其存在的价值，一些人的痛苦不能由另一些人的幸福抵消，历史应该尽可能地减少现实中的苦难，任何以历史的名义将苦难合理化的做法都应受到严厉的谴责。他们展示了中国现代的农民，怎样在兵荒马乱、天灾人祸的困境中，在争权夺利、血流成河的仇恨中，像《丰乳肥臀》中的母亲上官鲁氏一样苦苦挣扎，又如《马桥词典》中的盐早，就因为父亲的"汉奸"帽子而一辈子抬不起头来，受尽歧视和屈辱，最终成了一个不是哑巴的哑巴。另一方面作家也写出了这种苦难生活对农民心灵的压抑和扭曲，如阎连科"瑶沟系列"中的青年农民，怎样为改变命运而不择手段。然而他所有的努力，不过是为了让瑶沟小村的人不再被人无休无止的欺侮，起码每年的返销粮不比外村少，浇地时不被外村强行截断水源。就是参军，也不过是为了能提干，因为只有提干了，才能"渡过那条苦水河"，"整个人生才能翻个个"。这些愿望是那样地卑微，然而在城乡二元对立模式和严酷的户籍制度，以及极左政治的多重束缚压制下，农民，尤其其中不甘沉沦的年轻人，是不可能获得自由发展的机遇的，他们只能为最基本的生存而苦苦挣扎，却又最终逃不出命运的捉弄。90 年代乡村小说也描写了在新的历史形势下，随着改革开放和社会经济的发展，农民生活的改善。然而生活条件的提高，商品经济的发展，并不像有些人所想象的那样，就一定能带来社会的进步，文明的发展。如果人们的思想观念仍停留在原来的轨道上，人们的文化素质并没有跟着相应的提高，那么金钱很可能会成为丑恶的帮凶，加倍毁灭着人性中的美和善。《走过乡村》（谭文峰）就深刻地写出了富裕起来的农民如何在金钱面前丧失了起码的良知。

就因为倪土改的几个小工厂使全村农民大部分成了工人，享受到了富裕起来的滋味，而面对他强暴少女倪豆豆的丑行，村干部们、村民，甚至倪豆豆的家人，就丧失了起码的道义感，对倪豆豆的上告百般阻挠、迫害。这是多么可悲的社会现实。

90年代乡村小说，尤其是"现实主义冲击波"作品，是继承了80年代"改革文学"关注现实、探索人生的传统的。它们把文学从形式的桎梏和个人琐碎欲望的无节制渲染拉回到时代生活的激流中，拉回到普通老百姓的生活里。另一方面，90年代乡村小说，尤其以描写"过去"为主的乡村小说，则继承了"寻根文学"的传统，把文学的目光从农民生活的表层伸向民族文化的深处。兴起于1985年的"寻根文学"是乡村小说的一次突破性发展，试图"在立足现实的同时又对现实世界进行超越，去揭示一些决定民族发展和人类生存的谜"①，努力把新时期文学的求索系统推向"文化"这一更广大、更为深远的视野，从而为新时期文学开辟出一片广阔的天地。同样，90年代的乡村小说也往往不满足于题材本身的限制，在描写农村生活的同时，常常把表现对象放到更宽广的历史和文化背景上去审视，表现出对超越个人生活，直抵民族和人类生存本身的强烈愿望。例如韩少功的《马桥词典》就借用西方现代语言哲学的概念和视角，通过对马桥人生活中普普通通的150个词汇的清查，发现了村民们的愚昧顽劣，也感触到他们在生活重压下的顽强、坚韧、幽默和旷达，更认识到数千年来支配以马桥人为代表的中国人的并不是什么语言，而恰恰是那些语言背后的权力关系。这种对民间生存和民族性格的文化学和人类学思考无疑大大加深了作品的厚重感。

90年代乡村小说还在很大程度上完成了对"寻根文学"文化寻根的发展和超越。他们大部分不再像"寻根文学"那样在穷乡僻壤、蛮荒异域和一些怪异的民间人物身上寻找民族文化之根，而是将反

---

① 韩少功：《文学的"根"》，《作家》1985年第2期。

思的目光投向现实的中国大地，在普普通通的乡民身上探寻民族的内在痼疾与活力。陈忠实的《白鹿原》就以他对占据中国几千年社会与思想正统的儒家文化传统和它影响之下的中原文化规范的深刻体察与把握，展示了中国人世代传承、渗透在民族心灵深处的精神特质，例如他塑造的白嘉轩，这个普普通通的中国乡村地主、宗法社会的族长形象，他信守仁义、勤劳严正，耕读传家，秉承了儒家教义的全部精华；同时他以"存天理，灭人欲"的封建礼教和封建等级观念全力维护着乡间的既有秩序，可以说，他就是中国社会所倚重、儒家文化渗透到旧乡村的生活秩序和伦理原则的化身，最典型地表现了中国传统农人的文化意识与人生追求。这种反思无疑更深刻也更准确地触摸到了民族文化的脉搏，从而也将乡村小说的文化寻根推向了一个更高的层次。莫言的《丰乳肥臀》则在批判的意义上完成了对自己和 80 年代"寻根文学"的超越。和充满阳刚之气的"我爷爷""我奶奶"相比，上官金童实在窝囊得不成样子。他恋乳成癖，拒绝长大，任何人都可以欺侮和辱骂他。正是这样一个长不大的"婴儿"，彻底击碎了 80 年代刻意营造出来的"阳刚之气"，揭示了我们民族国民灵魂内在的虚怯与残疾。

二

面对文学日益边缘化的处境，90 年代乡村小说以真正的文学崇奉者的精神默默前行，在困境中构筑着新的文学大厦。刘醒龙、关仁山、何申等人采取的是紧跟社会大潮、全方位观照当前社会现实的方式，力图重返中心。土地承包、进城打工、乡镇企业、贪污腐败等转型时期的社会问题、社会冲突均在他们的小说中有所表现，他们以现实主义的魄力和勇气，直接深入到已进入市场经济时代的广大农村，全方位地展示了转型时期的中国农村错综复杂的矛盾和发展走向，展示了各种各样的农民在商品化的浪潮中的盲目、困惑、痛苦和蜕变。无论是《分享艰难》《村长》，还是《太极地》《早春》，作家们关注的正是改革和社会转型进入关键时期国家和全社会亟待解决的问题。而且他们在揭示矛盾冲突时，往往表现出社会进程中蕴含的生机和希望，如《分享艰难》中的西河镇，虽然深陷困境，但从乡镇干部到普通农民，都有一种"分享艰难"、同舟共济的思想，因此困难和问题最终都得以化解，而这一切，正是老百姓所希望和主流意识形态所倡导的。正因如此，这批乡村小说引起了广泛的社会关注，在失去了"轰动效应"的 90 年代文坛居然引起了一场小小的"轰动"，这不能不称之为一种奇迹。

刘震云、陈忠实等人则在这种边缘化的处境中发展起一种可贵的民间化立场和个人化风格。所谓民间化立场，是与此前的政治或意识形态的集体话语相对比而言的。90 年代的这批作家却在从"中心"退居"边缘"的过程中，完成了对主流价值观念的疏离和对私人经验的强调，这使他们得以建立真正的民间化立场。作家不企望进入中心，自然无须遵守"中心"的话语秩序，也不用靠"中心"的认同来证明自我的存在，这使得他们的文学目光得以从中心转向被遮蔽被遗忘的历史深处，在对半个世纪以来的中国乡村的表现中完成了对历史的重新认识，并把我们以往由于意识形态而忽略了的一部分生活、人物、情感、细节重新纳入自己的艺术视野。刘震云的《故乡天下黄花》写中国农村从民国初年、抗日战争、解放战争直至"文革"时期的故事，就完全摆脱了以往教科书式的理论束缚，从普通村民的角度，审视马村半个多世纪以来的风云变幻，认为这一幕幕的"历史"，不过是一场场争权夺利的闹剧，每次遭殃的不过是一些无辜的村民。这种对乡村历史的认识，无疑是站在民间的立场上对原有的宏大叙事的一种反叛和颠覆。同时也表明，作家关注历史的目光已从外在的社会历史转向其中的个人命运，以微观的个体悲欢替代了宏观的历史叙事，从而也就更具有了发人深省的力量。而中国"最后一个地主"白嘉轩和"关中大儒"朱先生

（《白鹿原》）等被近一个世纪的中国文学所忽视的文学形象的出现，也正是文学转向民间化立场才可能有的收获。

边缘化及其对"民间化"立场的促成还带来了创作主体的解放和创作心态的自由，因为在边缘处写作、在边缘处叙事对于作家最大限度地释放自己的想象力以及随心所欲地营构真正属于自己的艺术空间都十分有益。正因为如此，中国文学在 90 年代出现了一种真正的艺术多元化景观，尤其《白鹿原》等作品，几乎每一部在思想内容上取得巨大成就的同时，都有着自己独特的艺术风格和鲜明的艺术特色，而且都不乏艺术创新的巨大魅力。《白鹿原》厚重的史诗风格、《九月寓言》散文式的空灵、《丰乳肥臀》狂奔的想象力和奇特的意象、《马桥词典》以乡间普通词汇巧妙切入中国乡村生存状态与文化积淀的独特形式，都给 90 年代的文坛注入了巨大的活力。它们每一部都卓尔不群，相映生辉，无论从哪一方面来讲，都可以称得上是 90 年代文学的典范。而这正是作家的主体意识得到解放的体现，因为审美的个性化反映的正是文化思想的多元化和自由化。在此意义上，我们或许可以把 90 年代中国文学的边缘化理解成文学走向成熟的一个特殊机遇。

三

如前所述，90 年代乡村小说以其炽热的人道主义立场和强烈的社会责任感，以其对中国农民命运的深切关注和民族文化的深邃思考，继承和发扬了五四以来中国文学的优良传统，并在许多方面将之推向一个新的高度，从而也就在某种意义上超越了 90 年代的喧嚣世俗。应该说，只有它们才真正代表了 90 年代文学的最高成就。然而这样说并不意味着 90 年代乡村小说是没有缺陷的。事实上，它们在发展过程中日益暴露出来的局限已严重制约了它们自身的发展，在此不妨进行一番反思。

与新写实、新状态、新市民等反映当代生活的城市文学相比，90 年代乡村小说除了"现实主义冲击波"以外，大部分的目光都放在了过去的历史变迁中，而急剧变动的现实在他们的作品中却没有得到充分的展现，这固然算不上是缺点，但也反映出作家们对转型时期社会现实的把握乏力。当然这也不是不可以理解的。正如前面所论述的那样，这批 90 年代乡村小说高擎的仍然是启蒙主义的思想大旗，而这个立足于西欧启蒙运动、以抽象的主体性概念和人的自由解放为命题的思想潮流目前正面临着巨大的挑战，它的那些通过"理性化"达到对自然的控制，并促成人的主体的自由、幸福的信念正遭到后现代思想家们深刻的质疑。更为重要的，中国"已经处于曾经作为目标的现代化进程之中"①。曾经作为这种现代化目标的意识形态基础和文化先锋的启蒙主义已部分地丧失了其先锋地位，面对 90 年代市场化和资本化这一全新的社会性质和社会结构，无论中国的思想家还是作家，都面临着一个"如何超越它的原有目标对全球资本主义时代的中国现代性问题进行诊断和批判"②的问题，而这一切都还尚待时日。这并不可怕。可怕的是为数不少的作家采取的一种盲目排斥现状、全盘"向后转"的态度。他们要么逃离城市，魂归山野，在纯朴的乡民身上寻找人性的复归，要么把昔日的故乡或"梦幻"构筑为"永远的绿洲"，以安置他们无所归依的灵魂。而城市和商品经济下的社会则成了他们共同排斥的对象。如以"瑶沟系列"等作品批判乡间社会的愚昧、专制、不公而著称的高产作家阎连科，一涉及当代现实，就笔力滞涩起来，不多的几篇也一味地将人物的现实困境归结为金钱的腐蚀和城市的堕落，如《黑乌鸦》《老屋》《黄金洞》……而他恰恰忘了，他心目中的理想人类，那些

---

① 汪晖：《当代中国的思想状况与现代性问题》，《文艺争鸣》1998 年第 6 期。

② 汪晖：《当代中国的思想状况与现代性问题》，《文艺争鸣》1998 年第 6 期。

浪漫不羁、任性"横活"的"东京九流人物"恰恰是生活在城市里，只不过是古代的城市罢了，这不能不暴露出作者思想深处的巨大矛盾。另一个典型代表张炜，在他的近年创作中，不断出现"回归""野地"等为主要内容的价值取向，在他看来，"城市是一片被修饰过的野地，我最终将告别它，我想寻找一个原来，一个真实"①。真的是这样吗？我们将从最能代表他这种思想的长篇小说《九月寓言》中发现这种观念的内在矛盾和荒谬。按作者的意图，这部小说展示的是农村生活的"真正欢乐"，然而形象往往大于思想，作品的形象世界不会完全等同于作家的主观倾向，它们往往会突破作家思想的狭隘束缚，以生活的内在逻辑展示其本来面目。和作者的愿望相反，在这部小说中，我们看到的是太多的苦难和血腥，尽管作者也的确写出了农村中欢乐、恬美的一面，如年轻人田间、地头、夜晚的欢快嬉戏，那种"劳动与爱"的欢乐，然而我们却不能不看到这种欢乐的短暂、表面化和浅层次。因为一旦真的涉及人生大事，如婚姻、如生活道路，几乎没有一个年轻人有自由选择的权利，他们往往受人摆布，不由自主。假如真如作者所说"女人的命运如何可衡量出一个时代是否是一个尊重人的时代，一个温和宽厚的时代"，那么在这部小说中，我们看到的恰恰是女人像牲畜一样被毒打和虐待。就这样，作品以乡村生活本身的苦难真相无情地击碎了作家的一厢情愿，构成了他乌托邦梦想的一个绝妙反讽。

"现实主义冲击波"作家是不回避现实的，在某种程度上这批小说也的确写出了中国当代农村社会变革的艰难，写出了农民生活状况和精神面貌的巨大变化。但是我们不能不看到他们的解释和反映的肤浅与简单化。他们写改革的艰难，但这种艰难往往仅止于一些表层的现象和问题，因而解决起来也十分容易。有的即使触及当下最尖锐的农村基层问题，但却常常把一个个积重难返的重大问题加

---

① 张炜：《九月寓言》，上海文艺出版社，1993，第340页。

以简单化，喜剧化，给予这些悲剧一个圆满的解决，或在结尾透露出无限的希望，而那些无法解决的难题则根本未进入他们的故事中。这不能不在很大程度上冲淡了故事的严肃性和深刻性，因而也不能真正写出农村改革的艰难和危机。如王祥夫的《早春》写投壁县的农民同政府产生了"种子矛盾"，官僚作风使这一矛盾激化，最后县委采取了改错补救措施，农民也做了宽容让步，矛盾立马得以化解。何申小说《年前年后》中的乡长李德林整日忙于工作，忽略了家庭，夫妇关系破裂，乡里的工作又受到上级和竞争对手的牵制，因而十分苦恼，但最后在农民和手下的理解支持下又找到心理的平衡点。即使处于"艰难"时期的西河镇（《分享艰难》），也不过随着领导之间权力之争的淡化、政府各部门之矛盾的调解，自然灾害的补救，民心的渐渐稳定，使一触即发的经济政治危机得以解决，而且所有的人，从领导干部、乡镇企业家到农民，都有一种同舟共济的思想，因而艰难得以分享，困难得以战胜。这种对社会现状的意识形态化的描写显然不可能真正逼近和探寻到社会和历史的真实。实际上，像洪塔山（《分享艰难》）这种道德败坏的流氓企业家，他们所谓的"有本事"就在于他们能通过拉关系、走后门、钻空子、吹牛拍马、拉人下水、违法乱纪、坑蒙拐骗等各种可怕的带有强烈的封建色彩的手段去弄钱，他们的得势正暴露出我们当前体制与文化上的巨大弊端，对此，作家不但不去批判和反省，反倒认为人们为了物质生存与经济发展就必须容忍一切伤天害理的事情，这不能不暴露出作家思想观念上的内在偏差。从这里我们可以看出，对中国目前正在进行的这一场全面涉及政治、经济体制社会结构的巨大变革，作家们显然还没有足够的思想和认知准备，他们不能从当代生活中充分意识到丰富复杂的历史内容，从这种历史出发去寻找新的表达，而是匆匆地将当下尚未完结、难以预测的变化纳入一个稳定统一的意义系统中去，而他们所依据的这个意义系统往往不过是意识形态的回声罢了，这不能不暴露出作家们对历史发展认识的肤浅。

　　所有这些都提醒我们，要想真正深刻地反映出我们这个时代的精神风貌，还应该拥有更深刻的洞察力和创造力。

清新典雅　回味悠长

——读柯灵的《巷》

柯灵是我国现当代著名的散文家、电影剧作家。他的散文，既追随"五四"新文学的道路，又继承了深厚的古典文学传统，风格典雅清丽，婉约细腻，自成一格。散文名篇《巷》就是其中最富有代表性的一篇。

巷，最突出的风采是它的娴静幽雅。因此，文章一开始，作者就旗帜鲜明地指出："巷，是城市建筑艺术中一篇飘逸恬静的散文，一幅古雅冲淡的图画。"以散文和图画等艺术门类来比拟巷的风致，使巷的形象一下子鲜活起来，可谓别具匠心，也为全文定下了基调。接着，作者正比反衬，以水墨山水般的空灵之笔描绘出巷的绝妙风姿。在他的心目中，这样的小巷，多存在于江南的小城，它们如古代深闺中的少女一般，轻易不肯露面。只有在其中生活久了，并对其产生了感情的人，才可能领略到它的美妙。然后，作者笔锋一转，写起了乡村的陋巷、上海的里弄和北方的胡同。在他的笔下，乡村的陋巷是肮脏破败的，上海的里弄是杂乱拥挤的，北方的胡同则整日弥漫着黄沙。而江南的小巷绝不是这样的，它要美妙得多！可以说，巷的美正是在与其他地方的对比中突显出来的。正是其他地方的粗俗杂乱，丑陋凋敝，才更衬托出小巷的恬淡雅致，小巷的整洁明丽。这段话没有直接描摹巷，可巷的特点，巷的美，已经深深地吸引住读者的注意力了。

然而巷美则美矣，目前给人的感觉毕竟还是远距离的，朦朦胧胧的，要想真正领略巷的韵味，还得真正深入到巷中去，亲身去感受巷的一草一木。因此，在运用对比和衬托的手法吊起读者的好奇心之后，作者开始引领我们徜徉于小巷之间了。他指出，这种巷，身居城市，却"隔绝了市廛的红尘"；远离都市的喧嚣，却又没有僻壤的泥土气息。在形态上，它"又深又长"，而且弯弯曲曲，一个人要走老半天，有时看似走到尽头了，一拐弯，却又峰回路转；在氛围上，它总是那么幽静寂寥，以至于在巷中行走的人都可以清晰地听见自己的足音。它的两边，是古朴的围墙，墙上斑驳的苦痕记载着它悠远的历史，而从围墙里伸出来的藤萝、细竹、娇艳的桃花，却说明着它生机勃勃的现在。连趴在那儿的狗都是那么的友好，绝不会对着人乱咬乱叫。这样的小巷真是可人心！可以看出，作者是饱含着深情来描绘巷的一点一滴的，字里行间无不渗透着感人的爱乡怀乡之情，普通的江南小巷因此而焕发出夺目的光彩。

在写尽了巷的外在之美之后，作者开始沉潜笔墨，深入到巷的内涵中来了。巷看起来无疑是美丽的，但巷的美却绝不仅仅局限于它的外观，而在于它深厚的历史与文化内涵。它是悠闲而平静的，但在这悠闲和平静背后，铭刻着多少人间的世事沧桑！正如乌衣巷的典故所揭示的那样："朱雀桥边野草花，乌衣巷口夕阳斜。旧时王谢堂前燕，飞入寻常百姓家。"短短的四句诗中，寄予了诗人对历史、对世事变迁的多少感慨！而本文作者笔下的小巷，可能就是这样一个"乌衣巷"。外表看起来普普通通，但很可能已经存在了上千年，那悠久的历史，丰厚的文化底蕴，总能带给后人以无尽的遐思，使人心灵沉静，使人处乱不惊，使人领悟人生的真谛。这种历尽哀乐兴衰后的洒脱，体现的正是中华民族特有的审美情趣和人生态度。

巷是这样的恬淡古雅，这样的飘逸洒脱，这样的意韵深厚，那么它对人有怎样的妙处呢？接下来，作者就转换一个角度来谈论巷了。在这里，作者连用了几个假设：你觉得工作太劳累吗？巷可以为你消忧解乏；你觉得心情烦躁忧郁，巷会令你物我两忘，豁然开朗。在这里，巷是你自己的天地，在悠闲的早晨或黄昏，你可以随意地和爱人到这里散步谈心，倾诉心语，而不必担心贪婪的窥视，恶意的斜觑。即使小巷人家出来一位深居简出的姑娘，看到你们，她也会娇羞地转身回避了。

这里的小巷还仅仅是小巷吗？写至此，作者不由地发出感慨："巷，是人海汹汹中的一道避风塘"，可以给人带来其他地方所没有的安全感；"是城市喧嚣扰攘中的一带洞天幽境"，可以给滚滚红尘中的人们一个放松身心的机会。你徜徉于此，可一洗心头的尘埃。可以说，这种宁静淡泊、飘逸恬静的生活，正是作者所追求的理想生活和理想境界。因此，在文章的最后，作者情不自禁地发出呼唤，邀请志同道合的人到巷中来。

巷的风格是飘逸恬淡、古朴幽雅的，这篇文章的文字风格也是如此。作者非常注意语言的锤炼，在用优美畅达的白话语言描绘出巷中特点和妙趣的同时，传达出了中国文字所独有的典雅凝练之美。那清丽秀美的词藻，那错落有致的句式，那抑扬顿挫的节奏，都显示着作者深厚的文字素养。他善于将文言和白话、书面语和口语融为一体，在他的笔下，旧词新用，文言活用，动词连用，句式灵活多变，如行云流水一般，既有唐宋散文的迹象，又完全是崭新的现代散文，融汇古今，自成一体。他还善于将日常生活用语和严谨的对偶句并用，长于叙述、排比、反问和比喻，信笔而往，挥洒自如，非阅历丰富、学养深厚，是难以达到此境界的。

英雄在凡间受难

——读麦家的新作《人生海海》

在当代文坛上，麦家是个独特的存在。他的作品总能给人们带来巨大的冲击，这部新发表的小说《人生海海》也不例外。

要想理解这部新作，就需要了解麦家创作的整体特点。而麦家作品的整体价值和意义，需要放在时代的大背景下来认识和理解。

众所周知，二十世纪八九十年代是文学的黄金时代，名家辈出，百花齐放，涌现出一大批可圈可点的作家作品。王安忆、贾平凹、阿城、余华……包括获得诺贝尔文学奖的莫言，都是那个时代成长起来的杰出作家。进入 21 世纪，经济发展成为社会的重心，文学领域就寂寥多了。然而在这样的环境之中，也涌现出了一些独具个性的作家。像麦家、刘慈欣，就是其中的佼佼者。他们在新世纪异军突起，迅速成为文坛上耀眼的明星。

如果说刘慈欣成长为中国科幻小说的一面大旗，"这个人单枪匹马，把中国科幻文学提升到了世界级的水平"（严峰）。麦家同样出手不凡，独树一帜，开辟了谍战文学的一片新天地，"如果一个作家能够创造一种类型的文学，这个作家就是了不起的，那么麦家应该是一个拓荒者，开启了大家不熟悉的写作领域，然后遵循着文学作品塑造人物的最经典的方法来完成了它，所以他获得了读者的喜爱，并获得批评家的承认和好评"（莫言）。这个现象其实也很好理解，在他们走上文坛之前，作家们已经试验过各种各样的题材和体裁，从现实主义到现代派，从伤痕文学到都市文学，从现实题材到民国往事……作家们已经对各个方面进行了全方位的文学上的探索。在此基础上能推陈出新的，一定是那些目前的文学笔触尚未触及的领域。麦家等人之所以能脱颖而出，就是因为他们都属于开创型的作家，为新世纪的文学带来一片崭新的天地。

麦家的第一部长篇小说《解密》发表于 2002 年。虽然之前他写过不少作品，但真正使他在文坛上立足的是进入 21 世纪以后出版的一系列长篇小说。从《解密》到《暗算》《风声》《风语》《刀尖》，他的创作始终围绕着"谍战"这一核心题材。具体又可分为两大类：密码破译和间谍战。尤其是有关密码破译的几部小说，《解密》《暗算》《风语》，都在文坛上激起了巨大的反响。可以说，正是因为有了他的出现，密码破译家这一神圣而又隐秘、伟大而又痛苦，既是天才，又在某些方面像白痴的复杂人物形象才在当代文学上为人所知。后来这几部小说先后被拍成电视剧、电影，借助新时代影视传媒业的发达，麦家的作品被广为传播，成为新世纪大众广为关注和追逐的热点。

《人生海海》这部刚刚发表的新作，与作家上述作品既有相通之处，又有明显的区别。

说它们有相通之处，是因为这部新作的主人公"上校"也曾经在隐秘战线从事过间谍工作，有过跟汪伪和日寇周旋的经历。这跟麦家笔下小说人物的身份是相似的。而且这位人物，也像他之前小说中的其他人设一样，人极聪明，学什么都能很快成为其中的行家里手，甚至顶尖高手。无论小时候的木匠手艺，后来的医术，基本上都是无师自通，有着常人所不能及的聪敏和智慧。这跟麦家小说之前的主人公也是一脉相承的。可以说，麦家小说着重描写的基本上都是一类人，就是那些天纵英才，如陈家鹄、黄依依；还有些人物在某些方面也许是白痴，不开窍，但在他们擅长的领域，那绝对是顶尖高手，不世出的人才，如容金珍、瞎子阿炳等。他们的才华成就了他们的事业，也成为他们命运的绳索。这些人因聪慧而脱颖而出，也因这一点而难逃命运的捉弄。读这类人的故事，往往会使人感到揪心，为他们的命运而扼腕长叹。在这一点上，《人生海海》中的"太监"与这些人物群像是极其相似的。这是他们的共同点。

说《人生海海》与麦家之前的作品不同，是因为在这部新作中，他写作的角度发生了很大的变化。

之前的小说，麦家创作的目的可以说主要是塑造英雄。无论密码破译还是间谍战，从最初的《解密》，到后来的《风语》，他的作品都是以正面描写这些杰出人物的所作所为为主。围绕着这些人物所从事的隐秘而伟大的事业，作者用绮丽的想象和生花的妙笔，书写他们如何运用聪明才智，在密码和谍战领域纵横捭阖，激烈厮杀，克服常人所难以想象的困境和艰难，最终取得卓越的成就的故事，容金珍、陈家鹄，都是如此；哪怕是付出了生命，但是完成了组织交付的任务，死得其所，死得光荣而伟大，如钱之江、老鬼（李宁玉）。这些人物最后的结局不是死，就是疯，令人叹息，有些还是"弱的天才"，有着跟平常人一样的弱点，但作品给我们集中展示的是他们身上最熠熠闪光的东西。读者一面为小说的结局、人物的命运而叹息，一面心中充满了敬意。这样的小说，毫无疑问带来的是一种崇高美，"崇高正是在与各种严重的敌人，与困难、凶恶、灾祸、苦难、挫折的斗争中，才光芒四射的"（李泽厚）。这也是麦家的一系列作品最打动人心的地方，它们让我们体会到了久违的英雄主义。

但《人生海海》不一样。小说中的主人公出场时，已经身处中华人民共和国成立后的和平年代。他过往的那些英雄行为，那些刀光剑影的艰险岁月，已经成为过去时。出现在读者面前的他，已经是一个地地道道的农村老头，连个名字都没有，尊敬他的称他为"上校"，大部分村民称他为"太监"，因为据传他"那方面"不行。大家都认为他是个"怪胎"，身上有"五大怪"：当过国民党，但群众一边斗他，一边巴结他；应该是死对头的老保长却对他最好；说是"太监"又不像；向来不出工但吃香的喝辣的；把猫当孩子养，总之，是普通乡间农民理解不了的谜一样的人物。

小说的第一部分在写现实中的上校时，也穿插了他的往事，但都不是正面描写，而是通过各色人等的讲述，很多小故事断断续续地凑在一起，夹杂着真真假假的道听途说，用一种特殊的方式交代了上校的一些过往经历。小说的叙述者是"我"这样一个小孩子的视角，他对上校，是一种说不清道不明的复杂感觉，因为他身边既有"我父亲"这样的上校的铁杆朋友，无条件地喜欢和信任上校；也有"我爷爷"这样的对上校极其反感、总是抨击他的人。"我"当时的年龄还无法分辨哪些是真，哪些是假，哪些是对，哪些是错。这些辗转叙述的故事颇有点惊心动魄的意味，但不足以构成像《暗算》《刀尖》那样明明白白的英雄传奇。也许这就是作者的本意吧，他不想再继续续写英雄传奇，而是要跳出以前的窠臼，描写一个在平凡的尘世间艰难活着的英雄。他要描写的是，在和平年代，在后英雄时代，这些曾经的风云人物经历了怎样的磨难。

小说最关键的部分，也是故事最大的冲突，随着时代的发展而展开了最血腥最惨烈的一幕。"文革"开始了。这是一场地覆天翻，把整个中国掀个底朝天的运动，各色人等借着各种名义登场，人性的复杂和邪恶得以充分展露。上校的悲剧也就由此拉开序幕。也是，像他这样一个背景如此复杂，身上那么多谜的人，在这样一场彻底的大清洗运动中怎么可能逃脱得了呢？围绕着上校身上惊世骇俗的秘密，小说展开了第二部分的叙述。这部分的故事主要是通过老保长这一人物来讲述的，因为上校身边只有他知道这些秘密的来龙去脉，知道上校这个人复杂难言的经历。

于是我们跟随着作者的笔触，听到了一段真实又荒诞的传奇，这些故事超越了一般人的经验和想象。发生在上校身上的故事真是既真实又荒谬，既正义又充满邪恶，无法用常理来衡量。只能说在特殊的历史时期，非常之人行非常之事。作为间谍战的一部分，他深入窑子，打入鬼子内部，充当了女鬼子的情夫，由此给自己的一生带来无法挽回的创痛。"他明知道他踏上这条贼船有可能是一条死路，即便不死吧，也有可能说不清道不白。""太监是个聪明人，这些道理他不可能不懂，他比谁都懂得，一旦踏上那艘船可能面临着什么——被人误解，遭人唾骂，人不人，鬼不鬼，跳进黄河也洗不清。但为了当好特务，完成任务，他不管不顾，豁出去了。这太贴合太监的性子了，他的骨头比谁都硬，胆量比谁都大，脾气比谁都犟。"通过老保长之口，作者交代了上校行为的困境，只有他知道，上校选择了这条路，失去的是什么，"……你们不晓得他为国家立过多大功，又受过多少罪？那个罪过啊你们想不到的，生不如死啊！"没办法，在上校心里，在民族大义面前，个人的荣辱不值得一提。但在世人眼里，这段历史就成了无法说清的污点，关键是这个污点不仅仅是一段难以忘记的过往经历，还是一种实际的存在——刻在他身上的字。那是他永远的屈辱，是他内心永远无法触碰的痛。突如其来的"文革"，借助小瞎子等人之手，偏偏要撕开这个伤口。于是，他疯了。通过第三部分的交代，我们知道了他后来的际遇，爱他的姑娘都曾经成为他人生的陷阱。没办法，就是这么命苦。对这样的一个人物来说，疯了也许是最好的解脱吧。

　　读这样的故事不禁让人唏嘘，让人心情沉重。麦家笔下的人物往往是复杂的，人物身处的敌特环境也是极其复杂的，这使他的描写非常富有深度，对极端环境下人性的挖掘也极为深刻。但上校这个人物的复杂程度超过了以往的人物。他的身份充满历史纠葛，他的事迹充满人生悖论，他的奉献交织着荒诞，他的正义行动披着邪恶的外壳，因此他再大的牺牲也无法颂扬，连隐姓埋名在乡间默默活下去的愿望都无法实现。跟麦家笔下其他人物相比，上校的故事更悲凉更凄惨。麦家小说中主人公的结局都不太好，或者死，或者疯，往往逃不脱这两种悲剧命运。但是无论如何，容金珍们的疯，李宁玉们的死，都是有价值的，他们的功勋在故事的展开中就得以彰显，很多人生前就被封为了英雄，受到人们的普遍敬仰。而到了上校这里，却变成无法提及的污点。从本质上来说，他是个名副其实的英雄，但又不是平常意义上的那种。他的复杂经历，特殊际遇，使他的故事带给读者复杂难言的感受，别说得到世俗的荣誉，在特殊的年代，连生存都受到威胁。人生之苦，莫过于此吧。因此，我们从《人生海海》中看到的，更多的是英雄在凡间的受难史，而不再是谍战英雄的建功立业史。

　　也许正因为有这样的出发点吧，小说中对上校过往经历的交代多半是转述，而且转述者自己也不是完人，这使他们的故事带上灰蒙蒙的色彩。像老保长，吃喝嫖赌，浑身毛病。上校的妻子，后来无怨无悔照顾他的人，在上校的故事中也曾经充当过不光彩的角色。除了"我"这样的孩子还算单纯，其他人也都黑白杂糅，形象浑浊不清。比如"我爷爷"，在"我"心目中一向有做人准则，爱讲人生大道理的人，却为了洗清自家的冤屈出卖了上校。比如"我爹"，看似老实的闷葫芦也有自己的阴暗面。

　　那是不是这部小说就因此充满灰色阴暗的调子呢？有一点，但并不都是。而是悲怆中有昂扬，酸楚中有温暖，苦难中有光明。看得出来，作者内心还是充满了暖意的，因此他给书中的故事和人物设计了相对温暖的底色。如上校历经如此悲催的人生，始终乐观豁达，始终乐于帮助他人，即使对伤害和出卖自己的"我爷爷"，也是以德报怨，为他写亲笔申明，想方设法帮助他解脱心灵的重负和现实的压力。大环境险恶，但上校身边始终有一直信赖他的兄弟"我父亲"，还有亦正亦邪，却始终站在他一边，为他申冤的老保长。特别是在他疯了以后，一个始终爱他的姑娘跳了出来，跟他结了婚，照顾他的一切，使他终于过上了安详幸福的日子。即使是随大流批判和诋毁他的众村民，面对出卖他行踪的人，也是同仇敌忾地唾弃，在他疯了以后为他伤心抹泪。这些人们心底里的善良和人性光辉，为小说涂上了一抹亮色。

　　最重要的，是小说展现了一种顽强不屈的人生态度，那就是

"人生海海"。这句稍微有点拗口的闽南话的意思，就是人生像大海一样宽广，一样复杂多变，无论身处怎样的处境我们都要顽强地活下去。就像"我前妻"说的那样，"敢死不叫勇气，活着才需要勇气"。毫无疑问，小说用这句闽南话做标题是寄寓了作者的深意的。小说中除了上校的故事，还用不小的篇幅叙述了"我"在马德里流浪挣扎生存的故事。也许作者是想通过这些人物的故事，上校，"我"前妻，包括"我"在底层挣扎最终成为一名商人的经历，告诉人们，"人生海海"是多么的宝贵。"世上只有一种英雄主义，就是在认清了生活真相后依然热爱生活。"文中反复引用的罗曼·罗兰这句话，也是作者最想通过这个故事传达的精神吧。

　　"《风语》完成后肯定不会再写这种题材了，想写写武侠或者爱情。"麦家曾经说过。目前看来，他还是放不下心中最爱的谍战英雄，《人生海海》仍然是一部向这类人致敬的作品。他心中另外一个最放不下的是故乡。这部小说也是他第一次以故乡为背景来写的作品，融合了作家许多宝贵的童年经验。两种他最看重的因素在这本书中多重交织，奏成了一曲深情款款、意蕴丰富的交响曲，给我们丰富的人生启示。

语文教育研究

中国大陆中学语文教科书中的国际理解教育

国际理解教育（Education for International Understanding）是 20 世纪中叶由联合国教科文组织提出的一种全球教育理念，其目的是增进不同文化背景、不同种族、不同宗教信仰和不同区域、国家、地区人们之间的相互了解和相互宽容，加强他们之间的相互合作，以便共同认识和处理全球社会存在的重大问题，促使每个人都能够通过对世界的进一步认识来了解自己和他人，"帮助将事实上的相互依赖变成有意识的团结互助"①。其基本内涵体现在以下几个方面：在对本民族文化认同的基础上，了解别国历史、文化、社会习俗的产生、发展和现状；学习与其他国家人们交往的技能、行为规范和建立人类共同的基本价值观；学习正确分析和预见别国政治、经济发展状况及其对本国发展的影响；正确认识和处理经济竞争和合作、生态环境、多元文化共存、和平与发展等方面的国际问题；培养善良、无私、公正、民主、聪颖、热爱和平、关心人类的共同发展的情操；担负起"全球公民"的责任和义务。

在联合国教科文组织的倡导下，世界各国都根据自己的国情，在青少年中间开展了各具特色的国际理解教育，中国也不例外。20世纪中后期，特别是改革开放以后，中国大陆相继开展了丰富多彩的国际理解教育，除了开设专门的外语课，还在各个学科的具体教学中多方面渗透了国际理解教育。下面，本文就从中学语文学科的

① 国际 21 世纪教育委员会：《教育——财富蕴藏其中》，联合国教科文组织总部中文科译，教育科学出版社，1996，第 34 页。

角度，从三个方面探讨一下国际理解教育在中国大陆中学语文教科书中的具体体现。

一、语文课程标准的制定贯穿了国际理解教育的理念

中国大陆目前的语文课程标准是中国 21 世纪基础教育课程改革的一部分。无论是面向九年义务教育的《全日制义务教育语文课程标准（实验稿）》，面向高中的《普通高中语文课程标准（实验）》，还是刚刚颁布的修订后的《全日制义务教育语文课程标准（2011 年版）》，虽然没有明确提到"国际理解教育"的字样，但都在不同程度上贯彻了国际理解教育的理念。

《全日制义务教育语文课程标准（实验稿）》的前言部分，就旗帜鲜明地提出要以具有合作意识和开放视野的现代公民为培养目标："现代社会要求公民具备良好的人文素养和科学素养，具备创新精神、合作意识和开放的视野……语文教育应该而且能够为造就现代社会所需要的一代新人发挥重要作用。"[1] 修订后的《义务教育语文课程标准（2011 年版）》也强调"时代的进步要求人们具有开阔的视野、开放的心态、创新的思维"[2]，这与国际理解教育培养"全球公民"的目标从根本上是一致的。在"课程目标"部分，《全日制义务教育语文课程标准（实验稿）》则对如何才能成为合格的现代公民提出了具体的要求。如总目标的第二条，就是要求学生"认识中华文化的丰厚博大，吸收民族文化智慧。关心当代文化生活，尊重多样文化，吸取人类优秀文化的营养"[3]，修订后的义教课标还

---

[1] 中华人民共和国教育部：《全日制义务教育语文课程标准（实验稿）》，北京师范大学出版社，2001，第 1 页。

[2] 中华人民共和国教育部：《全日制义务教育语文课程标准（2011 年版）》，北京师范大学出版社，2012。

[3] 中华人民共和国教育部：《全日制义务教育语文课程标准（实验稿）》，北京师范大学出版社，2001，第 4 页。

提出要"提高文化品位"①。由此可以看出，课程标准非常重视异域文化的学习，将对本民族文化的吸收与对多样文化的尊重、了解视为青少年成长的必要元素，鼓励广大青少年从全人类的优秀文化精华中全方位汲取营养。

高中部分的课程标准涉及了更多国际理解教育的内容。《普通高中语文课程标准（实验）》的课程目标明确指出，要"增强文化意识，重视优秀文化遗产的传承，尊重和理解多元文化，关注当代生活，学习对文化现象的剖析，积极参与先进文化的传播和交流"，"注意观察语言、文学和中外文化现象，学习从习以为常的事实和过程中发现问题，培养探究意识和发现问题的敏感性"。②

另外，由于高中阶段课程分为必修和选修两个部分，《普通高中语文课程标准（实验）》还结合必修和选修课程的具体情况，分别对一些科目提出了具体要求，这些要求都不同程度上体现了国际理解教育的追求。例如必修课程目标的第六条，要求学生广泛阅读中外文学作品，将它们作为了解不同国家、民族社会生活和精神世界的重要途径："学习鉴赏中外文学作品……努力探索作品中蕴涵的民族心理和时代精神，了解人类丰富的社会生活和情感世界。"③ 选修课程则根据各个选修系列的不同，目标要求更为细致。具体参见下表：

---

① 中华人民共和国教育部：《全日制义务教育语文课程标准（2011年版）》，北京师范大学出版社，2012。
② 中华人民共和国教育部：《全日制义务教育语文课程标准（实验）》，人民教育出版社，2003，第7页。
③ 中华人民共和国教育部：《全日制义务教育语文课程标准（实验）》，人民教育出版社，2003，第8页。

选修系列	课程目标①
诗歌 与散文	阅读古今中外优秀的诗歌、散文作品，理解作品的思想内涵，探索作品的丰富意蕴，领悟作品的艺术魅力。
小说 与戏剧	培养阅读古今中外各类小说、戏剧作品（包括影视剧本）的兴趣，从优秀的小说、戏剧作品中汲取思想、感情和艺术的营养，丰富、深化对历史、社会和人生的认识，提高文学素养。 　　形成良好的文化心态，学会尊重、理解作品所体现的不同时代、不同民族、不同流派风格的文化，理解作品所表现出来的价值判断和审美取向，做出恰当的评价。
新闻 与传记	养成阅读新闻的习惯，关心国内外大事及社会生活，能准确、迅速地捕捉基本信息，就所涉及的事件和观点作出自己的判断。 　　阅读古今中外的人物传记、回忆录等作品，能把握基本事实，了解传主的人生轨迹，从中获得有益的人生启示，并形成有一定深度的思考和判断。
文化论 著研读	选读古今中外文化论著，拓宽文化视野和思维空间，培养科学精神，提高文化修养。 　　以发展的眼光和开放的心态看待传统文化和外来文化，关注当代文化生活，能通过多种途径，开展文化专题研讨。 　　关注现实生活和社会发展，对感兴趣的问题进行思考，参考有关论著，学习对当代社会生活中的问题和中外文化现象作出分析和解释，积极参与先进文化的传播和交流，提高自己的思考、交流能力和认识水平。

　　由上表可以看出，《普通高中语文课程标准（实验）》中选修部分的课程目标，跟国际理解教育的要求有着高度的契合。首先是学习的范围，课程标准要求无论诗歌、散文、小说、戏剧等文学作品的学习，还是新闻、传记、文化论著的研读，都要照顾到古今中

---

　　① 中华人民共和国教育部：《全日制义务教育语文课程标准（实验）》，人民教育出版社，2003，第10—13页。

外各个方面，使学生能从多种途径、以多种方式学习中外文化，而这正是国际理解教育所倡导的。其次，课程以增进对其他民族、文化的了解为目的。无论"形成良好的文化心态，学会尊重、理解作品所体现的不同时代、不同民族、不同流派风格的文化"，还是"以发展的眼光和开放的心态看待传统文化和外来文化"，这些都与国际理解教育的目的高度一致。

二、语文教科书的设计理念和选文体现了国际理解教育的追求

根据《全日制义务教育语文课程标准（实验稿）》和《普通高中语文课程标准（实验）》的精神，人民教育出版社于 2001 ~ 2003 年编写出版了义务教育课程标准语文实验教科书（7—9 年级），2004 ~ 2006 年又编写出版了普通高中课程标准语文实验教科书。这是目前中国大陆市场占有率最高的两套中学语文教材。在此，本文以这两套教科书为例，分析中国大陆中学语文学科国际理解教育的体现形式和具体内容。

（一）从教科书的设计理念角度

这两套教材都体现了国际理解教育的精神。它们虽然内容与程度不同，但在内在思想上都以"人与社会""人与自然""人与自我"三大板块组织单元。重视"人与社会"的联系，是为了引导学生主动参与社会生活，增强公民意识和社会责任感，培养对社会、对他人的爱心；加强"人与自然"的联系，是为了让学生更多地亲近自然，关爱自然，懂得与自然和谐相处的道理；加强"人与自我"的联系，是为了促进学生自我了解，肯定自我价值，发展个性。而这三个方面都是国际理解教育的题中之义。如主题为"国际理解教育的总结与展望"的《第 44 届国际教育大会宣言》就提出，要"特别注意改进课堂、教科书内容和包括新技术在内的其他教育材料，以便教育有爱心和责任感的公民，使他们面对其他的文化能够

欣赏自由的价值、尊重人的尊严和差异并能防止冲突或通过非暴力手段解决冲突"① 其后通过的《为和平、人权和民主的教育综合行动纲领》则更明确地指出"为和平、人权和民主的教育之最终目标，是发展每个人的普遍价值感和各种行为方式"，"教育必须发展承认并接受存在于各种个人、男女、民族和文化之中的价值观的能力，并发展同他人进行交流、分享和合作的能力"，"教育必须教育公民尊重文化遗产，保护环境并采取有利于可持续发展的生产方式和消费方式"。②

（二）从具体的选文角度

中国大陆的语文教科书重视培养学生的国际视野，注重从多方面学习中外文学、文化，从中汲取有益的营养。除了中国古代典籍和现当代文化、文学作品，教材还选入了大量翻译文章。可以说，在不是每个学生都有条件直接到外国学习游历、外语水平也比较有限的情况下，学习翻译过来的外国文章，成为中国大陆了解世界、加强国际理解教育的重要途径。下面，就从数量、范围和内容等方面，分析这些外国翻译文章蕴含的国际理解教育理念。

1. 中学语文教科书中外国翻译文章的数量和范围

先看初中阶段（7—9年级）外国翻译文章在教科书中所占的比例。初中阶段语文教科书共有6册，课文214篇，其中翻译过来的各类外国文章共有41篇，共涉及11个国家，占全部课文的19%。具体参见下表：

国家	美国	俄国（苏联）	法国	英国	丹麦	古希腊	奥地利	黎巴嫩	日本	印度	波兰
数量	11	7	7	4	3	2	2	2	1	1	1

①② 赵中建：《教育的使命——面向二十一世纪的教育宣言和行动纲领》，教育科学出版社，1996，第189、193、194页。

　　高中分为必修和选修两个阶段。其中必修共有 5 册，课文共计 79 篇，外国翻译文章 14 篇，共涉及 6 个国家，占全部课文的 18%。具体参见下表：

国家	美国	英国	法国	德国	俄国	日本
数量	7	2	2	1	1	1

　　选修课程的情况稍微复杂些。人民教育出版社编写、出版的高中选修教材一共有 15 门，学校按照各自的条件和需要从中任选 4—5 门。参见下表：

选修系列	课程名称
诗歌与散文	中国古代诗歌散文欣赏
	中国现代诗歌散文欣赏
	★外国诗歌散文欣赏
小说与戏剧	中国小说欣赏
	★外国小说欣赏
	★中外戏剧名作欣赏
	★影视名作欣赏
新闻与传记	★新闻阅读与实践
	★中外传记作品选读
语言文字应用	语言文字应用
	★演讲与辩论
	文章写作与修改
文化论著研读	先秦诸子选读
	中国文化经典研读
	中国民俗文化

　　从表中可以看出，这 15 门选修课中，包含外国文学、文化内容的课程（带★号的）一共 7 门：外国诗歌散文欣赏、外国小说欣赏、

中外戏剧名作欣赏、影视名作欣赏、新闻阅读与实践、中外传记作品选读、演讲与辩论，占全部选修课程的46%。这些课程又分两种情况，一种是学习内容全部为外国文学，如外国诗歌散文欣赏、外国小说欣赏，另一种是中外文学、文化的内容合编，中外选文各占一定的比例，如中外戏剧名作欣赏、新闻阅读与实践、影视名作欣赏、中外传记作品选读、演讲与辩论等。

从入选的外国翻译文章的范围来看，初中和高中必修部分共涉及14个国家和地区，除了非洲和大洋洲，其他三大洲都有多位作家作品入选。高中选修部分，涉及的国家和地区范围更加广泛。以《中外戏剧名作欣赏》一书为例，全书共9个单元，其中6个单元为外国戏剧作品，入选作品从古希腊悲剧到西方现代荒诞派戏剧，从英国的莎士比亚到俄国的契诃夫，涉猎范围非常广泛。可以说，古今中外富有代表性的戏剧作品，在这本书中都有不同程度的展现。

另外，在初中和高中必修部分，每册教科书的最后都有"名著导读"栏目，推荐一些世界名著，让学生课外阅读，养成"读好书、好读书"的良好习惯。其中初中部分推荐了18部名著，高中必修部分推荐了10部名著，加起来一共28部，其中外国名著17部，占60%。具体参见下表：

书名	作者	国籍
《爱的教育》	德·亚米契斯	意大利
《伊索寓言》	伊索	古希腊
《童年》	高尔基	苏联
《鲁滨逊漂流记》	笛福	英国
《昆虫记》	法布尔	法国
《钢铁是怎样炼成的》	尼古拉·奥斯特洛夫斯基	苏联
《海底两万里》	凡尔纳	法国
《名人传》	罗曼·罗兰	法国

（续表）

书名	作者	国籍
《培根随笔》	培根	英国
《格列佛游记》	斯威夫特	英国
《简·爱》	夏洛蒂·勃朗特	英国
《泰戈尔诗集》	泰戈尔	印度
《大卫·科波菲尔》	狄更斯	英国
《巴黎圣母院》	维克多·雨果	法国
《高老头》	巴尔扎克	法国
《莎士比亚戏剧》	莎士比亚	英国
《堂吉诃德》	塞万提斯	西班牙

从以上统计数字可以看出，外国翻译文章在中国大陆中学语文教科书所占的比例是相当高的。这充分说明了中国大陆对青少年了解与学习外国文学和文化的重视。

2. 中学语文教科书中外国翻译文章的内容

从入选教科书的外国翻译文章的内容来看，中国大陆的中学语文教科书也从多方面契合了国际理解教育的追求。

首先，这些入选的外国翻译文章取材十分广泛，涉及二十多个国家和地区，跨越了从古希腊到当代东西方几千年的历史长河，内容涵盖了外国社会生活的方方面面，充分展现了各种文明的丰富多彩，成为中国大陆青少年认识世界、了解其他国家民族风土人情和多样人生的重要窗口。如美国总统里根的演讲《真正的英雄》（七年级下册）讲述了1986年"挑战者"号航天飞机失事的经过，表达了对牺牲者的沉痛悼念和敬仰之情，学生因此得以了解人类航天事业的艰难和美国人民面对不幸时的坚强不屈；奥地利传记作家斯蒂芬·茨威格的《列夫·托尔斯泰》（八年级下册）以生动的笔触描写了俄国文学巨匠列夫·托尔斯泰的音容笑貌，使学生得以跨越时空，真切感受这位伟大文豪的精神力量和人格魅力；英国剧作家莎士比亚的《威尼斯商人》（九年级下册），以喜剧的形式，再现了资本主义早期商业资产阶级与高利贷者之间的矛盾，表现了作者的人文主义思想，是学生了解当时社会与人情世故的鲜活材料；法国作家都德的《最后一课》（七年级下册），叙述的是1870—1871年法国被普鲁士王国打败，被迫割让阿尔萨斯和洛林，师生上最后一课的情景，学生也因此感同身受地体会到法国人民失去国土时悲愤、沉痛的心情；美国著名记者罗森塔尔的《奥斯维辛没有什么新闻》（高中必修一），以看似平静实则无比沉痛的文字，记述了参观奥斯维辛集中营的经过，学生借此可以了解二战和纳粹的罪行，感受这场惨绝人寰的人间悲剧，从而激发捍卫人类和平的坚定决心……通过阅读和学习这些选入教科书的外国翻译文章，中学生扩大了人生视野，增进了对其他国家、民族的历史、文化、社会习俗以及人生百态的了解，为他们成为"世界公民"奠定了良好的基础。而这些无疑都是国际理解教育所倡导的，因为"使青少年在对本民族文化认同的基础上，了解别国历史、文化、社会习俗的产生、发展和现状"，正是国际理解教育的首要目标。

其次，这些进入教科书的翻译文章还带来了多种价值观念的碰撞和熏陶。可以说，正是通过这些具体的课文以及它们所承载的丰富多彩的思想文化，中国大陆的中学语文教科书传达了多样化的人生观、价值观，使青少年得以充分理解世界文明的多元化以及各种文化存在的合理性。这对构建他们健全的人格，养成同情与博爱的态度，没有偏见地欣赏与吸收别国文化，培养"善良、无私、公正、民主、聪颖、热爱和平，关心人类的共同发展的情操"，起到了积极的作用。如法国作家维克多·雨果的《就英法联军远征中国给巴特勒上校的信》（八年级上册），作者没有丝毫狭隘的国家主义和民族主义观念，而是站在人类文明和正义的立场上，对英法联军掠夺和烧毁圆明园的滔天罪行，进行了犀利的批判和反讽，一句"将受到历史制裁的这两个强盗，一个叫法兰西，另一个叫英吉利"①，向我们昭示了人类良知的伟大力量；诺贝尔和平奖获得者马丁·路德·金的演讲《我有一个梦想》（高中必修二），以澎湃的激情和精彩的语句，向世人展示了美国黑人饱受种族隔离和种族压迫的悲惨现状，呼吁广大黑人以"非暴力"的方式，争取自由、平等和"人"的尊严，这对培养广大青少年基本的人生观、价值观也是很好的启迪；美国电影《阿甘正传》（高中语文选修教材《影视名作欣赏》）描写一个"弱智"的普通小人物阿甘的经历，反映了二战后美国社会厌倦所谓的"智慧"和"精明"，渴望返璞归真，追求最基本的诚实、善良和坚忍不拔精神的主流意识形态，也成为各国青少年了解美国社会、培养良好品质的一个鲜活范本；而挪威诺贝尔委员会主席约翰·桑内斯的《诺贝尔和平奖颁奖演说》（高中语文选修教材《演讲与辩论》），则阐述了 1979 年诺贝尔和平奖授予特里萨修女的理由，让这位将自己的一生献身于印度贫民的修女广为世人所知："她工作的标志就是对个人、对个人的价值和尊严的尊重。最孤独和最悲惨的人，临死的贫民，被抛弃的麻风病患者，都得到了她和姐妹们不带屈尊恩赐意味的温暖热诚，建立在对人的尊重之上。""这样的心灵超越了由种族、宗教和民族设立的所有界限。在我们这个纷扰的、不断被冲突和仇恨所折磨的世界中，特里萨修女这样的人所过的生活、所做的工作，为人类的未来带来了新的希望。"② 学习这些文章，对树立中国青少年良好的行为规范，实现国际理解教育"建立人类共同的基本价值观""正确认识和处理经济竞争和合作、多元文化共存、和平与发展等方面的国际问题"等目标，无疑是非常有帮助的。

① 顾振彪：《全日制义务教育课程标准实验教科书·语文（八年级上册）》，人民教育出版社，2001，第31—32页。
② 袁行霈：《普通高中课程标准实验教科书·语文选修·演讲与辩论》，人民教育出版社，2006，第20—21页。

　　此外，中国大陆的中学语文教科书中还选了一些外国的科幻、科普文章，如法布尔的《昆虫记》（法国）、星新一的《喂——出来》（日本）、利奥波德的《大雁归来》（美国）、史蒂芬·霍金的《宇宙的未来》（英国）、刘易斯·托马斯的《作为生物的社会》（美国）等，从多方面强调人与自然的和谐发展，逐步形成学生爱护自然、保护环境、与自然和谐相处、共同繁荣的思想观念，从另一个方面实践着国际理解教育的目标："新阶段的'国际化'，必须从人类的角度出发，积极为人类的和平和繁荣、解决地球上各种各样的问题做出贡献，参与能保全宇宙船'地球号'生态系统和使自然、人、机器共同生存的人类文化的创造。"[1]

　　3. 综合性学习活动实现了语文实践与国际理解教育的结合

　　2001年颁布和实施的《全日制义务教育语文课程标准（实验稿）》，提出了一个全新的概念，那就是"综合性学习"，并且将它与"识字与写字""阅读""写作""口语交际"一起，并列为语文学科的主要课程目标，贯穿整个九年义务教育。这一新的课程目标的设立，为语文学习与国际理解教育的结合与实施提供了一个崭新的平台。

　　"综合性学习"主要的课程目标是这样的："能提出学习和生活中感兴趣的问题，共同讨论，选出研究主题，制订简单的研究计划，从报刊、书籍或其他媒体中获取有关资料，讨论分析问题，独立或合作写出简单的研究报告。""关心学校、本地区和国内外大事，就共同关心的热点问题，搜集资料，调查访问，互相讨论，能用文字、图表、图画、照片等展示学习成果。"[2] 正是根据这样的课程目标，人民教育出版社编写出版的初中（7—9年级）语文教科书在每个单

---

① 瞿葆奎：《教育学文集·日本教育改革》，人民教育出版社，1991，第458页。

② 中华人民共和国教育部：《全日制义务教育语文课程标准（2011年版）》，北京师范大学出版社，2012。

元的后面都设计了一个融写作、口语交际和语文实践活动于一体的
"综合性学习活动",致力于发展学生的综合语文素养。这些活动虽
然都没有明确地提示国际理解教育的概念,但大都在内容与形式上
契合了国际理解教育的追求。

以八年级上册第一单元的综合性学习"世界何时铸剑为犁"为
例。"铸剑为犁"是联合国总部前的雕像,寄予着人类对和平的期
盼。这个综合性学习活动就以此为题,围绕着"战争与和平"的主
题,设计了以下四个活动环节:

> 古今战争知多少
> 记住历史,珍惜和平
> 文艺作品与战争
> 铸剑为犁应有日

学生可以根据自己的兴趣和能力自行选择其中的一两项活动,
也可以采取小组分工合作的形式,共同完成。活动的序言是这样
写的:

> "我们热爱和平,我们不喜欢战争,但在这个世界上,枪
> 声、炮声、爆炸声,远远多于鞭炮声和礼炮声。就在刚过去的
> 20世纪,全世界发生的大大小小战争总共不下400次!在两次
> 世界大战争中,人类更是付出了惨重的代价。在中国,九一八
> 的炮声、七七事变的枪声和南京大屠杀中30万死难同胞的呼告
> 声,时时使我们警醒。21世纪的今天,我们更热爱和平,但战
> 争离我们并不遥远。世界,何时才能铸剑为犁,和平永驻?"①

---

① 顾振彪:《全日制义务教育课程标准实验教科书·语文(八年级下
册)》,人民教育出版社,2001,第42页。

　　这个序言可以说就是本次综合性学习活动的基本主题。学生能充分发挥各自的积极性和创造性，选择不同的方向，自行查找资料、寻访战争遗址、讲述战争故事，进行形态各异、丰富多彩的活动。如有的学校就以"二次世界大战给人类带来的灾难"为题，引导学生进行了深入的调查和探究，并汇集了探究成果。

　　众所周知，国际理解教育萌芽于二次世界大战之后，是顺应人类对和平的希冀和反思战争的伤痛而产生的。正如联合国教科文组织的组织法所言："既然战争是起于人的思想的，所以必须在人们的思想中树立起保卫和平的信念。"而1954年联合国教科文组织章程更是明确规定，教育应促进不同文化与种族之间人们的相互理解，依靠教育领域的国际合作促进和平，这被界定为联合国教科文组织的伦理使命。可以说，反思战争，保卫和平，正是国际理解教育的核心理念和终极目标。而"世界何时铸剑为犁"的综合性学习活动，就通过学生的亲身实践和探究活动，使学生了解战争的危害与和平的珍贵，从而树立起全人类要和谐相处、共同发展的信念，以实际课程实践了国际理解教育"在人们的心灵深处构建捍卫和平的屏障"的精神。

　　其他综合性学习活动，如"黄河，母亲河"（七年级上册）、"让世界充满爱"（八年级上册）、"演讲：微笑着面对生活"（九年级上册）、"关注我们的社区"（九年级下册）等，都从不同的方面致力于提高学生对世界的认识，养成同情与博爱的态度，以理解和合作的精神处理共同面临的问题，这些都多方面契合了国际理解教育所倡导的核心理念。而综合性学习活动中所要求的强调合作精神、突出学生的自主性、重视学生的主动参与精神、培养积极和创造性地解决问题的态度和能力等，也正是国际理解教育所期待的培养目标。

三、存在的问题及对策

综上所述，中国大陆中学语文教科书虽然没有明确提到国际理解教育的字样，但无论从课程目标、选文内容，还是综合性学习实践活动，都处处渗透了国际理解教育的理念，全方位贯彻了国际理解教育的精神，多方面实现了国际理解教育的目标。

但跟韩国、日本等国家相比，我们的国际理解教育还存在着差距和不足。韩国和日本都较早地进入到国际理解教育的领域。日本早在 20 世纪 50 年代就开始了国际理解教育，韩国 1961 年就将七所学校指定为合作学校并开始实施国际理解教育，2000 年更是成立了亚太地区国际理解研究院。而我们在这方面起步较晚，对国际理解教育的研究也不够全面和普及。虽然很多学科不自觉地实践了一些国际理解教育的内容，但还不够全面和深入，也缺乏自觉意识，尤其缺乏纲领性文件，这使我们国际理解教育显得分散而被动，不够系统和完整。

另外，国际理解教育的一个核心理念是多元文化的理解与沟通，然而反观我们的教材，在面对各种不同的文化时，还存在着以西方欧美主流文化为中心、有意无意地忽视非主流文化的倾向。如前所述，入选中学语文教科书的外国翻译文章不够均衡，亚非的作家作品较少，欧美作品偏多，其中尤以美国的篇目最多，占初中全部翻译文章的 27%，高中更是占到 50%。另一个比较极端的例子是高中语文选修教材《影视名作欣赏》，共入选了 9 篇影视剧本，其中中国 4 篇，外国 5 篇，这 5 篇外国电影剧本全部选自美国①，其他国家的影视作品皆没有涉及。由此可以看出，我们教材的编撰视野在某些

① 袁行霈：《普通高中课程标准实验教科书·语文·选修·影视名作欣赏》，人民教育出版社，2006。这五部外国电影分别为：《魂断蓝桥》《阿甘正传》《淘金记》《音乐之声》《海底总动员》。

方面还无法摆脱西方大国中心主义的影响，对其他多元文化、特别是非主流的文化重视不够，在开拓全球视野和尊重多元文化方面还存在着不足和盲区。

　　对此，我们应该认真反思，积极改进。首先，教育主管部门应该予以充分的重视，依据联合国教科文组织的精神，组织专家起草有关的纲领性文件，制定符合国际标准又适合中国国情的国际理解教育方针政策，为中国开展国际理解教育提供依据和指导。其次，要将国际理解教育与课程标准的内容相结合，在各科的课程标准中旗帜鲜明地倡导国际理解教育，将国际理解教育的理念渗透进各个学科的教育中。第三，要在各地中小学中开展国际理解教育的普及活动，宣传国际理解教育的理念，制定促进国际理解教育的措施，增进师生对国际理解教育的了解。第四，在教材编撰中尤其要时刻牢记国际理解教育的精髓，以国际理解教育的思想为指南，将多元文化、全球视野、和平与发展等理念与教材的编写结合起来，改变目前有意无意忽视非主流文化、过于偏重西方发达国家文化的倾向，警惕西方中心主义的影响，发挥教科书在人格培养方面的桥梁作用，引导青少年认识人种与文化的多样性，尊重其他国家和其他民族，理解和平、人权、平等、正义和生命等普世价值，成为真正合格的"世界公民"。

三套初中语文教材中非文学类文章
编排方式与教学安排的比较与评析

一、问题的提出

所谓非文学类文章，在此指的是三套初中教材中除文学作品之外的课文，如说明文、议论文、应用文以及其他一些文体。多年来，这些文体与文学作品一起，构成了文选型语文教材的主体内容。2001 年颁布的《全日制义务教育语文课程标准（实验稿）》对这几种文体的阅读与写作提出了明确的要求。如在第四学段（7—9 年级）的阅读部分，就提出既要欣赏文学作品，也要"阅读科技作品，注意领会作品中所体现的科学精神与科学思想方法"，还要"阅读简单的议论文，区别观点与材料（道理、事实、数据、图表等），发现观点与材料之间的联系，并通过自己的思考，作出判断"。"在阅读中了解叙述、描写、说明、议论、抒情等表达方式"。在写作方面，也提出了对几种文体的具体要求："写记叙文，做到内容具体；写简单的说明文，做到清楚明白；写简单的议论文，努力做到有理有据；根据生活需要，写日常应用文。"由此，可以看出，除文学作品之外的这几种体裁对中学语文教学的意义是不言而喻的。因此，研究和分析这些文章在教材中的编排方式和教学安排，总结三套教材各自的特色、经验与不足，比较三套教材各自的适应性和科学性，是非常有意义的，也可以为人教版教材下一步的修订提供有益的参考。

二、研究对象和研究方法

本课题以人教版、苏教版和语文版的说明文、议论文、应用文以及其他一些不好归类的文体为研究对象。研究的主要内容包括：1. 选文的编排方式，如数量、类别、组元特点等。通过对三套教材选文编排方式的考察与比较，研究探讨更好更有效的教材编写模式。研究对象主要集中在各个单元中，也有一些内容编排在附录里。苏教版在课后的文笔精华和诵读欣赏中也有一些片段或短文，但是数量少，教学方面也没有明确的要求，在此忽略不计。2. 上述文体的教学安排，如课后练习题的要求、写作方面的训练、综合性学习中涉及相关活动等。通过对这些方面的考察，比较三套教材目标实施的途径以及它们各自所能达到的广度、深度，研究如何才能更好地实现课标所提出的教学目标。

研究方法主要借助于数量统计与比较分析，在此基础上，分析三套教材各自的价值取向与编排理念，深入比较三套教材的特点和优劣，取长补短，为我所用。

三、统计与分析

（一）数量与比例

	说明文	议论文	应用文	其他
人教版	共 14 课 占全书的 8.3%	共 4 课 占全书的 2.4%	共 9 课 占全书的 5.3%	4 篇附录 （谈如何欣赏文学作品）

（续表）

	说明文	议论文	应用文	其他
苏教版	共17课 占全书的 11%	共9课 占全书的 5.8%	共10课 占全书的 6.5%	2个文学评论单元，占全 书的5.7% 6个"应用文示例"附录
语文版	共14课 占全书的 7.9%	共8课 占全书的 4.5%	共16课 占全书的 9%	1个序跋单元，占全书 的2.4% 2个"应用文示例"附录

补充说明：数字统计以课为单位，有的课包括两篇短文，在此都按1课来计算。人教版全书36个单元，共169课；苏教版全书35个单元，共155课；语文版全书42个单元，共178课。

附录不好计算比例，故只统计数量。

苏教版的2个文学评论单元皆是文章与相关评论相结合，二者联系紧密，不好强行分开，故在此按单元计算比例。

（二）分析与比较

说明文

1. 概况

人教版跟说明文相关的单元有四个，分别是七上的第四单元（科学世界）、八上的第三单元（建筑园林）、第四单元（科学世界）、八下的第三单元（关爱自然）。因为是人文主题与体裁相混编，所以各单元课文文体并不完全一致。有的夹杂着其他文体，如七上第四单元中的《化石吟》是科学诗，《月亮上的足迹》是叙事文，八上第三单元中的《桥之美》是小品文，八上第四单元中的《你一定会听见的》是抒情散文，八下第三单元中的《敬畏自然》是议论性散文，《喂——出来》是科幻小说，在统计文类时这些需要剥离出来，但在做内容分析时有参考作用。归纳起来，全套教材典型的说明文（包括形式活泼的科普说明文）总共有14课，占全书的8.3%。其中，八年级上册说明文的学习比较集中，第三单元侧重事物性说明文，第四单元侧重于事理性说明文，包含了说明文的两个基本类别。科普说明文则比较分散，《绿色蝈蝈》在七年级上册第四单元，《旅鼠之谜》《大雁归来》在八年级下册第三单元。

从数量和比例上来看，苏教版是三套教材中说明文分量最重的，涉及说明文的单元也最多。七上第五单元（关注科学），七下第三单元（建筑艺术）、第四单元（动物世界），八上第五单元（人与环境）、第六单元（高新科技），八下第三单元（事理说明），九上第六单元（学会读书五：读书动笔）都或多或少地编排了一些说明文章。其组元方式比较复杂，七八年级是人文主题结合文体，九年级是读书方法结合文体。因此，上述单元有的也是多种文体混编，有的单元可能只有一两篇说明文，这就需要我们研究时把它们摘出来。从数量和比例上看，苏教版是三套教材中收录说明文最多的。

语文版共有3个说明文单元：七下第五单元（事物性说明文）、八上第五单元（事理性说明文）、九下第五单元（科普说明文）。共12课，占全书的6.7%。语文版的突出特点是完全按文体编排，三个说明文单元各自侧重于说明文的三个种类：事物性说明文、事理性说明文、科普说明文，比较单纯明晰。在三套教材中，语文版的说明文数量、比例以及难度都是最低的。

具体参见下表：

	人教版	苏教版	语文版
说明文	七上第四单元（科学精神） 化石吟（科学诗） 看云识天气 绿色蝈蝈 月亮上的足迹 山市 综合性学习·写作·口语交际：探索地球奥秘	七上第五单元（关注科学） 宇宙里有些什么 《梦溪笔谈》二则 写作：简单地说明小制作 综合实践活动：模拟科技新闻发布会	七上第五单元（童话与科幻） 基因畅想 如果人类也有尾巴

（续表）

	人教版	苏教版	语文版
说明文	八上第三单元（建筑名胜） 中国石拱桥 桥之美（小品文） 苏州园林 故宫博物院 说"屏" 综合性学习·写作·口语交际：说不尽的桥	七下第三单元（建筑艺术） 人民英雄永垂不朽 巍巍中山陵 凡尔赛宫 短文两篇（黄鹤楼、于园） 写作：观察与描写事物特点	七 下 第 五 单 元（事物性说明文） 苏州园林 桥梁远景图 洲际导弹自述 珍奇的稀有动物——针鼹 写作：说明事物
	八上第四单元（科学精神） 大自然的语言 奇妙的克隆 阿西莫夫短文两篇（恐龙无所不在、被压扁的沙子） 生物入侵者 你一定会听见的（抒情散文）	七下第四单元（动物世界） 松鼠 松树金龟子 国宝——大熊猫 写作：抓住特点介绍动物	八 上 第 五 单 元（事理性说明文） 花 儿 为 什 么 这样红 雨林的毁灭——世界性灾难 海洋是未来的粮仓 世纪之交的科学随想 写作：说明事理
	第三单元（保护自然） 敬畏自然（议论性散文） 罗布泊，消逝的仙湖 旅鼠之谜 大雁归来 喂——出来（科幻小说） 综合性学习·写作·口语交际：科海泛舟	八上第五单元（人与环境） 苏州园林（只此一篇说明文） 八上第六单元（高新科技）（自由读写单元，没有设课后练习题） 从小就要热爱科学（序） 在太空中理家 奇妙的克隆 送你一束转基因花	九 下 第 五 单 元（科普说明文） 笑 南州六月荔枝丹 善待家园 龙永图趣说WTO

（续表）

	人教版	苏教版	语文版
说明文		八下第三单元（事理说明） 沙漠里的奇怪现象 短文两篇（活板、核舟记） 叫三声夸克 花儿为什么这样红 写作：写简单的说明文	
		九上第六单元（自由读写单元） 环球城市　风行绿墙（只此一篇说明文）	

2. 评析

价值取向：总的来说，三套教材中的说明文都比较注重人文素养的教育，注意培养学生的科学精神与环境保护意识。人教版和苏教版在这方面尤其重视。人教版的四个说明文单元，有两个的主题是"科学世界"，另外两个的主题则是环境保护（建筑园林也是环境保护的一部分）。说明文之外的其他单元，如七上第三单元自然景物（培养热爱自然的感情）、七下的第五单元探险传奇（科学精神、探险精神）、第六单元动物世界（动物保护）等单元，也都非常注意贯注科学教育，着力培养学生保护自然、热爱科学的精神。另外，大量的综合性学习也与科学精神的培养息息相关。但总的来说，人教版的量有点偏大，毕竟是语文课，不是科学课。苏教版6个涉及说明文的单元，主题分别涉及"关注科学""建筑艺术""人与环境""高新科技""事理说明"等，强调科学精神与环境保护意识的培养。除此之外，苏教版的一些综合实践和专题活动也都是围绕着科学与环境意识等主题展开的。语文版的说明文单元完全按文体排列，但也有几篇课文涉及新科技和环境意识的发展，除此之外，也有两个综合性学习活动。相对而言，语文版的说明文选文比较陈旧，对科学精神与环境意识的重视程度不够，综合性学习活动也设计的比较简单，缺少思考与探索的空间。

编排次序：人教版与苏教版都在七年级上册安排了"科学"单元（人教版的单元主题是"科学精神"，苏教版的为"关注科学"）。在此做一下比较（参见表格）：

	人教版	苏教版
七　上	化石吟 绿色蝈蝈 月亮上的足迹 山市（文言文）	斜塔上的实验（传记） 宇宙里有些什么 正确的答案不止一个（议论文） 梦溪笔谈二则（文言文）

从上表可以看出，人教版将科普说明文放在最前面（七上），规范的说明文放在八年级，比较符合学生的阅读兴趣。苏教除了《斜塔上的实验》是科学家传记，其余几篇，无论说明文还是议论文都比较复杂，学生理解起来有一定的困难。特别是第一版的《叫三声夸克》（后移到八下），更是不好理解。但人教版将两个典型说明文单元都安排在八下，有点头重脚轻，就整册书的学习来说，相当单调。而且人教版的这两个典型说明文单元，也混编着个别的小品文、散文，不利于学生掌握说明文的体裁特点，容易造成他们印象的混乱。苏教版虽然也是按人文主题编排，有些单元的文体也是混编，但到了需要讲说明知识的单元，如七下的"建筑艺术"，八下的"事理说明"，就全部都是说明文了。这样编排无疑更符合教学的需要，两个说明文单元分列七下和八下，也比较有层级。语文版的说明文部分编排次序最为明晰，事物性说明文、事理性说明文以及科普说明文依次编排，贯穿七、八、九三个年级，单纯明晰，对学生学习和把握说明文的文体特点特别有帮助。只是从课文的难度上来看，语文版的课文过于浅显，一些课文与说明文的基础知识放在小

学高年级来学比较合适。

选文程度：适应科学精神与环境意识培养的需要，人教版与苏教版都安排了大量新课文，如人教版的《奇妙的克隆》《阿西莫夫短文两篇》《生物入侵者》《旅鼠之谜》《大雁归来》，苏教版的《宇宙里有些什么》《在太空中理家》《送你一束转基因花》《叫三声夸克》《环球城市　风行绿墙》等，都能紧跟时代科技的发展。但不少课文难度较大，学生理解起来有困难，如《阿西莫夫短文两篇》《叫三声夸克》等。语文版也收录了一些反映科技新发展的选文，如《雨林的毁灭——世界性灾难》《海洋是未来的粮仓》《善待家园》等，还收入了《龙永图趣说 WTO》这样的比较形式活泼的文章，不过都比较好理解。但语文版主要缺点是选文质量不高，内容陈旧，跟不上现代科技的发展，有些课文也过于浅显。从选文种类上看，人教版选入了科学诗、科幻小说，语文版也选了两篇科幻作品，加强了趣味性，也丰富了学生的阅读视野。在这方面，苏教版稍有欠缺。

课后习题：这部分显示的是基本知识与基本技能的落实情况，因此与选文具有同等重要的意义。

人教版和苏教版说明单元虽然多，课文数量也多，但相关的课后习题却比较少，大量课文是按一般文章阅读来学习，未强调文体特点。人教版只有八年级上册的两个说明文单元是紧扣文体来设题的，其余两个（七上的"科学精神"单元和八下的"保护自然"单元）都没有相关的题目。不过人教版与说明文相关的题目都还比较扎实，凡是在七至九年级应该掌握的一般说明文的基本知识与技能都涵盖到了。不足之处是虽然选了不少科普说明文，但却缺少相应的习题来引导学生掌握科普类说明文的特点。四篇科普说明文《绿色蝈蝈》《罗布泊，消逝的仙湖》《旅鼠之谜》《大雁归来》，后面的习题没有一道涉及文体特点，这不能不说是个遗憾。苏教版这方面就更加薄弱。虽然苏教版的说明文数量与比例最高，但相关的课后习题却最少。只有七下建筑艺术单元的说明文紧扣文体特点设题，九下自由读写单元中《环球城市　风行绿墙》有一道相关的题目，其余基本都是避而不谈。相比而言，语文版虽然说明文单元与数量最少，但课后习题却是最多的，几乎每一篇都有相关的训练。无论事物性说明文单元、事理性说明文单元还是科普说明文单元，课后练习都能紧扣文体来设计，题目也非常扎实，紧扣双基。

三套教材都有《苏州园林》一文，在此可以做个比较：

	人教版	苏教版	语文版
苏州园林课后习题	一　苏州园林的整体特点是什么？课文是从几个方面具体说明这个特点的？ 二　揣摩下列句子中加点的词语，回答括号中的问题。（具体句子略） 三　说明文中常用一些说明方法，如下定义、举例子、作比较、打比方、分类别、画图表、列数字、引用等，看看本文以及《中国石拱桥》中用了哪些说明方法，结合实例说说其作用。 四　下面两题选做一题。1. 你从课文中领会到哪些欣赏中国园林的方法？2. 写一篇文章，介绍你游玩过的一座园林，200字左右。	一　读了课文，你认为苏州园林的共同特点是什么？作者是按照怎样的思路向读者介绍苏州园林的？假如要你来介绍苏州园林，还有别的思路吗？ 二　读读句子，讨论问题。（具体句子略） 三　下面句子中各有一个加点的词使用不当，请把它找出来，说说"不当"的理由。（具体句子略） 四　苏州园林的设计者和匠师们为了创造人与周围环境的协调美，是怎样刻意追求自然之趣的？结合课文中的例子说说你的感受。	一　作者说，苏州园林"是一幅完美的图画"。填写下表，看看作者是从哪些角度来加以说明的。（表格略） 二　课文运用比较说明的方法说明了苏州园林的哪些特点？这样写有什么好处？ 三　读下面的句子，想一想：如果删掉带点的词语，句子也通顺，但为什么不能删？（具体句子略） 四　观察本地的园林、民居或其他建筑，并向同学说说它们的特点。

　　从上表可以看出，三套教材都是四道题。共同之处是都对苏州园林的特点（说明事物要抓住特点）、说明语言（要准确）以及课外延伸拓展设计了题目。不同之处是人教版与语文版都多了一道说明方法的题，语文版另外还多了一个整体把握题（第一题），而且用用表格的形式，有助于考查学生对课文的了解与把握程度，也比较清晰明了。苏教版相对文体方面的训练比较薄弱，语言类的题目设计了两道，有重复之嫌。延伸拓展题中，人教版的小作文（200 字）与语文版的介绍本地的园林、民居或其他建筑，都跟课文结合紧密，也比较具体，苏教版"谈感受"失之于空泛。

　　写作与综合实践活动：人教版的写作体现在两个部分，一是课后习题中的小作文，二是融合在综合性学习中的写作活动。小作文一般是紧跟所学课文，如《化石吟》要求写一篇介绍恐龙或者其他古生物的短文，《苏州园林》有一个 200 字的小写作（介绍园林），《旅鼠之谜》中有一个片段写作，介绍某种动物的奇异表现以及原因。大作文的情况是：在综合性学习"说不尽的桥"中，有两个短文写作（介绍桥，选其一），八下的"科海泛舟"中"在各类科技类书刊中或者相关网络上，查阅、搜集最新科技成果，写一篇说明性文字，向大家介绍"。苏教版和语文版的写作都是单独设立，跟单元联系紧密。苏教版的说明文写作有四个：简单地说明小制作、观察与描写事物特点、抓住特点介绍动物、写简单的说明文，都是跟在相应的单元后面。语文版有两个，分别是"说明事物""说明事理"，也跟在相应的单元后面。而且苏教版和语文版每一个都有简明的指导和写作范围。相比较而言，人教版的写作比较薄弱。只有一个写作的题目，一是缺乏必要的指导，二是缺乏具体的要求，明显不足。

　　人教版有大量的综合性学习活动与说明文，特别是科学精神、环保意识相关，如七上的"感受自然""探索月球奥秘""追寻人类

起源"，七下的"黄河，母亲河""漫话探险""马的世界"，八上的
"说不尽的桥"，八下的"科海泛舟"等，都涉及科学素养与环保意
识，在三套教材中，活动内容是最丰富也最有趣味性的，只是数量
太多，师生们受时间限制，不容易落实。有些发达地区可能基本上
都做了，还有一些地区可能就只能选做。苏教版相关的活动有四个，
七上有名为"模拟科技新闻发布会"的综合实践活动，八下有名为
"鸟"的专题，九上有名为"气象物候"的专题，九下有名为"系
统思想与统筹方法"的专题。语文版有两个相关的活动，七上有综
合性学习"现代科技给我们带来什么"，八年级上册有综合性学习
"环保小课题研究"。在内容上，人教版是设计若干个活动，引导学
生自己去查资料、做调研、做访问，然后落实到说话与写作上。苏
教版是先给出若干阅读材料，然后有若干题目，让学生"思索·质
疑"和"讨论·活动"。相比较而言，人教版的综合性学习活动内
容丰富多彩，形式活泼多样，给学生留出了广阔的自我探究的空间，
缺点是有些不具备活动条件，难度较大。而苏教版先给出若干材料
的做法，有些比较合适，如专题"狼"，有些则不适合，容易限制学
生的思路，特别是调查型、探究型活动。语文版综合性学习的题目
都比较小而具体，像"现代科技给我们带来什么"，题目就是研究课
题，内容只是提出活动建议或要求，缺少研究性活动应有的探究空
间，不容易令学生打开思路。不过这种题目设计简单易行，适合于
条件较为有限的地区。

议论文

1. 概况

人教版只有一个议论文单元：九上第四单元，四课共 5 篇文章，
占全书的 2%。七上有一篇《艰难的国运与雄健的国民》是说理性散
文，九下有一个哲理散文单元，但都按散文进行教学，因此未计算
在内。

苏教版有两个议论文单元（八下第二单元道德修养、九上学会

读书三)，七上另有一篇《正确的答案不止一个》（未当成议论文来学，参见课后练习题，都注重的是人文方面，因此也未计算在内）。共9课，占全书的5.8%。

语文版共2个议论文单元：八上的第三单元（立论）、八下第三单元（驳论与随笔）。共8课，占全书的4.5%。

具体参见下表：

	人教版	苏教版	语文版
议论文	九上第四单元： 事情的正确答案不止一个 应有格物致知精神 短文两篇（谈读书、不求甚解） 中国人失掉自信力了吗 综合性学习·写作·口语交际：好读书，读好书	八下第二单元： 纪念白求恩 敬业与乐业 多一些宽容 人的高贵在于灵魂 陋室铭 写作：写简单的议论文	八上第三单元： 纪念白求恩 谈语言 最苦与最乐 懒惰的智慧 写作：写一篇议论文
		九上第三单元： 成功 创造学思想录 学问与智慧 论美 诵读欣赏：得道多助，失道寡助	九上第三单元： 中国人失掉自信力了吗（驳论） 吴汉何尝杀妻（驳论） 大小猫洞 世上没有傻问题 写作：一事一议

2. 评析

选文：人教版只有一个议论文单元，是三套教材中最少的，而且所选文章也不够典型。五篇文章中，其中除了《不求甚解》与《中国人失掉信心了吗》是典型的驳论文，其余几篇均不够典型。《谈读书》是哲理性小品文，《事情的答案不止一个》《应有格物致知精神》也有点像随笔。苏教版也犯同样的毛病，所选议论文不够典型，大部分都是随笔，不利于学生理解与把握议论文的基本特色与规范。语文版的议论文部分编选的比较科学，立论与驳论分开，各设一个单元，一般议论文与随笔性文章分开教学，学生易理解，好模仿。

学生初次接触议论文，是否应多提供一些典型模式，如怎么提出论点，如何展开论证过程等。有不少一线教师提出应恢复《论骨气》一文，因为此文虽然有点陈旧，但典范性强，学生学习写作议论文可以直接模仿。目前这些选文比较散，写法随意，学生难以模仿。

助学系统：这部分包括单元提示、课后习题、补白等。人教版议论文的单元提示"阅读这些随笔、杂文……"，显然没有紧扣议论文来进行选文与教学。随笔和杂文是议论文的高级阶段。初中学生初次接触议论文，对这类文体的阅读和写作，还缺乏必要的了解和把握，因此宜选一些简单、典型的议论文章，随笔和杂文留待以后再学，或者专门设一个单元，扩大阅读视野。

人教版课后练习过于偏重人文性，没有有效地进行议论文训练。以《应有格物致知精神》后面的三道习题为例：

一　熟读课文，思考一下，有些同学高分低能是什么原因造成的？我们怎样学习才能适应现在的世界环境？

二　你在探索客观事物的过程中，有什么有趣的经历？说出来与同学们交流．然后说说格物致知的真正意义是什么。

三　课文说："我们需要培养实验的精神，就是说，不论是研究自然科学，研究人文科学，还是在个人行动上，我们都要保留一个怀疑求真的态度，要靠实践来发现事物的真相。"讨论一下，为什么"研究人文科学"和"在个人行动上"也要重视实验精神呢？并把你的看法写成片段作文。

这三道题无一涉及议论文阅读与写作方法问题，如结构、篇章、立论方法、论证方式（例证、喻证、引证等基本方法）等，都偏重于课外延伸与人文教育，而且教材语言也多有不通顺之处。这样的习题设计显然无法帮助学生有效地实现阅读与写作议论文的目标。

由此我们可以看出，人教版议论文单元的课后习题未能很好地体现单元提示所提出的"要区分观点和材料，辨析二者之间的关系……"的教学目标。本单元有不少补白部分都是关于如何进行议论文阅读的，很具指导意义，对习题的不足是个补充，可惜未能与课文的具体教学相结合。

写作：人教版的四课议论文的练习中都有写作的要求，或片段或整篇，都很具体，容易落实。只是课文选的不够贴近学生实际，缺乏模仿的对象，可能会影响写作的效果。苏教版和语文版议论文的写作都是单独设立，跟在相应的单元后面，跟单元联系紧密，而且每一次作文都有简明的指导和写作范围，比较好操作。

应用文

1. 概况

人教版有一个专门的演讲与书信单元（九上第二单元），4 篇课文。另外，在七下第五单元有一篇传记，一篇演讲词，一篇通讯；八上第一单元（战争生活）中有一课《新闻两则》（消息）、有一篇书信。共 9 课。占全书的 5%。

苏教版有 2 个应用文单元（七下消息通讯）、八下演讲词。共 8 篇，占 5% 而且每册教材后都有一个附录，专门的"应用文示例"。共 25 种应用文示例，非常全面（参见表格），是闪光点。

语文版的应用文单元非常丰富，数量最多，分量也最重。包括 2 个新闻单元：八上第二单元（消息、特写、电视解说词、通讯）、八下第五单元（报告文学、通讯、电视专题片文字稿）。一个演讲词单元：八下第四单元。一个书信单元：九上第四单元。共 16 课，占全书的 9%。另有 2 则附录（九上、九下），专门谈应用文示例（4 种文体）。

具体参见下表：

	人教版	苏教版	语文版
应用文	七下第五单元（探险） 伟大的悲剧（传记） 真正的英雄（演讲词） 登上地球之巅（新闻，通讯）	七上附录一：应用文示例（条据：借条、收条、留言条、请假条、通知、日常书信） 七下第五单元（消息传播） 三个太阳 录音新闻 "神舟五号"飞船航天员出征记 新闻两篇（人民解放军百万大军横渡长江、中英香港政权交接仪式在港隆重举行） 写作：写消息 附录一：应用文示例（申请书、聘请书、请柬、介绍信）	八上第二单元（新闻） 北京喜获 2008 年奥运会主办权（消息） 别了，"不列颠尼亚"（特写） 生命之舟（电视解说词） 杂交水稻之父——袁隆平（人物通讯） 写作：写一则本地或本校消息
	八上第一单元（战争） 新闻两则（新闻，消息） 就英法联军远征中国给巴特勒上尉的信	八上附录一：应用文示例（规则、计划、表扬信、建议书、倡议书） 八下第六单元（精彩演讲）（自由读写单元，没有设课后练习题） 悼念玛丽·居里 在莫泊桑葬礼上的演说 在联邦德国海姆佗市市长接见仪式上的答词 在萧红墓前的五分钟讲演 北京申奥陈述发言两篇 写作：写简单的发言两篇 附录一：应用文示例（通告、布告、启事、广播稿）	八下第四单元（演讲词） 为人民服务 应有格物致知精神 我有一个梦想 你是你的船长 写作：写一篇演讲词

（续表）

	人教版	苏教版	语文版
应用文		九上附录一：应用文示例（简单的会议记录、简单的总结、简单的调查报告、简单的实验报告、说明书） 九下附录一：应用文示例（简单的契约、简单的合同、简单的民事诉状、纳税申报单）	八下第五单元（新闻） 南京大屠杀（报告文学） 寻找时传祥（人物通讯） 阿炳在1950（电视专题） 滑铁卢之战（报告文学） 写作：写一篇小通讯
	九上第二单元（演讲与书信） 敬业与乐业 纪念伏尔泰逝世一百周年的演说 傅雷家书两则 致女儿的信 九上附录： 怎样读诗 谈谈小说 九下附录： 谈谈散文 谈谈戏剧		九上第四单元书信 致蒋经国先生信 给儿子的一封信 给女儿的信 给巴特勒的信 写作：给教科书编者或课文作者写一封信 附录二：应用文示例（计划、总结） 九下附录一：应用文示例（合同、民事诉讼状）

2. 评析

与苏教版、语文版相比，人教版的应用文部分分量不足。主要是新闻所占篇目太少，种类也比较单一，所选种类不够丰富。如语文版有报告文学、电视专题文字稿，特别是选入了电视解说词，贴近现代生活。苏教版也有录音新闻，人教版只有消息与通讯。而且内容落后，与时代脱节。如两则消息中一则是《人民解放军百万大军横渡长江》，一则是《中原我军解放南阳》，一篇通讯是写于1960年的《登上地球之巅》。而苏教版的新闻单元有"神舟五号"飞船航天员出征记、南极考察、运载火箭水下发射、香港回归等，语文版有北京喜获2008年奥运会主办权的消息、有关南京大屠杀的报告文学等，相形之下，人教版的新闻单元明显薄弱。

与苏教版、语文版相比，人教版的演讲与书信的选文质量比较高，文化深厚。苏教版和语文版的主要缺点是演讲与书信的选文不够精，比较陈旧，政治味太浓厚，离学生生活实际比较远。

通过比较可以看出，在应用文范畴，人教版最薄弱的是整套书缺乏应用文示例，显然对此重视不够。而苏教版每册都有一个"应用文示例"，涵盖了25种常用文体，非常全面，对中学生的应用文写作具有很好的指导意义。

其他

除了文学作品和以上所列几种文体，这三套教材还有一些无法归到上述范围的单元，在这里统称为"其他"。如苏教版就另有两个具有创新意义的单元：九年级的两个文学欣赏单元（九上第四单元和九下的第五单元），占全书的5.7%。形式都是作品加评论（具体见下表），对引导学生如何欣赏文学作品，极具示范意义，是整套教材的闪光点。语文版教材有一个序跋单元（九下第三单元），主要是小说序跋和艺术序跋，占全书的2%。而人教班版只在九年级上下两册安排了四篇简短的附录《怎样读诗》《谈谈散文》《谈谈小说》《谈谈戏剧》，相比较而言，陈旧而薄弱，有待改进。写作方面，苏教版与语文版都安排了文学小评论的尝试，人教版缺乏。

具体参见下表：

	人教版	苏教版	语文版
其他	九上附录： 怎样读诗 谈谈小说	九上第四单元（文学欣赏） 散文家谈散文 　　关于散文《白鹭》 　　附：《白鹭》 小说家谈小说 　　简单的故事精致的情节 　　附：《百合花》 诗人谈诗 　　宁静而深远的意境 　　附：《一个深夜的回忆》	九下第三单元（序跋） 《家》的序和跋 读《堂吉诃德》 永远新生 科学与艺术 写作：写一篇小评论
	九下附录： 谈谈散文 谈谈戏剧	九下第五单元 雪 《雪》四人谈 　　读《雪》需要联想 　　灵魂的柔软与坚硬 　　简洁精纯的《雪》 　　《雪》的独特之处 作文：写一种自然现象 　　我谈《雪》	

高中语文必修单元序列安排的
合理性与存在的问题

为了贯彻国家课程改革的精神和《普通高中语文课程标准（实验）》提出的理念，人教版《普通高中课程标准实验教科书·语文》必修系列教材（共 5 册）在许多方面进行了探索和创新，其中尤以在单元序列安排方面的尝试最为突出。本课题立足于教学实际，特别是几年来实验区一线教学的经验反馈，对这套教材单元序列安排的合理性与存在的问题进行一下总结和反思。

一、教材必修单元序列安排的主要特点及合理性

（一）构建"立体系统"，体现内容的综合性和螺旋式上升

这套高中语文课标教材在序列安排上遵循的原则，是以"综合性"和"板块化"相结合的方式，构建一个立体的系统，全套必修 5 册教材以螺旋式上升的方式实现语文课标所倡导的"三个维度"（"知识和能力""过程和方法""情感态度和价值观"）的目标。这也是本套教科书在整体安排上的一个鲜明特点。

这一点可以在与其他学科特别是理科教材的比较中明显地看出来。

按照课标的要求，一个模块就可以专门单独成册，许多学科也正是按照这样的方式来安排的。如数学（A 版），模块一（必修 1）就专门讲函数，模块二（必修 2）讲几何，模块三（必修 3）讲算

法、统计和概率①（参见表1）。

表1　数学高中必修教材1-3模块内容安排表

单元（章）	模块一	模块二	模块三
一	集合与函数概念	空间几何体	算法初步
二	基本初等函数	点、直线、平面之间的位置关系	统计
三	函数的应用	直线与方程	概率

高中生物教材也是按这样的原则排序的，基本上是一个模块讲一方面内容：模块一（必修1）讲分子与细胞，模块二（必修2）讲遗传与进化，模块三（必修3）讲稳态与环境（参见表2）。

表2　生物高中必修教材1-3模块内容安排表

单元（章）	模块一 分子与细胞	模块二 遗传与进化	模块三 稳态与环境
一	走近细胞	遗传因子的发展	人体的内环境与稳态
二	组成细胞的分子	基因和染色体的关系	动物与人体生命活动的调节
三	细胞的基本结构	基因的本质	植物的激素调节
四	细胞的物质输入和输出	基因的表达	种群与群落
五	细胞的能量供应和利用	基因突变及其他变异	生态系统与稳定性
六	细胞的生命历程	从杂交育种到基因工程	
七		现代生物进化理论	

然而，高中语文教材的模块安排与这些学科不同。它不是将某个模块如阅读、写作、口语交际、综合实践活动等各自分编，单独成册，也不是将现代文阅读、文言文阅读、写作等分册分编，而是将每册教材的基本模式统一划为"阅读鉴赏""表达交流""梳理探究""名著导读"四个板块（参见表3）。

---

① 数学A版必修4、必修5排序方式与前三册不同，在此不列为比较的内容。

表 3　语文高中必修教材 1-5 模块内容安排表

	内容组成			
模块 1	阅读鉴赏	表达交流	梳理探究	名著导读
模块 2	阅读鉴赏	表达交流	梳理探究	名著导读
模块 3	阅读鉴赏	表达交流	梳理探究	名著导读
模块 4	阅读鉴赏	表达交流	梳理探究	名著导读
模块 5	阅读鉴赏	表达交流	梳理探究	名著导读

从表 3 可以看出，语文必修教材的每一个模块（册）都由相同名称的四个板块组成的，区别主要体现在具体的课文和内容上。这一点就与数学、生物等学科有很大的区别。也就是说其他学科模块之下就是章（单元），而语文在模块与具体的单元之间还有四大能力板块的存在。而"阅读鉴赏""表达交流""梳理探究""名著导读"四大板块具体内容之间则是一个既相互联系呼应、又各自独立的关系。以模块一、二为例（参见表 4、表 5）。

表 4　语文高中必修教材模块一内容安排表

	一	二	三	四	五
阅读鉴赏	现代诗歌	古代写景散文	现代记叙散文	新闻与报告文学	
表达交流	心音共鸣——写触动人心灵的人和事	园丁颂歌——记叙要选好角度	人性光辉——写人要突显个性	黄河九曲——写事要有点波澜	朗诵
梳理探究	优美的汉字	奇妙的对联	新词新语与流行文化		
名著导读	论语	大卫·科波菲尔			

表 5　语文高中必修教材模块二内容安排表

	一	二	三	四	五
阅读鉴赏	现代抒情散文	诗经、楚辞、汉魏六朝诗歌	古代记叙散文	演讲	
表达交流	直面挫折——学习描写	美的发现——学习抒情	亲近自然——写景要抓住特征	想象世界——学习虚构	朗诵
梳理探究	成语：中华文化的微缩景观	修辞无处不在	姓氏源流与文化寻根		
名著导读	家	巴黎圣母院			

　　从上述表格中，我们可以看出，语文教材的单元序列特点是语文能力的各个方面——听说读写乃至探究能力以"阅读鉴赏""表达交流""梳理探究""名著导读"的形式综合编排，各种文体的阅读、写作以及综合实践立体呈现，五个模块之间虽然形式上大致相同，文体上多有重复（如模块一有现代诗歌，模块二有古代诗歌；模块一有古代写景散文、现代记叙散文，模块二有现代抒情散文、古代记叙散文），但内容上却各有侧重，遵循从易到难、由浅入深的规律螺旋式上升。教学时可以集中学习，也可以交叉训练，充分体现了语文学习的丰富性和灵活性。

　　其合理性在于：首先这种单元序列的排列方式符合语文学习的规律。语文的知识与能力多是综合性的，很难像理科的那样分开。可以说语文学习的一个最主要的特点就是听说读写不可分，各种文体的学习目标也是相互融合的地方更多，共性更多，全方位综合、螺旋式上升的学习方式无疑更符合语文学习的规律。譬如阅读单元的学习既包含着阅读能力的培养，也是模仿、学习写作的一个主要渠道；写作中既包含书面表达能力的训练，也是阅读与思维能力综合运用，二者很难截然分开。目前语文必修的每一个模块都包括了语文学科本身的各种要素，实现了课程内容的综合，更有利于语文素养的综合培养和全面提高。

第二，这种单元序列的排列方式符合语文课程标准"三个维度"的要求。语文必修模块中的"阅读鉴赏""表达交流""梳理探究""名著导读"，就是将各种能力综合、各种文类以综合编排的方式，将"知识和能力""过程和方法""情感态度和价值观"三个维度相互融合。具体而言，在"阅读鉴赏"中既有知识的传授，也有语文学习方法的培养，有阅读写作能力的实践，也有情感的陶冶与人格的培养；在"表达交流"中既有写作与口语交际能力的训练，也是思维能力与提取信息、运用信息能力的具体运用；"梳理探究"更是以综合实践活动的方式，将阅读、写作、口语、思维训练、情感陶冶、人格培养等诸多方面的内容融会贯通，全方位贯彻了"知识和能力""过程和方法""情感态度和价值观"三个维度。"名著导读"则将课内所学知识与能力延伸到课外，是对课内所学的巩固和推广。

第三，这种单元序列的排列方式机动灵活，有助于提高语文学习的效率。这种单元的排列方式除了综合性的特点以外，也深具灵活性。一方面是"化零为整"，将整个语文教学内容整合在"阅读鉴赏""表达交流""梳理探究""名著导读"四大板块，一方面学习时又可以"化整为零"，在教学以及学生学习中，各个不同模块可以灵活组合。例如在"阅读鉴赏"部分学习"人物与环境（中外小说）"文选系列时，就可以结合学习"表达交流"部分中的"语言表达（深刻、充实、有文采、新颖）"专题，同时结合学习"梳理探究"部分中"文学作品的个性化解读""走近文学大师"等内容，让学生举三反一，从而收到学习训练的体验与认识反复归拢、提升的效果，很好地提高了语文学习的效率。

（二）突出"过程和方法"，以浸润式学习的设计整合各个方向的教学目标

把"过程和方法"放在突出地位，并在多种教学目标实施的设计中细腻地体现浸润式学习的思路，是这套教科书的又一特色。

　　整套教科书的教学目标包括了"知识和能力""过程与方法""情感态度和价值观"三个方向，但"过程和方法"是一条基本线索，用以联系、整合"知识和能力""情感态度和价值观"的课程目标和相关内容。下面就以"阅读鉴赏"与"梳理探究"为例分析一下语文单元序列安排的内在线索。

　　首先看一下"阅读鉴赏"的安排方式（参见表6）。

表6　"阅读鉴赏"中"过程与方法"安排表

单元	学习目标	第一册	第二册	第三册	第四册	第五册
一	品味与鉴赏	情感与意象（现代诗歌）	情趣与理趣（抒情散文）	人物与环境（中外小说一）	性格与冲突（中外戏剧）	主题与情节（中外小说二）
二		写景与抒情（古代写景散文）	含英咀华（诗经、楚辞、汉魏六朝诗歌）	感受与共鸣（唐诗）	情思与意境（宋词）	披文入情（古代抒情散文）
三	思考与领悟	品人与品文（中外记叙散文）	提要钩玄（古代叙事散文）	质疑解难（古代议论散文）	理清思路（随笔、社科论文）	融会贯通（文艺学论文）
四	沟通与运用	博观约取（新闻、报告文学）	对话与交流（演讲）	启迪与想象（科普文章一）	知人论世（古代传记）	概括与归纳（科普文章二）

　　"梳理探究"同样也是按照突出"过程和方法"，以浸润式学习的设计整合各个方向的教学目标来设计的（参见表7）。

表7 高中语文必修教材"梳理探究"专题安排表

第一层	第二层	第三层	第四层	第五层
优美的汉字	成语：中华文化的缩微景观	交际中的语言运用	逻辑和语文学习	文言词语和句式
奇妙的对联	修辞无处不在	文学作品的个性化解读	走近文学大师	古代文化常识
新词新语与流行文化	姓氏源流与文化寻根	语文学习的自我评价	影视文化	有趣的语文翻译

从上表可以看出，语文必修的各个板块和单元都是按语文学习的过程和方法贯穿起来的。阅读课文按课程标准的要求分成三类："品味与鉴赏""思考与领悟""沟通与应用"，这些都是语文学习中过程与方法的具体展现。而这三类目标又根据文体和内容的不同进行了细分。如"品味与鉴赏"细分为"情感与意象""情趣与理趣""含英咀华""感受与共鸣""披文入情"等；"思考与领悟"细分为"提要钩玄""质疑解难""融会贯通"等；"沟通与应用"细分为"博观约取""知人论世""概括与归纳"等。"梳理探究"实际上是一些语文专题活动。这些活动有的侧重于对学生以前在语言、文学、文化等方面所学过的内容进行梳理，便于在长期积累基础上的巩固和整合；有的属于专题研究，重在引导学生自主思考、合作探究一些问题，培养创新精神和实践能力。这些活动更加注重过程和方法。梳理的过程和方法体现在"怎样梳理成语""怎样梳理古代文化常识"等活动中；探究的过程和方法体现在"怎样探究新词新语与流行文化""怎样探究影视文化"等活动中。

以这种形式编排单元序列的合理性在于：首先它使教科书内容的呈现方式不拘泥于通常采用的"文体系列"或"表达形式"的纯文学性概念角度，也避免陷入现时流行的"生活主题"或"人文专题"的泛语文化编排倾向，独出心裁，遵照语文学习的规律，创立全新的单元序列模式，用语文的基本要素构建模块化的教学系统。另一方面，这样设计教材，充分考虑了如何引发学生的学习兴趣，有助于能力的培养与落实。由于教材所设计追求的是浸润式的学习"过程"，又重在"方法"上的引导，学习训练的落脚点在"能力"，从而改变了以往常见的那种偏重课堂灌输的方式，有可能使学生带着浓厚的兴趣和创造性来学习，在读写能力得到稳步提高的同时，情感态度和价值观也自然受到陶冶。

二、教材必修单元序列安排存在的问题

（一）四大板块之间配合不紧密，内容存在不匹配的问题，其中尤以阅读与写作的脱节更为严重

既然语文教材必修单元以综合性和板块化的方式安排序列，目的就是为了更好地体现语文听说读写等各方面能力的全面发展，整体推进，然而在具体内容的设置上，有些模块中"阅读鉴赏""表达交流""梳理探究""名著导读"四者之间联系不够紧密，部分存在着游离和脱节的问题。

首先来看一下阅读鉴赏与表达交流（主要是写作）之间存在的问题（参见表8、表9）。

表8　"阅读鉴赏"内容安排表

单元	第一册	第二册	第三册	第四册
一	现代诗歌	现代抒情散文	中外小说一	中外戏剧
二	古代写景散文	诗经、楚辞、汉魏六朝诗歌	唐诗	宋词
三	现代记叙散文	古代叙事散文	古代议论散文	随笔、社科论文
四	新闻、报告文学	演讲	科普文章一	古代传记

从表8我们可以看出，五个模块中"阅读鉴赏"共涉及诗歌、

散文、小说、戏剧、议论文、实用文体（包括新闻、报告文学、演讲、科普文章、古代传记、科学论文）等多种文体，具体如下：

诗歌有 4 个单元：现代诗歌，诗经、楚辞、汉魏六朝诗歌，唐诗，宋词。

散文有 6 个单元：古代写景散文，现代记叙散文，现代抒情散文，古代叙事散文，古代议论散文，古代抒情散文。

小说有 2 个单元：中外小说一，中外小说二。

戏剧有 1 个单元：中外戏剧。

议论文有 2 个单元：随笔社科论文，文艺学论文。

实用文有 5 个单元：新闻报告文学，演讲，科普文章一，古代传记，科普文章二。

在这五个必修模块中，文学作品（诗歌、散文、小说、戏剧共 13 个单元）占的比重最大（65%），其次是实用文体，占 25%，议论文章占的比例最小，10%。

而反观写作，却是另一番景象。写作是"表达交流"的主要组成部分，每册安排 4 个专题，5 册共 20 个专题（参见表 9）。

表 9　高中语文必修教材写作内容安排表

册次	单元	专题
第一册	一	心音共鸣　写触动心灵的人和事
	二	亲近自然　写景要抓住特征
	三	人性光辉　写人要凸显个性
	四	黄河九曲　写事要有点波澜
第二册	一	直面挫折　学习描写
	二	美的发现　学习抒情
	三	园丁赞歌　学习选取记叙的角度
	四	想象世界　学习虚构

（续表）

册次	单元	专题
第三册	一	多思善想　学习选取立论的角度
	二	学会宽容　学习选择和使用论据
	三	善待生命　学习论证
	四	爱的奉献　学习议论中的记叙
第四册	一	解读时间　学习横向展开议论
	二	发现幸福　学习纵向展开议论
	三	确立自信　学习反驳
	四	善于思辨　学习辩证分析
第五册	一	缘事析理　学习写得深刻
	二	讴歌新情　学习写得充实
	三	锤炼思想　学习写得有文采
	四	注重创新　学习写得新颖

从表中我们可以看出：

模块一主要是记叙类写作训练，占 20%；

模块二主要是描写、抒情类文章的写作训练（其中必修一的"亲近自然　写景要抓住特征"与必修二的"园丁颂歌　学习选取记叙的角度"在后来修订时进行了对调），占 20%；

模块三和模块四全部是议论文写作训练，共 8 个专题，占 40%；

模块五则从综合写作能力和高考的发展等级的角度，设计了四个更高要求的专题，作为高中阶段的总结，占 20%。

将以上两个表格进行对比，我们可以看出，阅读与写作存在着反差。在阅读鉴赏部分，从重要性上来看，文学作品最重要，议论文处在最次要的位置。而在写作中，在全部的 20 个写作专题中，议论文占的比重是最大的，占了 40%。二者的不均衡带来的问题是阅读和写作的重点不一致（必修 3、必修 4 问题最为突出），二者严重脱节。如模块三阅读鉴赏部分的四个单元分别是小说、唐诗、古代议论散文和科普文章，对应的写作训练却是学习选取立论的角度、学习选择和使用论据、学习论证、学习议论中记叙。模块四学习中外戏剧、宋词、随笔、文艺学论文和古代传记，写作部分的内容却是学习横向展开议论、学习纵向展开议论、学习反驳、学习辩证分析。由此带来的后果是阅读无法成为写作的基础和模仿、揣摩学习的对象，写作也同样不能成为阅读技巧和能力的延伸和练习，二者严重脱节，造成了教学上的困难和混乱。不仅如此，阅读鉴赏中的两个议论文单元所选文章也不太理想，多是随笔、社科论文和文艺学论文，缺少学生可以借鉴、模仿的典范性议论文，更加剧了阅读与写作的疏离，使阅读与写作成了两张皮，无法有机地结合在一起。

除了模块三、四中的议论文，其他模块也多多少少存在着阅读与写作难以有机结合的问题。如必修 2 第四单元是演讲，对应的写作专题却是"想象世界　学习虚构"；许多教师在具体教学时只能抛开教材，另起炉灶，浪费了宝贵的教学资源。

"阅读鉴赏"与"梳理探究""名著导读"之间也或多或少地存在着结合不紧密的问题。像"梳理探究"的 15 个活动中，只有"文学作品的个性化解读""走近文学大师"与课内文学单元有直接的联系，其他基本上都是自成一体，不像初中教材中的"综合性学习"那样与单元主题紧密相连。这样在进行梳理探究活动时往往无法与课内所学联系起来，不能相互促进。"名著导读"也有类似的问题。如巴金的作品出现在模块一，名著推荐中的《家》却在模块二，必修五阅读课文的是《水浒传》中的"林教头风雪山神庙"，课外推荐阅读的名著却是《三国演义》。虽然名著阅读主要是在课外进行的，但如果能与课内所学课文结合起来的话，应该更能引发学生课外阅读的兴趣，也能增进和加深学生对课文选段的理解。

（二）"过程与方法"的提法流于形式，目前实际的单元序列更多的是按文体，二者之间存在着能力训练与单元目标脱节的问题在设计单元序列的时候，本套必修教材将"过程和方法"放在突出地位，以此作为基本线索，联系、整合"知识和能力""情感态度和价值观"等各项教学目标。但在实际中，呈现在我们面前的单元序列实际上是文体特征，阅读鉴赏的全部单元可以说都是以文体来分类的。无论是模块一的诗歌、散文、新闻、报告文学，还是模块五的小说、古代散文、文艺论文、科普文章，各单元得以区别的最明显标志都更多地拘泥于文体，而不是"过程与方法"。

当然，可以把"过程与方法"理解为单元序列之间的内在线索，但即便如此，也存在着诸多的问题。

首先，教材将所有阅读单元按"过程与方法"分为"品味与鉴赏""思考与领悟""沟通与运用"三大类别，但在实际的归类中，三者之间相互交叉，很难截然分开。如何区分各自的单元目标，以及协调各单元目标之间的关系，成为一个难题。如模块一中的"品人与品文　中外记叙散文"和模块二的"古代叙事散文"被放入"思考与领悟"的范畴，其实二者列为"品味与鉴赏"范围也未尝不可（2007年修订版就将模块一"写景与抒情　古代写景散文"与模块二的"提要钩玄　古代叙事散文"进行了对调）。再如必修四的"知人论世　古代传记"，目前放在"沟通与运用"范畴，如果放在"品味与鉴赏"可能更合适。强行将这些单元按"过程与方法"分开，确实有些勉强。

其次，目前所设计的各单元的"过程与方法"（详见表6），有些与实际的内容偏离，这也是目前存在的一个突出问题。如模块一第二单元的"古代写景散文"，设定的"过程与方法"是写景与抒情，但除了《山中与裴秀才迪书》，其他几篇如《兰亭集序》《赤壁赋》《游褒禅山记》都不仅仅是写景与抒情，更多的是将写景、抒情与对人生的哲理思考融合在一起，特别是《游褒禅山记》更是重在议论，学习的重点仅仅定在"写景与抒情"，恐怕是有偏差的。再如模块二的第一单元抒情散文，过程与方法定为"情趣与理趣"，但四篇课文《荷塘月色》《故都的秋》《囚绿记》《瓦尔登湖》，除了《囚绿记》带有更多的象征与哲理意义，其他三篇更多的是偏重于写景与抒情，这两个单元的"过程与方法"对调一下可能更合适。再如必修二第三单元"古代叙事散文"，"过程与方法"设定为"提要钩玄"，也未能紧扣文章的内容和体裁特点。这些都是在将来修订时要重点考虑的问题。

三、对目前高中语文序列安排的改进建议

针对上述存在的问题，建议将来修订时做适当的调整与修改。可以从以下几方面入手。

首先，仍然坚持目前综合性、立体化的原则，因为这样最符合语文学习的基本规律。前几年我室曾出过一套《高中语文实验教材》（周正逵主编），主要在一些重点高中使用。这套教材的一个突出特色就是各部分内容分编，文言文、现代文、文学作品、文化典籍、写作等分别成册。但在实际的教学中，很多老师还是会穿插着上课，特别是阅读和写作，很难完全各自独立。实践证明混合编排有利于学生阅读、写作、探究活动等综合性语文素养以及人格与思维水平的整体提高，也有利于提高教学效率。

第二，加强各大板块的关联度，使之真正成为一个和谐的整体。目前单元序列问题的症结主要在于"阅读鉴赏""表达交流""梳理探究""名著导读"四者之间关系不够紧密，有不少脱节的地方，特别是阅读和写作，目前阅读重文学作品和实用文体，而写作的重点在议论文写作，造成有不少单元阅读与写作脱节，二者不能有机结合。根本原因在于未能跟随课改理念转变思路，顾虑太多，不够解放思想，总想将所有的学习内容都加在必修部分，以至于必修的内容太多，选修教材又针对性不够。

改进时不妨考虑这样的思路：彻底改变目前写作按文体和表达

方式来排列的模式，以人文专题（由阅读课文而生发）组织写作活动（目前的写作专题前面虽然也有人文专题，但实际的重心在后面的文体和表达方式），像初中的"综合性学习"一样，结合单元的内容，设计人文专题。然后在人文专题之下，设计多个写作活动（需要在初中的基础上增补写作的指导）。每个写作专题中的文体、表达方式不要太局限于一种，可以多样设计，在一个单元的写作专题中既可以写记叙、抒情、描写类的文章，也可以写议论类的文章。至于记叙、抒情、描写、议论等相关的常识，完全可以以"写作能力导引"或"知识窗"的方式，机动灵活地融合到相关的专题中，但不必追求知识的系统性和完整性，灵活实用即可。高中必修阶段只有短短的一年零四分之一个学期，没有必要把所有的东西全部放在这一个阶段。尤其议论文的写作，是一个长期的过程，议论文写作能力的提高，在很大程度上依赖于思维水平的提高和生活阅历的丰富，不可能一蹴而就。如果觉得高中阶段需要加强议论文的系统训练，可以考虑编写一本专门的议论文写作选修教材，针对学生议论能力普遍较差的问题，进行重点训练。目前的选修教材《文章写作与修改》核心内容也是议论文写作，只不过还有一些其他方面的内容，完全可以在此基础上进行修订，删去无关的内容，增强议论文部分，使之成为一个专门的议论文写作训练教材。这样，必修与选修、基础阶段与提高阶段就可以有机地成为一个整体，必修部分将重点放在激发学生的写作兴趣上，随单元生发日常写作的题目，重点在于激发学生的写作兴趣，提高写作的积极性，并且解决阅读单元与写作专题不配套的问题；选修部分则把重心放在议论文的系统训练上，二者有机结合，共同发挥作用，全面提高学生的写作水平。

"梳理探究"和"名著导读"在修订时也应尽量考虑与课内文章的衔接，注重从单元内部生发探究与发现的题目，名著的篇目推荐也注意加强跟课内文章的联系，使"阅读鉴赏""表达交流""梳理探究""名著导读"四大板块能真正成为一个有机的整体。

　　第三，目前教科书内容的呈现方式虽然力求不拘泥于"文体系列"或"表达形式"，但实际上还是文体组元，"过程与方法"作为内在的贯穿线索，还存在一些不尽如人意之处。将来改进的重点应放在如何根据单元的具体内容，灵活设计"过程与方法"上，尽量使单元文体、课文的思想文化内涵与语文学习的规律、方法融为一个和谐的整体，避免顾此失彼、彼此脱节的问题。

扫码对话AI评论员

女性文学研究　乡村小说阅览　教育专家观点　课堂教学探索

联系生活培养初步鉴赏文学作品的能力

人教版四年制初中语文第六册是根据教育部 2000 年颁布的《九年义务教育全日制初级中学语文教学大纲（试用修订版）》，在 1993 年四年制初中语文第六册（试用本）的基础上修订的，供四年制初中三年级下学期使用。

此次修订的幅度比较大，不仅新选文占了 60% 以上，而且编排原则和编写体系也发生了很大的变化。因此有必要在此做一下介绍，以帮助广大教师准确把握教材，用好教材。

一、编排原则和指导思想

这一册重在对学生进行文学教育。中华人民共和国成立以来，我们的中学文学教育走过了一条曲折的道路。从二十世纪五十年代的起步，到六七十年代的销声匿迹，再到八九十年代的缓慢复苏，人们再一次认识到了在中学阶段进行文学教育的重要性。首先，作为一种以真善美为内在指向的理想的艺术，文学可以净化人的心灵，陶冶人的情操，给人积极向上的力量。因此对中学生健康个性和健全人格的养成，以及审美情趣和审美能力的形成，具有其他学科不可替代的作用。另一方面，文学本身是一种形象的艺术，阅读文学作品的过程也就是通过联想和想象，感受作品的形象和魅力的过程，因此对培养学生的形象思维和创造性思维大有益处。作为一种语言的艺术，文学作品往往是各个时代文字运用方面的典范，学习这类作品，有助于中学生学习规范、生动的语言，形成良好的语感，提高语文素养。2000 年试用修订版初中语文教学大纲就明确规定，初中语文课不仅要让学生具有阅读一般现代文和浅易文言文的能力，了解叙述、描写、说明、议论、抒情等基本的表达方式，还要"学习欣赏文学作品，感受作品中的形象，欣赏优美、精彩的语言"。

据此，本套教材将初中语文的学习分成了三个相互联系、层层递进的阶段。第一阶段，加强与小学语文的衔接，着重培养一般的语文能力；第二阶段，扩大阅读视野，培养学生阅读和写作记叙、说明、议论等一般文体的能力；第三阶段，着眼于提高，注重培养学生初步欣赏文学作品的能力，课文按照其所反映的生活内容兼顾文学体裁编排。

四年制初中语文第六至第八册即属于第三阶段的范围。第六册的学习重点为现当代诗歌和散文。

二、教学内容和教学要求

第六册的阅读课文共分为六个单元，其中现代文四个单元（两个诗歌单元，两个散文单元)，古诗文两个单元，每单元包括四篇课文，共 24 课。其中现代文部分大多数是新选篇目。

第一单元是现代诗歌。学习这个单元，要在第三册诗歌单元学习的基础上，了解中国现代诗歌的风貌，通过诗歌的系统学习，感受诗歌独特的形式和魅力，培养审美情趣。其中，艾青的《黎明的通知》是传统课文。土地、太阳、黎明，一向是艾青诗歌最突出的意象，学习这篇诗作，要注意抓住这些意象，深入体会作者的思想感情。这首诗在形式上也非常独特，全诗运用祈使的语气，两句一行，在有规律的排比、反复中，形成回环往复的音韵美，节奏鲜明，朗朗上口，学习时要注意引导学生反复朗读、记诵。《金黄的稻束》的作者郑敏、《旗》的作者穆旦和《雨后》的作者陈敬容属于中国诗歌中的现代派——"九叶派"诗人。与郭沫若、徐志摩、艾青等人相比，他们的诗显得更为复杂、隐晦。他们追求的是思维和表达的复杂化，力求表现表面现象之下事物的复杂性和深刻性。另外，他们还追求"意象与思想的融合"，主张诗不仅可以表达情感，而且可以表达思想，因此他们的诗作大都带有一定的思辨色彩，理解起来有一定的难度。学习这类诗歌，首先要在抓住诗中所描绘的物象的基础上，深入思考其背后多层次的丰富含意，像他们所主张的那样"把事物看得深些，复杂些"，不要做简单化的理解。譬如《金黄的稻束》歌颂了母亲，但它又不同于一般描写母亲的作品，而是把母亲的形象与收割后的金黄的稻束做类比，并进一步将这一切与人类历史活动的意义联系起来，引发我们对历史与生命的沉思。陈敬容的《雨后》用几个新奇的比喻（"静穆如祈祷女肩上的披巾""树叶的碧意是一个流动的海"等）来描写雨后自然的美好、静穆和神秘，但又不仅局限于此，它还描写了诗人的观感和沉思，写出了她此时此地对人生的冥想，写出人与自然的和谐。这样的诗是写景，也是写思。读"九叶派"的诗，不要忽视了这一点。第四课的短诗简练易懂，可让学生自己多加揣摩，甚至模仿写作。

　　第二单元是当代诗歌。学习这个单元，要在了解诗歌创作背景的基础上，准确把握诗歌的情感与主题思想。如牛汉的《悼念一棵枫树》，表面上看，不过是描写了一棵枫树被伐倒之后的情形，但如果我们联系作品的写作年代（"文革"期间），就会明白，在这棵枫树身上，寄予了作者多么沉痛的哀思，枫树的遭遇就是那个不正常的年代无数屈死冤魂的真实写照。《星星变奏曲》的作者江河属于八十年代兴起的"朦胧诗派"，这一代诗人大都经历过"文革"，对那个年代有着切肤的感受，因此他们的诗中表达了整整一代人的痛苦与希望。《星星变奏曲》就是这样一首诗。作者通过星星这一形象，用"谁还愿意？""谁不愿意？"这样一种反问的句式，深切地传达出了经历过"文革"劫难的人们对光明、温暖、希望等的强烈渴望。学习时可以采取细读法，一字一句地仔细品味其中繁复的意象和含意丰富的诗的语言，运用联想和想象，体会其中的意境和情感。中国台湾诗人郑愁予的《雨说》，清晰欢快，明朗易懂，可让学生运用精读课所学的方法，结合自身的体会加以分析。

第三单元是现代散文。这四篇散文代表了现代散文的四种类型：记叙性散文、托物言志散文、写景抒情散文、幽默闲适的小品文。学习这个单元，要在反复朗读的基础上，把握文章的内容和思想感情，了解散文常见的表现手法。《藤野先生》是传统篇目，材料比较丰富。学习时要注意抓住重点，如刻画人物形象的方法，文中强烈的感情色彩，特别是文章独特的结构方式——文章题目为"藤野先生"，为什么却有一半的篇幅没有写藤野？抓住这个问题，也就抓住了理解这篇文章的钥匙。《巷》是一篇优美典雅的抒情散文，既有现代白话文的清新流畅，又有文言的典雅凝练，是中学生学习现代文难得的典范之作。学习这篇文章，要在理清文章脉络的基础上，重点品味语言。《孩子》是幽默闲适派散文家梁实秋《雅舍小品》中的一篇，它以幽默的笔调，讽刺了现代家庭中父母对子女的溺爱，让人捧腹之余又得到人生的启迪，颇能代表他的风格。幽默闲适派散文是在周作人的影响下，经林语堂、梁实秋的大力倡导和发展，贯穿于整个现代文学进程的一种散文小品样式，但过去一直遭到冷落，此次选入教材，意在倡导一种健康的心态，优雅的情趣和幽默豁达的人生态度，开阔视野，培养性情。因为，幽默，说到底也是一种宽容精神的具体体现，一种自信的人生态度。另外，作者的文笔老道，简练雅洁，收放自如，潇洒从容，也是值得细细揣摩的。

第四单元是当代散文。这个单元和第三单元一样，要在把握文章不同特点的基础上，领略散文多样化的手法，品味精妙的语言。冰心《谈生命》是篇议论性散文。但它不是直接说理，而是用"一江春水"从发源到最终汇入大海、"一棵小树"从发芽到老去枯萎，这样两个形象的比喻来阐释自己对生命的认识，生动可感而又发人深省。学习时要注意体会这种写法。《菜园小记》重在写景叙事，语言纯净凝练，质朴清新，将对延安时期人们自力更生、健康向上的精神风貌的赞美自然而然地蕴含在对那段生活的细致描绘上，阅读时要用心体会。

《红嘴鸦及其结局》是西部诗人、散文家周涛的代表作，像他的许多散文作品一样，这一篇也充满寓意，既是写鸟，更是写人。学习时可以抓住其中的关键语句展开讨论，理解其中的深刻含义。《夏之绝句》是中国台湾女作家简媜的一篇抒情散文，通过对夏日蝉声的生动描绘，表达了作者热爱自然、向往自由自在生活的情怀。因为作者有深厚的古典文学功底，所以文章格调高雅，充满书卷气，用词造句有着古典诗词的韵味，而且句式多样，对偶句、散句、长句、短句、排比句、倒装句……变化多端，值得细细揣摩。

第五、六单元是文言文，要求学生在熟读背诵的基础上，了解古人的生活与思想感情，了解中华文化的博大精深，增强民族认同感，积累文言词句，培养良好语感。其中《隆中对》和《出师表》都和诸葛亮有关，学习时不妨将《三国演义》中有关诸葛亮的故事找来进行对比阅读，既增加学生学习古文的兴趣，又有利于对课文的理解。十首诗词曲是学习的重点，都要求背诵，要在体会作者思想感情的基础上，运用多种记诵方法，加深记忆。

第六册写作有七个单元，包括五次命题作文，两次自由写作实践。与阅读相联系，本册的写作训练也重在进行文学作品的仿写和浅近评论。五次命题作文分别是：学写小诗、写读诗心得、写散文（一）、写散文读后感、写古诗文读后感。考虑到学生的理解程度，这些写作不宜要求太高，重在引导他们体会和学习几种基本的文学体裁，抒发真情实感。心得、读后感等是文学评论的初级阶段，要求不高，学生只需对自己读完文章之后的感性认识稍加整理，对自己的见解做一点概略的阐发即可，浅显不要紧，重在条理清楚，有感而发。

本册还有四次语文实践活动。语文实践活动旨在加强语文学习与生活的联系，激发学生学习语文的兴趣，培养他们的实际运用能力和创造能力，拓宽知识面。在教学实践中，可以根据本地、本班的实际，灵活进行，也可以作一些调整和补充。

为培养学生进行文学鉴赏的能力，本册特意选了一篇指导文学欣赏方法的文章——《文艺作品的鉴赏》作为附录，供学生阅读。在这篇文章中，叶圣陶先生从文学鉴赏的途径和文学鉴赏的意义两个方面，阐述了文学鉴赏的基本条件，对中学生有切实的指导意义。教师可引导他们结合所学课文，进行体会和学习。

三、教学中应注意的几个问题

这次修订，无论编选原则，选文内容还是写作要求，都有了较大的改变。因此，教学方法也应该随之做相应的改进和调整。文学教育，有其特殊的规律，教学时只有方法得当，指导有方，才能事半功倍。具体说来，应从以下两方面加以注意。

（一）重视整体感悟，尊重学生的个人体验

学习散文和诗歌（包括古典诗词），切忌过去那种支离破碎的分析方式。因为文学作品是以形象性、审美性、情感性为特征的，过于琐碎的分析，往往会破坏文章的整体美感。特别是学习诗歌，应引导学生学会怎样通过联想和想象，将抽象的文字还原为具体可感的形象，进而将各自孤立的场景、意象、细节连缀起来，组成一个个和谐、统一的画面。在此基础上，深入领会作者所要表达的思想感情和诗歌的内在含义。不要将结论强加于学生，只有他们自己深切感悟到并引起心灵共鸣的东西，才有可能真正进入他们的内心，对他们的学习和成长产生作用。这样的学习是一种整体性的学习，也是一种注重个体体验的学习。学生个体生活经历不同，生活环境不同，个人性情不同，理解和感受事物的角度和方式也会千差万别。因此，在教学过程中，一定要尊重学生的独特体验，允许他们有独

立的看法和观点。课堂上可以采取多样化的讨论和学习方式，鼓励他们畅所欲言，在切磋和探讨中加深理解，切实提高文学鉴赏能力。

（二）加强诵读，培养语感

这次初中语文大纲修订，特别强调了诵读的作用。诵读是我国古代母语学习的一个传统途径，但多年来一直被排斥，乃至彻底抛弃。实际上，这是学习母语的一种行之有效的方法。汉语是一种非形态化的语言，句与句之间，字与字之间的关系灵活多变，可以有多种解释，必须结合上下文和具体的语境来理解。学习这种语言，不能依靠单纯的语法分析，而应重视积累、感悟，培养良好的语感。本册所选的课文，无论是现当代散文、诗歌，还是古代诗文，都文质兼美，许多文章都是汉语言文字运用方面的典范，值得细细揣摩、学习。其中不少篇章，都宜熟读成诵，通过反复的朗读达到烂熟于心的目的。事实证明，这是学习汉语的一个很好的途径。所以，在教学中，教师一定要重视诵读，在引导学生对作品进行感悟、理解、分析、鉴赏的同时，进行诵读的训练，不仅现代诗歌要读，散文、古诗文也要读，大声地读，熟读成诵，在记忆力最好的青少年时期应多积累一些语言，逐渐形成良好的语感。

提高语文素质　培养健全人格

—— 谈新课标教材中"名著导读"的设计

　　根据教育部制定的《基础教育课程改革纲要（试行）》和《全日制义务教育语文课程标准（实验稿）》，课程教材研究所中学语文课程教材研究开发中心于 2001 年开始组织编写新的面向 21 世纪的语文实验教科书（七~九年级）（以下简称新课标教材）。和以往的语文教科书相比，这套教材有不少创新之处，其中之一便是"名著导读"的设计。它把课外阅读纳入教材编排体系，以突出和强调课外阅读的重要性，这是以往历年的中学语文教材中所没有过的。实质上，这是一个蕴含着此次语文教育改革的新指向而又容易为广大师生所忽略的崭新栏目。如何认识它的意义，特别是如何在教学中引导学生切身实践，以期达到课堂教学与课外阅读融会贯通、相辅相成的目的，是此次语文实验的重要任务之一。作为编者，我们有责任结合这一部分的具体设计，介绍一下我们对课外阅读问题的整体思考，也就是我们设计此栏目的依据、目标和思路，以帮助广大师生切实用好"名著导读"，共同探索新世纪语文教学的新方法、新路径。

一、课外阅读是不同时代不同国家、地区母语教育的共同要求

　　纵观古今中外的母语教育，尤其是其中的课程标准或教学大纲。我们会发现，在"文选型"课本教材之外，同时引导学生读整本的书，研读历代的名著经典，是中西母语教育的共同要求。

　　中国古代的语文教育与经学、史学、伦理学等融合在一起，不是独立的，也没有所谓的课程标准或教学大纲，其进行母语教育的途径主要是研习儒家经典，即读整本的经典名著。学习的教材主要是《诗》《书》《礼》《易》《春秋》《大学》《中庸》《论语》《孟子》等，即所谓的"四书五经"。除此之外，专为语文教育而编撰的教材还有两类：一类是蒙学教材，专供少儿启蒙识字之用，如《三字经》《百家姓》《千字文》等；一类是文选教材，即供青少年研读经书时穿插学习的诗文选本，比较有名的如《昭明文选》《古文观止》《唐诗三百首》等。语文教育的方式主要是将读经与学选本结合起来，而且更注重整本书的学习。这种教育模式延续了上千年，虽有"经学与科举的附庸"之嫌，但它有力地结合了点与面，将对经典典籍的研读与文选式的通览结合起来，为历朝历代培养了大批的人才，事实证明，不失为学习中国语文的一条成功之路。

　　进入民国时期，讲经读经课被废除，人们不再研习"四书五经"，语文也开始得以单独设科。这一时期的课程标准，由于时代的变革和人类知识更新速度的加快，更多地将文选式教材的学习放在首位，奠定了以后语文教育的主要模式，但与此同时，也非常重视整部书的阅读。从设立《新学制课程标准纲要》的1923年开始，语文学习的内容就被分为精读（文选教材）和略读（整部的名著）两部分。如1923年的《初级中学国语课程纲要》规定：精读选文由教师拣定书本，要"详细诵习，研究；大半在上课时直接讨论"，略读部分包括"整部的名著"，由教师指定数种，要求"参用笔记，求得其大意；大半由学生自修，一部分在上课时讨论"，而且这部课程标准还规定了精读与略读各自的学分（精读占十四学分，略读占六学分）以及要求略读的大致书目。1923年的《高级中学公共必修的国语课程纲要》还在"毕业最低限度的标准"中明确提出："曾精读指定的中国文学名著八种以上"，"曾略读指定的中国文学名著八种以上"。1929年的《初级中学国文暂行课程标准》进一步阐释了精读与略读主要的教学内容："（甲）精读由教员选定适当的材料，指导各种研究的方法，使学生对于所读的材料，关于内容方面，有明白的认识，关于形式方面，有详细的了解。（乙）略读由教员选定整部的名著，或节选整部的名著，指导读法，使学生对于所读的内容旨趣，有概括的了解和欣赏。"与此同时，这个课程标准也同样为略读、精读和写作安排了各自的学时："（一）精读指导三小时。（二）略读指导一小时。（三）作文练习二小时。"1929、1932 和 1936 年的高级中学国文教学大纲还把中学生的阅读教学直接设置为选文精读、专书精读和略读三个部分。

　　由此可见，在民国时期的语文教学中，读整本的书，广泛涉猎史家经典，是当时语文教育一个不可或缺的重要环节。

　　我国港台地区和新加坡的华文课程标准也都以较大的篇幅对中小学生的课外阅读做了明确的规定。例如 1990 年香港地区《中国语文科中一至中五课程纲要》就专节设有"课外导读"，明确提出"要学好语文，单靠读文教学和写作教学是不够的，必须把课内读写和课外阅读结合起来，相互促进，才可奏效"，其中对课外读物的选择、实施办法等也提出了一些具体建议。台湾地区中学课程标准也都设有"课外阅读"一项，像 1995 年的《中学语文课程标准》和《高级中学语文课程标准》都有专门的表格，列有各学年要求学生课外阅读的体裁范围，教师可以根据学生程度和实际教学的需要灵活选择，每学期以一至两本为宜。高中阶段还提出一些具体措施以鼓励学生课外阅读，譬如"每学期课外阅读学生交读书报告一份，列入每学期规定作文篇数中计算"等。新加坡 1993 年《中学华文科课程标准》中的"课外阅读导引"也非常详细地指出了课外阅读的目的、选择原则、实施办法、阅读后的活动建议和学生阅读记录卡等。这些规定和建议可以说充分体现了我国港台地区和新加坡教育界对语文课外阅读的重视。

　　国外的母语教育同样重视课外整本书的阅读与拓展。法国 1996

年《初级中学语文教学大纲》明确提出："阅读教学中一要精读，二要读全文。精读就是一堂课详细阅读一篇短文或课文节选，读全书就是四到六个星期读一本书。两种阅读法在学年中的分配应相对平衡。"其高中阶段分为必修和选修两种课型，不同的系列法语的课时也有所不同，但都有共同的阅读清单，高年级的教学计划还明确提出了要"学习一部完整作品"的要求，而且这部书得保证所有的学生"都能做到读完"，并能"从中找到主题和问题，找到读书报告、辩论和作文的题目"。德国巴符州 1995 年《完全中学德语教育计划》各个年级的语文教学大纲也有"阅读青年读物（课堂教学或课外阅读）"的要求，并有针对性地提出了一些具体的建议，如与同学交换读物，组织读书观摩活动，办书展、墙报，写信谈读书心得等。英国和美国的课程标准主要为各个年级的能力要求，通常不罗列具体的学习内容，但也大都规定了在中学阶段所必须阅读的作家作品，如莎士比亚的戏剧、简·奥斯汀的小说等等。由此可见，从世界范围来说，各国都充分意识到了课外阅读对于母语学习的意义，认为广泛的阅读不仅不会耽误学生正常的学业，反而是他们学好母语的必要条件和重要途径，因而都积极鼓励，大力提倡。

新中国成立以来的语文教学大纲对学生的课外阅读也多有涉及，其中尤以 1956 年《初级中学文学教学大纲》和《高级中学语文教学大纲》最为详尽。它们不仅将"课外阅读和课外文学活动的指导"列为大纲内容之一，而且还附有每年级的课外阅读参考书目。教师可以根据这个书目，拟定每学期学生所要阅读的书籍（其中又分为必读书和选读书），"一般地说，学生每学期课外阅读的书不宜少于四本"。另外，这两个大纲还安排了一定的课时，供教师进行课外阅读指导之用，并对教师如何指导学生阅读提出了有益的建议。可惜这个汉语和文学分科的实验在"左"的思潮影响下很快夭折了，课外阅读的实验也随之中断。此后的大纲，如 1963、1978（在"倡导自学"一栏中）、1980、1986（放在"语文课外活动"中）、1990、

1992（增加了"每学期课外读三五本书"的要求）等也都多多少少地提出过课外阅读的要求，但相比较而言，过于简单空疏，在实际的教学过程中也流于形式。直到 2000 年的试用修订版大纲，才又对课外阅读提出了一些相对比较具体的规定，如初中"课外自读每学年不少于 80 万字（其中文学名著 2~3 部）"，高中"课外自读文学名著（10 部以上）、科普书刊和其他读物，不少于 300 万字"，在附录中还明确列出了 30 部"课外阅读的推荐篇目"等。2001 年新的语文课程标准继承了上述试用修订版大纲对学生课外阅读的有关规定和要求，并对某些方面进行了改进，如不仅规定了义务教育阶段的推荐阅读书目和阅读总量，还对每个学段的课外阅读量进行了细化，提出了每一学期的具体要求。在"教学建议"部分还明确提出要"培养学生广泛的阅读兴趣，扩大阅读面，增加阅读量，提倡少做题，多读书，好读书，读好书，读整本的书"。这些都表明，对母语学习中课外阅读的作用，我们已经有了充分的认识，而这些认识本身，就是我们实施课外阅读的重要依据。

二、广泛的课外阅读是学好母语、培养人文素养的必由之路

关于语文课内学习与课外阅读的关系，著名教育学家叶圣陶先生曾经说过："就教学而言，精读是主体，略读只是补充；但是就效果而言，精读是准备，略读才是应用。"[①]（他这里所说的略读，就是我们现在的课外阅读，整本书的阅读。）二者应该是一个相辅相成的关系。但反观我们这些年来的教育实际，我们会发现二者之间存在着较大的矛盾。除极个别地区、个别学校外，全国绝大多数地区、学校都把大纲中有关课外阅读的规定视作可有可无的东西，大部分

---

① 叶圣陶：《叶圣陶教育文集》（第 3 卷），人民教育出版社，1994，第 253、254 页。

教师不重视学生的课外阅读，有的甚至将之视为"不务正业"而加以制止。当然，这其中存在一些客观原因，如由于经济不发达和教育经费的不足，广大农村，尤其是边远山区，没有能力购买课外书籍；前些年由于片面追求升学率的影响，课外阅读不受重视，学生课外阅读时间很少。大纲中有关课外阅读的规定也比较空疏等等，这些都在一定程度上影响了课外阅读的实施和推广。但我们认为其中一个根本的原因还在于广大教育工作者的思想观念中存在着许多误区。因此，当务之急是转变观念，树立正确的语文教育思想，将母语教育引向一个良性循环的道路。

那么，为什么加强学生的语文素养和人文素养离不开广泛的课外阅读呢？

（一）语文能力的提高必须有量的积累

新课程标准在论及语文课程的性质和地位时，明确提出："语文课程应致力于学生语文素养的形成与发展。"但青少年语文素养的培养绝不是一朝一夕就可以完成的。它必须遵循学生身心发展的特点，循序渐进。人类学习过程不具备可继承性，每一代的儿童都必须从零开始，积累自己的知识大厦，由字、词逐渐过渡到句、篇，而字词的学习又不是孤立的，我们崇尚的是"字不离句，句不离段，段不离篇"，多读书，读好书，有利于学生在具体的语言环境中学习和掌握语言。另一方面，学好语言的关键在于形成良好的语感。语感从本质上来说是一种语文修养，一种能够迅速地领会和感悟语言文字内在意义的能力。对它的重要性，许多人都曾有过精彩的论述。如叶圣陶先生就曾经说过："文字语言的训练，最要紧的是训练语感，就是对语文敏锐的感觉。"还有人认为"语文直觉能力（主要指语感）是语文能力的核心，是最高水平的语文能力。培养语文直觉能力是设计教学目标的重要参照，是语文教学抓住本质与否的主要标志"①。而这种语言能力不是天生的，它需要长期的反复的阅读积累，通过接触大量新鲜活泼的语言材料逐渐养成，是一个从量变到质变的过程。汉语言的学习尤其离不开语感的培养。正如王力先生所说，"人治"的东方语言汉语是一种非形态语言，不像西方语言那样有着严格的语法规则，汉语语素的组合以意义的完整为目的，语词组合高度灵活，一句之中，字与字的关系有时难以确定，可以有多种解释，模糊性强，语词的含义依据具体语境的不同而不同，其意义在很大程度上取决于语境。因此学习这种语言，不能只靠语法分析和字词训练去把握，而必须通过大量语言材料的积累，在广泛的语言实践中增强学生的语感，培养他们对汉语言的整体把握能力。这也是语文教育界经过长期的探索，从过去的经验教训中总结出来的，是对前些年风行的"题海战术"的一种反拨。因为事实证明，题海训练不仅不能提高学生的语文素养，反而使学生误入机械化、片面化、绝对化的泥潭，耽误青少年大好的读书时光。这次的语文课程标准明确提出了"少做题，多读书"的主张。多读书就意味着不能仅仅局限于课内。古人说："读书破万卷，下笔如有神。"只有读得多了，才能充分了解汉语言词汇的意义和表达规律，才能体会作品语言运用的奥妙。而名著是经过时间淘洗过的典范之作，是学生学习语言的最佳材料，在青少年时期阅读一定数量的名著，是提高学生语文素养的一条有效途径。

（二）课外阅读可以锻炼学生的自读能力，有助于他们养成良好的阅读习惯

在小学阶段打好最基本的字词句篇基础之后，中学阶段语文学习的主要任务之一便是致力于发展学生的阅读技能，使他们具备独立的阅读能力。这种独立阅读能力可以说是一个人终身学习和发展的需要，他们日后的工作和生活，都会经常地依赖于此，只有善于

---

① 李顺:《语文教学本质初探》，云南教育出版社，1991，第 18 页。

独立处理、分析和吸收信息的人，才能干好他们的工作。这也是现代信息社会的特点所决定的。据英国技术预测专家詹姆斯·马丁测算，人类的知识在 19 世纪每 50 年增长一倍，20 世纪每 20 年增长一倍，从 70 年代起每 5 年增长一倍，而近 10 年则是每 3 年就增长一倍。① （这种知识、信息的快速更新，决定了方法对于人类的意义。）因此，中学阶段要把培养学生的阅读能力作为首要的任务来抓。首先要用好教科书，教科书是教师与学生之间的桥梁，课内学习起着一个范本的作用，教师通过对课文的分析、讲解、引导，教给学生一些最基本的阅读技能和阅读方法。但"课文无非是个例子"，课内学习的目的最终还是为了教会学生自己阅读。只有学生能将课堂上学到的知识和阅读技巧迁移到课外，在课外也能自主阅读，语文学习的目的才算真正达到了。但阅读技能不能靠死记硬背得来，而是要经过学生自己的潜心摸索，亲自实践。因此，新课程标准提出："阅读是学生的个性化行为，不应以教师的分析来代替学生的阅读实践。"这就要求教师必须正确处理教与学的关系，高度重视学生的主体地位，积极引导学生进行课外阅读，让学生在亲身的阅读实践中领会汉语言的规律，提高他们的认读能力、理解能力、吸收能力和鉴赏能力。而名著作为整本的书，常常有着一般文章所没有的深厚内涵和复杂结构，需要学生调动各种阅读技能和知识积累，对其进行整体的把握和思考，对学生的阅读能力是一种很好的锻炼。

引导学生课外阅读，还有一个重要作用，那就是有助于培养学生良好的阅读习惯。良好的读书习惯对于一个人尤其是少年人的意义是毋庸置疑的。它不仅可以使人获取信息，汲取知识，而且可以给人带来自我发现、自我充实的机会，还可以怡情养性，多一种丰富生活、享受生活的途径。"在人类的一切消遣活动中，阅读无疑是最高尚的。"（培根）西方的教育理念向来重视培养学生的学习习

---

① 　钟新：《信息时代的信息化教育》，《中国教育报》1999 年 4 月 19 日。

惯，认为良好的阅读习惯是一个人成功乃至决定其人生命运的重要因素。但知识不可能凭空得到，习惯也不能凭空养成，必须有所凭借，"学生在校的时候，为了需要与兴趣，须在课本或选文以外阅读旁的书籍文章；他日出校以后，为了需要与兴趣，一辈子须阅读各种书籍文章；这种阅读是所谓运用。使学生在这方面打定根基，养成习惯，全在国文课的略读。"①（从内容上来讲，课外读物一般比课内文章更丰富多彩，内容也更生动有趣，容易激发学生的读书兴趣，而有了兴趣，才可能日积月累，养成一有闲暇就读书的习惯。）另一方面，课外阅读时教师一般只做简单的指点，更多是依靠学生自己摸索方法，总结规律，所以它对学生个人阅读技能和阅读习惯的养成有着更为直接的作用。

（三）课外阅读，尤其名著的阅读是培养学生人文素养、训练思维品质的最好范本

中学阶段也是一个人人格形成的最重要阶段，因此教育不仅意味着传授知识，更重要的是还承担着"人"的教育的重要职责。正如爱因斯坦所说："用专业知识教育人是不可少的。通过专业知识，他可以成为一种有用的机器，但不能成为一个和谐发展的人。要使学生对价值有所理解并且产生热烈的感情，那是最基本的。他必须获得对美和道德的善的鲜明的辨别力。"从本质上来讲，教育本身就包含着"两种基本价值：一是促进人的发展，这是教育的内在价值、根本价值；二是承担社会所赋予的人才选拔功能，这是教育的外在价值，工具价值"②。但由于前些年应试教育的误导，二者的关系被人为地割裂，知识技能成了第一取向，教育成了应试的工具，人的发展被严重漠视。现在，《基础教育课程改革纲要（试行）》明确树

---

① 叶圣陶：《叶圣陶教育文集》（第3卷），人民教育出版社，1994，第253、254页。

② 张华：《我国基础教育新课程的价值转型与目标重建》，《语文建设》2002年第1期。

立了"为了每一个学生的发展"的价值取向，语文课程标准也鲜明地提出："语文课程还应该重视提高学生的品德修养和审美情趣，使他们逐步形成良好的个性和健全的人格，促进德、智、体、美的和谐发展"，"培养学生高尚的道德情操和健康的审美情趣，形成正确的价值观和积极的人生态度，是语文教学的重要内容"。这就要求我们的语文教育不仅要发展学生的语文能力，还要致力于为他们一辈子做人打基础。而课外阅读正是进行人文教育的最佳途径。它有着比课内更为广阔的世界，更为多样的类型，可以扩大学生的视野，帮助他们开拓全新的生活领域，领略精妙的艺术世界，充实他们的心灵，丰富他们的精神，带给他们以人生的愉悦。像名著中的思想文化著作，如《论语》《圣经》等，其本身就承载着人类最基本的价值观念和文化取向，了解它们，有助于青少年奠定自己的精神地基。其中的文学作品，本身就是一种以真善美为目的的理想的艺术，蕴涵着丰富的人文内涵，可以启迪人生，熏陶品德，塑造和净化心灵。而且这些文学作品都讲究以情动人，寓教于乐，通过形象的故事与读者产生心灵的共鸣，使他们在潜移默化中接受情感和人格的陶冶。再如某些传记，可以为学生树立做人的榜样。科普作品，则可以对青少年科学精神、科学态度的养成起到良好的示范作用。另外，课外的阅读，尤其文学作品的阅读还有助于培养学生的形象思维和创造性思维，因为作为整部的文学作品，尤其小说，往往有较丰富的生活场景、错综复杂的故事情节和人物关系，阅读时要善于将抽象的文字在脑海中及时地转化成具体可感的形象，将分散的生活场景、细节整合起来，进而理解作品的内在意义。在这个过程中，读者需要调动各种思维活动，尤其是想象和联想，扩大心灵空间，达到"精骛八极，心游万仞"的境界，形象思维和创造性思维都可以得到很好的激发和锻炼。

（四）课外阅读还有助于解决工具教育与人文教育的矛盾

新的语文课程标准将语文的性质定位于"工具性与人文性的统

一"，把语文课程提到了"是学生全面发展和终身发展的基础"的高度，对过去语文教育的失误起到了拨乱反正的作用。但在实际教学中协调好二者的关系，既注意陶冶学生的人文素养，又不因此而忽视学生语文基本功的培养，却不是一个轻而易举就能解决的问题。因为初中毕竟仍然属于义务教育阶段，语文教育的主要目标是培养学生运用母语的基本能力，"语文能力是一个人归纳分析问题、表达自己观点的基本能力，而获得这种能力的最重要时期是初中阶段"。而且"语文教育不能包打天下，塑造人格、进行素质教育是各学科和全社会的共同目标，不可能由语文全部包下来"①。绝不能因为提倡素质教育就忽视学生语文基本功的培养。而语文的基本功离不开"字、词、句、篇，语、修、逻、文"，落实时对文章的阅读免不了有支离破碎之嫌。在语文教学中过多地强调思想教育、人文教育，往往易使语文基础知识与基础技能的训练流于空疏。这也是这次语文教改实验中出现的突出问题。教育家张志公先生在谈到文学教育的困境时曾经深有感触地说："目前的语文教材有比例不少的文学作品，但并不是用来进行文学教育，而是用来读写训练，连古典文学作品也不例外。这样的语文教学、语文教材，实际上是一种互相掣肘、两败俱伤的做法。"因此他主张双线并行，分而治之。20 世纪 50 年代我们也曾进行过"文学"与"汉语"分科的实验。受此启发，这次我们把"名著导读"编入教材，就是尝试用"双向发展，各有侧重"的方式解决这个老矛盾。课内，篇幅较短，易于为学生所学习和模仿，因此不妨重在进行听说读写等语文基本功的训练，同时兼顾人文教育；课外阅读，如上所述，篇幅和人文内涵较之课文更为丰富，易于引导学生认识大千世界，启迪心灵，陶冶情操，因此不妨重在对学生进行熏陶感染，丰富精神世界，培养人文精神，同时兼顾语文素养和语文学习习惯的实践。我们希望通过这种方式避免

---

① 《语文教育专家座谈会纪要》，《中小学教材教学》2000 年第 12 期。

"两败俱伤"的难题。当然，这样做效果如何，还有待于教学实践的检验。

三、课外阅读的选择标准与实施办法

要让课外阅读真正发挥作用，必须有切实的措施与相应的办法。正是因为如此，我们以课程标准中"关于课外读物的建议"为依据，结合中学生心智成长的实际，在教材中专门设立了"名著导读"栏目，每学期推荐 3 部名著，初中阶段六个学期共推荐 18 部作品，意在引导一种健康、理性的读书风气，同时为广大师生提供一点切实可行的帮助。

（一）在课外读物的推荐上，我们遵循的是经典、循序渐进和课内外结合的原则，并注意了体裁和题材的广泛性和形式的多样性

有人曾对中学生的课外阅读状况做过研究，指出目前中学生的课外阅读基本上处于随意、无序、低效的状态，存在着诸如追踪流行、热衷读休闲、偏爱谈名人、寻章读妙句、专心读习作等误区。[①]近年来更出现阅读量减少、阅读比重下降、阅读情趣与品位日趋娱乐化、浅层化的倾向，这种状况实在堪忧，因为"阅读退化现象不仅危及青少年智力、品德与人文素质的发展，而且导致社会精神文明和整个民族基础文化素质的退化"[②]。对此，只有采取切实有效的措施，才能扭转局面，引导中学生的课外阅读走上健康有序的轨道。首先要积极提倡中学生课外阅读经典名著。名著是不同国家、不同时代人类智慧的结晶与文明成果的标志，是经过时间淘洗过的典范

---

① 朱华贤：《当前中学生课外阅读的误区及其对策》，《中学语文教学参考》1997 年第 7 期。

② 李季：《阅读退化的隐忧：书刊文化影响与青少年成长》，《课程·教材·教法》2001 年第 5 期。

之作，往往有着深刻的思想内涵和巨大的艺术魅力。在青少年阶段读这样的书，可以使他们终身受益。余秋雨先生有一个形象的比喻，说名著其实是知识堡垒上的制高点，占据了这个制高点，其他的就不在话下了。虽然有些名著的内涵比较丰富，理解起来不像某些通俗作品那样容易，但它们在表达上更加清晰，形式上更加完美，因此有以一当十之效。事实也正是如此。古人说，取法乎上，仅得其中；取法乎中，仅得其下。在青少年阶段只有读一点高于自己的真正有价值的东西，才能真正有所收获。关于为青少年开列书目的意义，北京大学著名教授蒋绍愚先生说得切中肯綮："……如果不加引导，完全让他们'自由选择'，那么，就可能会有相当多的学生只愿意读一些通俗文艺、消遣作品，而终身和经典名著无缘。如果我们培养了这么一代人，这将是一个绝大的悲哀。一个民族，如果经济上是富足的，而文化上是贫乏的，那就绝不可能自立于世界民族之林。我们应该站在这个高度上来看待中学生的阅读导向问题。"① 有鉴于此，我们选择的篇目除了包括新课程标准推荐的十部名著，如《西游记》《水浒传》《朝花夕拾》《童年》等，另外的八部如《爱的教育》《伊索寓言》《海底两万里》《昆虫记》《简·爱》等也都是经得起推敲的名家名篇。

　　年龄阶段不同，我们推荐的阅读书目也有所不同。比如七年级上学期，学生刚刚从小学阶段升上来，这时候就要注意与小学阶段的衔接，推荐的书目要能符合这一年龄阶段孩子的兴趣，既要经典又要浅近易懂，能为他们所理解和把握。这一册我们选择的三部作品，一是意大利作家得·亚米契斯的《爱的教育》，这是一部专门为9~13岁的孩子创作的小说，讲述的是一个名叫恩利科的小男孩的成长故事，非常切合孩子们的生活实际，而且内涵丰富，感情真挚，字里行间洋溢着对祖国、父母、师长、朋友的爱，是对青少年进行

　　① 蒋绍愚：《读什么和怎样读》，《语文建设》2002 年第 1 期。

情感熏陶和品德教育的经典名篇。另外两部分别是冰心的《繁星·春水》和世界著名寓言故事集《伊索寓言》。《繁星·春水》是篇幅短小清新晓畅的现代小诗，对其中的内涵和美的意境，接触新诗不多的青少年也能根据自己的生活经历进行感悟和理解，对他们将来进一步理解新诗很有帮助。《伊索寓言》风趣幽默又充满人生的智慧，很受孩子们的喜欢。高年级则推荐了一些篇幅较长、内涵较丰富的小说、传记和科普著作。

课外阅读还注意与课文的学习相结合。如七年级下册课内选了英国小说家笛福代表作《鲁滨逊漂流记》中的一节——《荒岛余生》，名著导读部分就专门对这本书进行了介绍，并另外选了几个精彩片段，吸引孩子们读整本书。课内有成长单元，课外就推荐了苏联作家高尔基的自传体小说《童年》，以他历经磨难的成长经历，告诉孩子们如何面对人生的苦难，做一个坚强、勇敢、正直和充满爱心的人。像八年级上册，有一个普通人单元，书后就介绍了老舍先生的《骆驼祥子》，广泛展示了老北京下层贫民的真实人生，可以通过它引导孩子们以同情和博爱之心关注普通人的生活。

青少年正处于成长的时期，需要多方面的精神营养，无论文史哲专著还是科普著作，都应该广泛涉猎，同时还要兼顾古今中外，不能有所偏废，因此书目不能太过偏狭。不仅要读一定数量的文学名著，如小说、诗歌、散文、戏剧，还要读名人传记、历史故事和科普著作，高中阶段还要读一些哲学著作和艺术理论。每一部书都是一个世界，可以给学生以不同的教益和人生启迪。除了课程标准建议阅读的十部作品，像中国的古典诗词（以"课外古诗词背诵"的形式出现）、历史故事（东周列国志）、科普名著（如法布尔的《昆虫记》）、科幻小说（如凡尔纳的《海底两万里》）、书信札记（如《傅雷家书》）等都在我们新课标教材的推荐和介绍之列。不同内容、不同类型的读物，有助于开拓学生的视野，对他们想象力、理解力和独立思考能力也很有帮助。

　　当然课外阅读并不意味着只读名著，学生也可以随兴趣读一些中学生杂志、知识类报刊和贴近当代青少年生活的小说，像韩寒的《三重门》、秦文君的《男生贾里》《女生贾梅》等，这样会增强他们读书的兴趣，对他们认识当代生活也有好处。

（二）教师要注意对学生进行有效的课外阅读指导

　　课外阅读要想真正落到实处，还必须有赖于广大教师的积极配合。青少年阅读兴趣和习惯的养成与社会导向、教育培养以及文化氛围都有关系，但其中起决定作用的是学校，是教师。离开了教师的指导，学生的课外阅读往往达不到应有的效果。因为读书要想有收获，必须讲究一定的方法，而在独立阅读刚刚起步的中小学阶段，学生往往不能自己很快地摸着门径，如果听任学生自己盲目阅读，不仅收益甚微，而且还往往使学生在观念上产生误会，以为课外阅读只是粗略的阅读，不需要精研，久而久之养成不良习惯，读任何书都马虎了事，这样就终身难以从阅读方面获益了。因此教师必须要对学生进行有效的课外阅读指导。

　　首先，教师根据课程标准的要求和本班、本年级学生的实际，参考教材中"名著导读"部分的书目，选定一定数量的书推荐给学生，每学期2~3部为宜，要求在一定的时限内读完。其中还可以分为必读书和选读书。必读书要求全班学生共同阅读，以便教师进行统一的指导和检测，也方便同学之间的讨论。选读书可以由学生自行选读。如果学有余力，还可以鼓励他们按照自己的兴趣另外选择读物。这个工作宜在学期之初进行，并且明确阅读的要求和进度。不过要注意，学生的课外阅读时间有限，课外阅读一定不能贪多，分量不宜太重，否则很容易有始无终，反倒养成不良习惯，要力求做到读一本书有一本书的收获。星期天和寒暑假可以充分利用起来。

　　其次，要对学生进行一些读书方法的指导。在七年级上册的《关于阅读名著》中，我们简短地介绍了一些基本的读书方法，如读书之前先翻翻前言、后记和目录，对书的背景、作者和大致内容有一个初步的了解；略读和精读相结合；做点读书笔记，可以写摘要，做批注，列提纲，制卡片，画图表，写心得等。后面的名著导读包括全书的介绍、阅读建议、精彩片段以及对这些片段的点评，实际上是起个示范作用，引导学生从这样几个方面来开展有效的课外阅读。不同类型的书，要介绍不同的阅读方法。像对《爱的教育》《童年》等小说，学生最易为其中曲折的故事所吸引，但不能就此止步。可以先让他们理出小说的情节线索，掌握故事的大概，然后引导他们关注其中的人物性格和小说的深层内涵，以及小说艺术上的突出特色，这样才能在多方面受益，提高文学欣赏能力。再比如诗歌，要注重诵读，引导学生结合自己的生活体验，展开联想和想象，深入感受诗的意境，进而与诗人产生心灵的共鸣，达到陶冶性情的目的。读《昆虫记》等科普著作，一方面要分清要点，注意从中汲取知识，另一方面要注意体会其中的科学意识和科学精神。特别是对必读书，宜要求学生在读过一遍，明了全书的大意之后，再细细地读一遍，引导他们仔细体会其中的精彩章节，探究书中的疑难问题，领会书中的深意，最后要求他们写出自己的读书报告或读书笔记。

教师还可以根据实际情况指导学生进行一些阅读后的活动，如开展读书报告会、辩论会、诗歌朗诵会、戏剧表演、编文艺墙报等。通过这些活动，一方面调动学生读书的兴趣和积极性，一方面起到一个监督的作用，还可以帮助教师了解学生阅读的情况，检测他们阅读的效果。相信在广大教师的悉心指导下，日积月累，长期坚持，学生必能有所收获。

扫码对话
AI评论员

女性文学研究
乡村小说阅览
教育专家观点
课堂教学探索

人教版普通高中课程标准实验教科书
《语文2（必修）》介绍

    按照人教版普通高中课程标准语文实验教科书的设计思路，高中语文必修课程分为循序渐进的五个模块，每个模块都是综合性的。本册属于其中的第二个模块，供高中一年级第二学期使用，也可以根据需要灵活安排。

一、编排特点

    《普通高中语文课程标准（实验）》（以下简称《高中语文课标》）提出，要以"知识和能力""过程和方法""情感态度和价值观"三个维度设计新的课标教材。遵照这一理念，人教版普通高中课程标准语文实验教科书建构了自己全新的编排体系。具体到第二册，有以下几个特点。

    以"过程和方法"为主线，将教材分为"阅读鉴赏""表达交流""梳理探究""名著导读"四个板块。这四个板块既共同体现了课程标准的基本理念又各有侧重。本册是在第一册基础上的螺旋式上升，阅读鉴赏的重点是抒情散文、古代诗歌、古代记叙散文和演讲辞。表达交流包括描写、抒情、记叙和虚构等四个写作训练和演讲这一个口语交际训练。梳理探究则既有成语、修辞等语法项目，也有姓氏源流、民风民俗等文化寻根类活动，这些需要通过学生的自主活动，培养创新精神和实践能力。名著导读实际上是课外的延伸阅读，因此也是过程与方法的一种体现。

始终如一地贯彻"情感态度和价值观"的教育。本册高中语文教材将审美教育放在了极其重要的位置，文学作品占选文的四分之三，而且重视弘扬和培育民族精神，注重传统文化，文言诗文和传统寻根内容比较丰富。而演讲辞之类的文章，既是在社会生活中常见的应用文体，也往往承载着深厚的思想内涵，对引导学生深入思考社会与人生，加强自己的思想深度和广度大有裨益。

注重知识和能力。本册主要学习抒情、记叙和演讲等表达方式，在整体把握课文内容的基础上，了解几种不同文体的特点和内涵，学习它们各自不同的表现手法和表达技巧，增强语感。对浅易的文言文，能借助注释和工具书，理解词句含义，掌握常见的文言实词、文言虚词和文言句式的意义和用法。另外，还要注意联系以前所学知识，梳理成语、修辞等语法规律和用法。

二、教学目标

"阅读鉴赏"这部分包括四个阅读单元，分别为写景状物散文单元、先秦到南北朝时期诗歌单元、古代记叙散文单元和演讲辞单元，每个单元 4 篇课文，共计 20 篇课文。总的说来，通过这些阅读文章的教学，要达到以下三个目标。

(一) 审美性目标

本册选取了大量的文学作品，有中外抒情散文，有先秦南北朝诗歌，有古代记叙散文和传记。这些作品大都是经过时间和历史淘洗的名篇，无论在内容还是表现形式上都是堪称典范。之所以这样安排，是因为文学作品是进行审美教育的最好途径。根据《高中语文课标》的基本理念，高中阶段的语文教育要注重审美能力的培养，通过品味和鉴赏，使学生具有良好的审美情趣、自觉的审美意识和审美创造能力。而文学作品，在这方面具有得天独厚的条件。以抒情散文单元为例，本册第一单元所选的都是一些写景状物散文，这些优美的散文名篇，从它们各自的角度，对大地山川、风物美景进行了生动细致的描绘，令人不由得感受到大自然与人生的多姿多彩，从而激发起珍爱自然、热爱生活的感情。像《诗经》《离骚》《归园田居》等传统诗歌名篇，之所以能代代流传，恰恰是因为它们抒发出人类共有的感情，使后人读来仍能产生深深的共鸣。而且，从形式上来说，它们诗句优美，形式独特，在思想内涵和艺术成就上都堪称后世诗歌的伟大典范。读这样的作品，宛如进行一次愉快的旅行，可以开阔视野，增长见识，感受人类精神世界的丰富细腻，在不知不觉中受到美的熏陶。《荆轲刺秦王》《鸿门宴》等史传类作品，或记历史事件的波澜起伏，或记杰出人物的言行举止，记事波澜起伏，写人栩栩如生。学习这样的文章，一方面可以感受古人的才华品德，另一方面可以欣赏作品写人记事的艺术，领略到叙事作品的生动传神。另外，文学作品在语言运用方面往往具有典范的作用，是中学生学习和揣摩母语的最好材料。

（二）探究性目标

通过阅读和思考，养成独立分析问题、质疑探究的习惯，增强思维的深刻性和严密性，成为思想敏锐、富有探索精神和创新能力的人，也是本册教材的一个重要目标。本册没有纯论述类文章，如哲理散文、文化随笔、社科论文等，但并不意味着就没有进行思想和思维训练的天地。实际上，在本册四个单元20篇课文的教学中，都可以进行人生观、价值观的教育和思想深度的培养。如美国作家梭罗的《瓦尔登湖》，既是一篇写景状物的文章，也是作者哲学观、人生观的集中体现。在对自然的描摹后面，隐含着他对人与自然关系的深层思考。学习这篇文章，在欣赏优美的词句的同时，可以引导学生深入思考作品的精神指向，梭罗的自然观和他遗世独立的人格，相信同样可以给学生以深刻的启示。再如演说辞单元，虽属于应用文的范畴，但大部分演说辞都具有论说文的特点，是演说者发表见解的重要途径，思想性和论辩性都比较强，阅读这类文章，往往可以引发学生对重大人生、社会问题的关注和思考。如马丁·路德·金的《我有一个梦想》，全文不仅洋溢着浓烈的感情，而且以严密的逻辑和无可辩驳的事实，表达了他作为一个黑人领袖对自由、平等、正义的向往。学习这样的文章，不妨引导学生深入探究文中的思想内涵，对作者"所有的人都有生存、自由和追求幸福的权利"的思想和非暴力的和平斗争方式，学生之间可以展开讨论，在相互切磋中，加深领悟，共同提高。即使是文言文，也同样可以进行思想的碰撞和启发，如在《鸿门宴》中，就有这样一道思考题："许多读者认为项羽是因为在鸿门宴上不杀刘邦而失去天下的。你同意这个看法吗？写篇读后感，谈谈你的看法。"这一类题目意在培养学生独立思考和探究问题的能力。

（三）应用性目标

所谓应用性目标，是指通过对与社会生活联系比较紧密的实用类文章的学习，如新闻、演讲辞、传记、科普等，培养学生在现实生活中学习和运用语文的能力。本册要学习的应用文是演讲辞。演讲辞是一种常见的文体，古今中外许多政治家、思想家、社会活动家、科学家都非常善于利用这种形式，发表主张，传播知识，争取同盟。本册的四篇演讲辞，涉及教育、政治、哲学、经济学、科学等不同领域，与社会发展、科技进步的联系比较紧密。学习这个单元，目的就是引领学生关注社会生活，增强他们适应现实的能力，同时也适应他们自我发展的需要。这四篇演讲辞，既有就职演说，也有科学讲座，既有政治主张，也有教育理念，提供了不同类型的演说类型，表达方式也各有侧重。学习这些文章，可以使学生掌握演说辞的基本规范和表现形式，学习演讲的技巧，掌握演讲的要领，大胆尝试，从而增强与人沟通与交往的能力。

"表达交流" 本册的表达与交流包括四次写作活动和一次口语交际训练。它们分别是：学习描写、学习抒情、学习选取记叙的角度、学习虚构；演讲。每项写作活动都分为三部分内容，首先是话题探讨，提供一个或几个话题，引导学生进入规定的情景；然后是写法借鉴，围绕着本篇的话题，选取一篇文章或几个精彩片段，对其写法进行细致入微的剖析，以起到示范的作用；最后是写作练习，一般会提供四五个题目或材料，让学生根据自己的情况自由选取。这些写作活动在九年义务教育阶段大都进行过，这次是希望能在初中的基础上进一步提高，并尝试综合运用多种表达方式，增强书面表达能力。演讲是一次口语交际训练，包括两部分内容，一是指导与探讨，主要提供一些演讲的技巧与要求，从理论上对要进行的演讲活动进行指导；二是实践与交流，包含四大项活动，学生可以根据自己的兴趣自由选择。通过这些活动，希望学生能学会演讲，做到观点鲜明，材料充分、生动，有说服力和感染力，并力求有个性和风度。

"梳理探究" 本册的梳理探究包含三项活动，分别是"成语：中华文化的微缩景观""修辞无所不在""姓氏源流与文化寻根"。每项活动包括各不相同的三项小活动，如成语部分的三个小活动分别为"成语的来源与结构""成语的运用""成语与文化"，而修辞则按照修辞的不同种类划分为三个部分："语音修辞""词语修辞""语句修辞"。活动的特点和内容是划分的依据。这一部分的教学目标有两个：一是加强语文积累，梳理语文知识，在积累与梳理的过程中，丰富学生的语文素养；二是培养学生的创新精神和实践能力，以及团结协作、注重合作的精神。

"名著导读" 本册的名著导读推荐了两部长篇小说，一部是中国现代作家巴金的代表作《家》，一部是法国浪漫主义作家雨果的《巴黎圣母院》。《家》属于青春型的写作，是一曲从真诚热烈的心里唱出的青春之歌，虽然在艺术上也许还不够圆熟，但它单纯、朴素、流畅，充满着激情，那充满感情色彩的词汇和抑扬顿挫的语调形成了一种浓烈的感情和审美氛围，很能抓住读者的心。《巴黎圣母院》则是一部浪漫主义文学的代表作，体现了雨果的"美丑对照"

原则，具有浪漫主义特有的夸张与抒情特色，全书贯穿着作者强烈的激情和丰富的想象力以及深沉的人道主义思想。课外阅读活动也是阅读教学的重要组成部分，对学生人格的塑造与语感的形成都有不可替代的作用。通过栏目的实践，希望能培养学生养成良好的读书习惯，达到多读书、读好书、好读书的目的。

三、教学建议

不同的模块有不同的特点，因此也需要不同的教学方式与之相适应。这里仅提几点建议，供广大教师参考。

抒情散文、古诗文的阅读鉴赏，往往带有很强的主观性和个人色彩，因此，教学时要注意尊重学生的个性化阅读，引导他们调动自己的生活经验和知识积累，设身处地地去感受体验。其次，要教给学生阅读和鉴赏文学作品的方法，如感受形象，体味感情，品味语言，通过关键语句的揣摩分析，深入领悟作品的丰富内涵，注意作品的多义性和模糊性。还可以引导他们联系作品的社会背景和时代背景，加深对作家作品的理解。另外，还可以结合课文讲解一些文体知识，如诗歌、散文、传记等文学题材的基本特征和主要表现手法，帮助他们更好地把握不同文学体裁的特点。古诗文的阅读还要注意通过练习和讲解帮助学生掌握一定文言实词和虚词，重视诵读。借助于诵读培养他们良好的语感，教会学生使用工具书，学会利用工具书自行解决阅读中的障碍。演讲辞等应用类的文章，则要引导学生思考文章的思想和社会内涵，增长见识，培养敏锐的思维和思想深度，并借助于文本了解其功能和基本格式。

表达交流重在学生自己的实践。在学习过程中，应鼓励学生积极参与生活，体验人生，善于采集生活中的浪花，丰富自己的生活感受。鼓励他们坚持每天写随笔、日记以及通过图书、报刊、网络、音像等多种途径获得有用的信息。

梳理探究重在通过生动活泼的形式，为学生搭建一个活动的平台。因此，在教学时要注意发挥学生的积极性和创造性。引导他们注意观察语言、文学与文化现象，善于从习以为常的现象中发现问题，自己动手收集材料，学会深入思考，独立探究和解决问题。

名著导读可以穿插在课内教学之中，也可以放在时间相对宽裕的周末和假期。教学时教师要通盘考虑，提前安排，循序渐进。可以引导学生通过写书评、读后感，举办读书报告会等方式，交流阅读成果，分享阅读乐趣，共同提高阅读能力。除了推荐的这两部作品，教师也可以根据本地本班的实际情况另外推荐。

单元组合的逻辑与学习策略

一、第五单元组合的内在逻辑

　　七年级上册第五单元围绕着"生命之趣",选编了四篇文章。它们分别是郑振铎的《猫》、梁实秋的《鸟》、康德拉·劳伦兹的《动物笑谈》和蒲松龄的文言小说《狼》。这四篇文章体裁各异,内容不同,但都跟动物有关。

　　《猫》是篇记叙类散文。作者以第一人称的口吻,记述了自己家三次养猫的经历,以人道主义的情怀,对三只猫以及它们得而复失的过程进行了细腻的刻画,写出了"我"与家人悲痛、遗憾的心情,尤其是对第三只猫的歉疚之情,体现了作者对生命的尊重和善于自我反省的精神。《鸟》是一篇优美的描写类散文,刻画了鸟婉转的鸣叫、美好的形体,也对鸟的悲苦有深切的体察,在描写之中夹杂着抒情和议论,深化了文章的主题。《动物笑谈》则是一篇科普文章,作者从一个动物学家的角度,以诙谐幽默的语言,记述自己观察动物习性和进行科学实验的过程,也刻画出动物们的调皮可爱,字里行间蕴含着对动物的喜爱之情。《狼》是一篇文言小说,写的是人与动物的争斗——不是你死,就是我活,这是人与动物关系的另一面。故事虽短,但写得矛盾激烈,情节紧凑,引人入胜。总而言之,这四篇课文从不同的侧面记述了人与动物的故事,反映了人对动物的了解和认识,体现了作者对人与自然关系的思考。

　　教学这个单元,要注意激发学生珍视生命、关爱动物的情感,引导学生初步思考和认识人与动物的关系，感悟它们所象征的可贵精神。这几篇文章，除了文言文《狼》，都重在倡导对生命的尊重和对动物的关爱。如《猫》中作者对猫、特别是第三只猫命运的关注，《鸟》中作者对自然界中自由自在的鸟儿的赞美，对笼中鸟的惋惜，都反映了有着人文主义观念的知识分子对生命的尊重，对人类行为的反思。《动物笑谈》更是把动物视为朋友，与它们和谐相处，展示了人与动物之间充满爱和信赖的理想境界。

有一种观念认为，人类是万物之灵，靠人类的智慧可以改造自然，征服自然。这种观念长期影响着人类对自然的态度。人类早就应该反思，是否因为我们拥有超过其他动物的智慧和物质手段，就有权主宰其他生命形式的生存方式，甚至主宰它们的生死呢？从这个角度解读本单元课文，可以引发学生更深入的思考。

二、本单元的学习策略

教学这个单元，可从以下几方面把握课文阅读和写作训练的重点。

（一）在前几个单元的基础上，进一步培养学生默读的能力

默读的侧重点是学会做摘录，边读边思考，勾画出重要语句或段落，并且在把握段落大意和理清文章思路的基础上，学会概括文章的中心。要提醒学生，在默读的过程中，要将注意力从字句逐渐过渡到句子的主干，再进一步抓住段落的中心句，理解所读文章的深层意蕴。

如教学《猫》这一课，就可以结合单元学习目标给予相应的指导。如继续训练阅读的速度，限定多长时间把本课读完。在此基础上，把握文章的结构。如按什么顺序描写三只猫的际遇，作者写作的侧重点在哪里等。在此基础上，教师要重在引导学生发展提取相关信息的能力。边读边思考，勾画出重要语句或段落，学会做摘录。

这一目标可以结合课后第一题的填写表格完成。

《鸟》这一课生字、生词较多，需要在默读的同时，把不认识的字词画出来，通过看课下注释和自己查阅字典，掌握这些字词的读音和释义。其次，要通过默读，把握文章的内容。可以采取分段进行，重点突破的方式来进行重点研读。比较好理解的段落可以让学生用自己的话总结、概括。有些段落需要比较深厚的文化积淀，难以初读之后就理解，这就需要教师多加点拨，补充相关资料，引导学生质疑问难，分析讨论，抓住段落的中心句，理解所读文段的深层意蕴。在此基础上，概括文章的中心。另外，这篇文章非常富有文采，描写精彩纷呈，语言优美，适合圈点勾画。教学时应注意引导学生多做摘录，丰富自己的语文素养。

《动物笑谈》篇幅比较长，又是一篇自读课文，特别适合进行默读和提炼中心的训练。学习时可以先限定时间，要求学生在多少分钟以内读完课文。然后教师提问，针对文中各段的关键信息，设计一些问答题目，检阅学生的默读效果。也可以让学生提问，就文中不理解的地方进行发问，师生之间讨论解决。还可以结合旁批，梳理一下文章的内容以及掌握的重点、难点。

教师在对学生默读能力进行提高的训练当中，可以充分借助课堂的作用，让学生在有限的课堂时间内准确把握文章的要点。在前面学习的基础上，结合圈点勾画、做摘录等，继续训练默读的技巧，提高对不同体裁文章的分析和把握能力。还可以让学生利用课外时间，在一定的时间内看完一篇文章并写出其内容梗概。另外，本单元的课文词汇丰富，有许多精彩的描写，无论对动物还是对人的心理都刻画得非常精当、传神，其中不少语句和语段文辞优美、含义深刻，可以圈点勾画出来，同学之间进行讨论，然后加以摘录。教学时应注意引导学生及时积累、总结，增加和丰富学生的语文素养。

（二）从多方面入手，训练和提高学生概括文章中心的能力

本课的另一个能力养成重点是学会概括文章的中心。这需要教师来提供一些方法。如可以借用文本中现成的核心词句来概括文意，既省力，又准确。概括段落，要学会找中心句。而中心句的位置是很有讲究的。有的是文段内的中心句，有的是首括句，有的是尾括句，有的是过渡句，还有的要用自己的语言来总结。如《猫》中，除了对三只猫的描写，要特别关注文中夹叙夹议的语段，因为其中蕴含着理解文章中心的关键线索。另外，本单元的文章大多偏长，涉及的内容也比较丰富，有的内涵比较深刻，理解起来有一定的难度。这就需要学生细读课文，把握每一段课文的内容，在此基础上，理清作者的写作思路，学习概括和归纳文章的中心，理解作者所要表达的思想感情。还要在理解课文内容的基础上，调动已有的知识储备，结合自己的生活体验，敢于发表自己的见解。与动物有关的文章和话题应该是学生比较感兴趣的，教师可以引导学生联系生活体验，对本单元课文中许多值得争议和思考的观点，积极发表自己的见解。比如，《猫》中"我"的悔恨、内疚之情，《鸟》中作者对自然界中自由自在的鸟儿与笼中鸟的不同态度，《动物笑谈》中作者与动物的融洽关系，《狼》中两只狡猾的狼的下场给人的启示等，都可以拿来进行讨论。

（三）抓住各篇课文的艺术特点，进行重点分析，全面提高语文素养

本单元的课文都是名篇，在艺术上各有千秋，学习时要根据它们各自的特点，有针对性地进行学习和揣摩。尤其精读课文《猫》和《鸟》，无论思想内容还是艺术手法都堪称典范，学习时要加以重视。

郑振铎的《猫》构思巧妙，描写生动，学习时就要抓住这些特点进行细读。首先要体会文章巧妙的结构。文章写了三个故事，三起三落，情节环环相扣。作者善于设置伏笔，首尾呼应，结构完整而严谨。如开头一句"我家养了好几次的猫，结局总是失踪或死亡"，起到了总领全文的作用。中间一句"自此，我家好久不养

猫"，承上启下。文章末尾以"我家永不养猫"收尾，前后呼应。
文中还设置了一些伏笔。如写第一只猫忽然消瘦，预示其生病和死
亡；写第二只猫生性活泼好动，不怕生人，"我们都为它提心吊胆"，
预示它被路人捉走的命运；写第三只猫不招人喜欢，又老爱凝望鸟
笼，为其后来的被冤埋下伏笔。所有这些，在文中都起到了穿针引
线的作用，三个故事因此得以连缀成一个有机的整体，显示了作者
构思的巧妙，匠心独具。这篇文章的另一个突出之处是描写的生动
形象。文中的三只猫，各有各的特点，令人难忘。第一只猫天真活
泼，常在廊前太阳里滚来滚去。"三妹常常的，取了一条红带，或一
根绳子，在它面前来回地拖摇着，它便扑过来抢，又扑过去抢。"这
样的描写能引发读者的想象，那小猫的动态乃至情态都在眼前了。
第二只猫，更有趣，更活泼爱动，不仅乱跑，爬树，还扑蝴蝶："有
时蝴蝶安详地飞过时，它也会扑过去捉。"这一个镜头就是一幅画，
那小猫的脑袋、眼睛转来转去，伺机扑捉的样子，栩栩如生。第三
只猫则忧郁、懒惰，不像前两只那样喜欢游玩，常常蜷伏在人们的
脚边，还烧脱了好几块毛，总而言之，不怎么讨人喜欢。通过这些
描写，三只猫的不同特点跃然纸上，给人留下深刻的印象。

　　梁实秋的《鸟》，无论语言还是描写都很有特色。如课文开头，
为了揭示鸟的苦闷程度，就用了"粘在胶纸上的苍蝇"和"标本室
里"的标本来对比，生动形象。特别是第3、4两段，对鸟之美的描
绘尤其精彩。第3段描摹黎明时分的鸟鸣，说它们有的长叫而音阶
丰富，有的短叫圆润而不单调，又以独奏、合唱、和谐的交响乐等
做喻，细腻描摹了鸟叫悦耳的效果。第4段将笔触从鸟鸣转向了鸟
的形体。作者先用"世界上的生物，没有比鸟更俊俏的"，发出由衷
的赞美，然后以"有的……有的……有的……有的……"的句式，
全面铺展开刻画，尤其细腻刻画了鸟美妙的身躯，说它们"玲珑饱
满"，"细瘦而不干瘪，丰腴而不臃肿，真是减一分则太瘦，增一分
则太肥"，给人留下了深刻的印象。作者不仅善于描写自然中鸟的美

好形态，也能将鸟的悲苦描摹得形神具备，让人感同身受。如第 6 段中对东北所见的麻雀，写它"战栗地跳动抖擞着"，羽毛"蓬松戟张着"，像是"披着一件蓑衣"，让人想到"垃圾堆上大群褴褛而臃肿的人"，多么形象传神！鸟的孤苦伶仃立马跃然纸上。这些地方在教学时都要作为重点，引导学生通过朗读、分析、比较等，细加品味，揣摩学习。

（四）充分重视课外拓展阅读

这套新教材的一个突出特点是重视课外延伸阅读，希望通过课内外的结合，激发学生阅读的兴趣，增加阅读量。如在《猫》的课后练习中，专门有一道题，鼓励学生课外延伸阅读："猫是与人类关系亲密的一种动物，人们常通过写猫，表达丰富的人生体验。课外阅读夏丏尊的《猫》、靳以的《猫》和王鲁彦的《父亲的玳瑁》，与课文比较，体会这些文章中作者表达的思想感情。"在自读课文《动物笑谈》的阅读提示中，则直接告诉学生，这篇课文是从《所罗门王的指环》这一本书节选的，课下不妨把这本书找来读一读。其余像学习《鸟》，课外阅读梁实秋的其他散文，学习《狼》，把蒲松龄《狼》（三则）一起找来读读，都是将来教学中应有的题中之意。

（五）围绕"如何突出中心"来设计写作活动

可以先借助课文，从读到写，学习并体会如何提炼中心、梳理线索、安排详略，进而认识中心对于一篇文章的重要性。后面的写作练习旨在引导学生从熟悉的校园生活、家庭生活、社会见闻中选择有感触的场景、人物、事件，或者触动过内心、引发过思考的物品等，想清楚自己要表达怎样的情感、体悟或思考，然后围绕中心立意设计线索、组织材料、安排详略。教材中对如何做到中心突出做了一些具体的指导，如设置一条贯穿全文的线索，安排好内容的主次和详略，以及如何运用一些具体的方法如开门见山、卒章显志、前后呼应等。三个写作实践可供学生选择，围绕着本次写作活动进行有针对性的训练。

"活动·探究" 单元的顶层设计和教学实施

2017 年秋季开始在全国推广使用的部编中学语文教材中，出现了一种全新的单元设计形式——"活动·探究"。全套教材一共四个"活动·探究"，分别设在新闻、演讲、诗歌、戏剧单元，分布在八上、八下、九上、九下四册。这是教材史上一次全新的尝试，也是这套教材的一大亮点。它依托课程标准的基本理念，在综合性、活动性、自主性和开放性、创新性等方面，做了一些大胆的探索。

首先，"活动·探究"单元改变了传统的阅读单元形式，将一直以来的课文组织形式，改变为以任务为先导，以活动为主体，将听说读写融为一体的动态系统。

《义务教育语文课程标准（2011 年版）》指出："语文课程是一门学习语言文字运用的综合性、实践性课程"，"应注重培养学生的语文实践能力……在大量的实践中体会、把握运用语文的规律"。"活动·探究"单元正是以创造性的新形式，践行了课程标准的这一理念。最显性的改变，是"学习任务单"代替了原来平面化的单元导读，原有的单元学习任务分解为"任务一""任务二""任务三"，每一个任务都是一个综合实践活动。下表是四个"活动·探究"单元的主要学习内容和活动任务单：

	单元学习内容	活动任务单
八上	新闻	任务一：新闻阅读
		任务二：新闻采访
		任务三：新闻写作

（续表）

	单元学习内容	活动任务单
八下	演讲	任务一：学习演讲词
		任务二：撰写演讲词
		任务三：举办演讲比赛
九上	诗歌	任务一：欣赏诗歌
		任务二：举行诗歌朗诵比赛
		任务三：尝试创作诗歌
九下	戏剧	任务一：阅读与思考
		任务二：准备与排练
		任务三：演出与评议

　　从上表可以看出，每个"活动·探究"单元都由三个任务组成，每一个任务都有具体的目标和活动策略来明确这一任务的基本要求，为学生完成任务提供切实的指导。这些活动都是动态的、立体的、综合性的，与过去那种偏重静态的文本教学方式有着质的区别。即使是侧重文本阅读的活动一，也是将阅读作为一个任务环节。而任务二、三（由于文体的不同，任务二和任务三的位置有时会有所变动，如八下演讲单元，就是先写演讲词，再举办演讲比赛）更加生动。这些活动都是先提出要完成的目标，并对目标进行总括。然后提供可供操作的具体步骤，这些步骤又分解为一个个小步骤，可以切实地帮助学生扎实细致地完成全部任务。这是一种任务导向的全新设计，注重的是过程和方法，重视知识与能力、情感态度与价值观的整体发展，是跟以往不太一样的语文学习新举措。

　　第二，"活动·探究"单元改变了语文单元学习的内容，将语文学习与实践活动整合为一个不可分割整体。这种改变不仅仅是形式的改变，而是语文学习内容的根本性改变，它改变了过去偏重文本理解、赏析的静态学习方式，将过去一向视为课外活动、可做可不做的语文实践活动，变身为语文课堂学习的主体。

　　这是一个具有创新意义的改变，甚至在某种程度上来说，具有颠覆性意义。它颠覆了从民国以来百年阅读教学的一贯模式，打开了语文教学的新思路。

　　"任务一"主要侧重于文本的阅读和探究。这部分选取典范文章，以课文的形式呈现，但不像传统阅读单元的课文那样有比较多的助学系统，如普遍没有预习和课后思考练习题（戏剧除外），但在重点文章中加了旁批，提示本文的学习重点或难点。这一环节的核心仍然是文本学习，目的是让学生了解某一类文体的特点，把握阅读策略，掌握阅读技巧，提高阅读能力，也为后面活动的开展奠定基础。如九上诗歌单元"任务一"中的第三条就包含以下任务：

---

3. 反复朗诵，看看能否回答下列问题：

◎ 你觉得这几首诗的感情基调分别是怎样的？

◎ 诗歌的感情基调主要是通过哪些词语或形式表现出来的？

◎ 这几首诗有哪些意象？它们分别具有怎样的特点？

◎ 诗人通过这些意象描绘了怎样的画面或营造了怎样的意境？

◎ 这几首诗分别抒发了诗人什么样的思想感情？

◎ 当你朗诵时，你将通过哪些手段（比如语气、语调、语速、重音、停连）来传达诗作的情感？

　　可以看出，这部分与传统阅读教学的最大区别，是这部分更像"群文阅读"或"专题阅读"，文本以一组的形式出现，不局限于单篇文章的学习，而是引导学生从一篇到一组，再扩大到一类，从广泛的比较阅读中总结和提炼这一文体的特点。这就要求广大师生改变过去那种篇篇精讲，精雕细琢的方式，树立大局观、整体观，探索新的卓有成效的学习模式。

　　"任务二"侧重综合实践活动，引导学生从课内拓展开去，或实地采访，或模拟演讲，或朗诵比赛，或排演剧本，是把课堂延伸到课外，将隐形的语文能力外化为实际的综合活动。相比任务一，这更是一种"动起来"的任务。如新闻采访，学生要以小组为单位召开选题会，制定采访方案。还要草拟采访提纲，然后对人物进行实际的采访。这些都是建立在学生实际的走访、询问和采编基础之上的；演讲比赛则必须有演说者，有听众，有一定的活动场地和环境，有实际的演说活动；诗歌朗诵和戏剧表演在一定程度上是一种"演出"，是用声音传达文字，用表情、动作等传达诗歌的情感或展示戏剧人物的思想感情。这些都集中地体现了语文课程的实践性特点，贯彻了课程标准"让学生在语文实践中学习语文"的理念。这种学习方式的创新型改变，沟通了课堂内外，沟通了听说读写，大大增加了学生从生活中学语文，在生活中用语文的机会。

"任务三"的落脚点是写作，或者根据活动要求撰写新闻稿、演讲词，或者进行小诗创作，或者记录戏剧演出活动中的感悟，或发表对剧作的评论，这样又把语文学习的轨迹从活动中拉回，引导学生将语文实践活动的感受和认识沉淀到笔头，以写作的形式升华为自己的深层能力。因为有前面任务的铺垫，写作不再是空洞的枯燥的任务，而是融合了自己的感受、心情，写起来就容易多了，也丰富多了。

由以上分析可以看出，"活动·探究"单元强调的是语文能力的综合发展和全面发展。学习的过程是动态的，重输入，更重输出。最关键的是能紧扣文体本身的特点，以新闻的方式了解新闻，以演讲的方式践行演讲，以诗歌的方式品味诗意，以戏剧的方式体验戏剧，不同的文体适用于不同的活动。即使都是活动形式，活动与活动之间差别也很大，不局限于一个固定的模式。这在一定程度上改变了过去那种千篇一律的静态研读状态，为语文教学开辟了新天地。

第三，"活动·探究"单元是根据学生的身心特点和语文学习的特点，从激发学生的好奇心、求知欲出发，来设计语文学习路径的崭新尝试，真正实现了"学生是学习的主体"这一新课标理念，具有特别重要的意义。

在以往的教学中，"满堂灌"曾经风行一时，后来虽然有所改进，但很多时候，教师还是会自觉不自觉地成为课堂的主宰，生怕学生不能掌握课文的精髓。而在"活动·探究"单元的设计中，二者得到了很好的平衡。单元前面的"活动任务单"是布置给学生的，无论是"任务一"的文本钻研，还是"任务二"的语文活动，"任务三"的写作，都立足于学生的亲身实践，很多环节旁人无法替代。在阅读环节，学生是在教师的指导下进行学习，学生的自主钻研为主，但也离不开教师的点拨和引导。而在任务二、任务三环节，教师成了指导者，或者起到"总导演"的作用，因为活动的主体只能是学生。无论是新闻采访、演讲比赛，还是诗歌朗诵，戏剧演出，都是学生担纲，由他们自己合作完成整个任务。在开展这些活动的过程中，学生的各项能力都能得到全方位的训练。活动前期，他们要搜集资料，在大量的信息中筛选有用的材料并为我所用；要进行相关的组织协调活动；在活动中，要鼓足勇气在公众或者同学面前讲话，自如地表达出自己的想法；要想办法登台演出，传达出诗歌、戏剧的美……这些活动丰富多彩，富有创意，鼓励广大学生自主阅读、自由表达，充分激发问题意识和主人翁精神，而且关注到个体差异和不同的学习需求，倡导和践行自主、合作、探究的学习方式，大大激发了学生学语文的积极性和能动性。

作为新教材中一个具有突破意义的崭新设计，"活动·探究"单元也对广大一线教师的教学提出了新的挑战。针对内容的颠覆，形式的革新，教学主体的重新确立，都要求有新的教学方式与之相适应。教学内容的确定，教学方法的选择，评价方式的设计，都要围绕着新的单元构造来重新定位。

教师首先应确立适应社会发展和学生需求的语文教育观念，注重吸收新知识，根据教材的变化，创造性地使用教材；根据"活动·探究"单元注重实践性、综合性的需要，积极开发课程资源，灵活运用多种教学策略和现代教育技术，密切关注现代社会发展的需要，拓宽语文学习和运用的领域，注重跨学科的学习，引导学生从生活中学语文，用语文。

另外，"活动·探究"单元注重学生的个体体验，重视学生的感受和表达，这就要求课堂的设计和教学的方式也要随之改变。教师应充分利用教材的设计，根据活动任务单的安排，注重精心设计和组织教学活动，重视启发式、讨论式教学。尤其是在组织新闻采访、演讲、诗歌朗诵以及戏剧演出等活动时，既要发挥教师组织协调的作用，加强教学内容的整合，统筹安排教学活动，力争使活动紧凑有效率，同时又要注重激发学生的好奇心、求知欲，开发他们的潜能，激发他们自主活动的积极性和能动性，多让学生自主活动，在活动中提高发现、分析和解决问题的能力，培养主动探究、团结合作、勇于创新的精神，提高语文综合运用的能力。

作为一种新生事物，"活动·探究"单元目前还只是一种尝试，教学效果如何还需要在实际的教学中加以检验。应该认识到，并不是所有的文体都适合于这种方式。目前所选的这四个单元，新闻、演讲属于实用性文体，与生活的联系特别紧密，文章不一定句句经典，但实用性强，注重在生活中的应用；诗歌、戏剧等文学性文章，特别适合朗诵和表演，所以有做活动设计的先天条件。而其他单元未必都适用于同一种模式。语文学科所要学习的内容各式各样，文本千姿百态，语文学习也没有一个放之四海而皆准的固定模式。在实际的教学中，还是要根据具体的文章特点和各自的学情来灵活设计。

附录

母校的精神底色

徒步穿越母校，从南到北十五分钟，从东到西十分钟。

二十年前的母校真的很小，连现在的三分之一都不到。大门朴素，庭院狭长，一条砖铺的南北道贯穿整个校区。向北与地区中医院遥遥相对，往南越过院墙就是农家的菜园了。记得有一年霜降得突然，农民没来得及收的大白菜全冻在地里，从我们位于五层的宿舍，特别是我靠近窗口的上铺望过去，大白菜们一个个顶着白霜，在田野间伫立，别有一番风致。

可惜这个上层住女生下层住男生的新宿舍楼我们只待了两年。当年不知哪位管事出的馊主意，把全体女生集中到一个破旧、低矮、潮湿的三层小楼，这座红色砖楼大概是学校最古老的建筑了。分给我们的那间宿舍靠近水房，整面墙都湿湿的，根本没法住人，一个宿舍八个姐妹只好一分为三，四个留在这间宿舍（莉早转去了外语系），萍历经波折挤进了班里的另一间女生宿舍，我则辗转流浪在八九级物理系和中文系之间，以至于现在回忆起来后面竟是一片模糊。只有最初的记忆，我的 456 宿舍，我的八位室友，一直清晰地刻在脑海里，永远那么亲切，那么鲜亮。

学校食堂像个大仓库，顶很高，离宿舍很近。各种菜肴装在锅一般大小的铝盆里，一溜排开，大师傅们抄着勺子站在后面，学生们蜂拥而上，各取所需。如果哪天改善生活，有土豆炖排骨之类的菜，那个大盆前一定挤得水泄不通，大个子男生冲在前面，等到弱小的女生好不容易挤过去，大盆里往往只剩下汤了。最难忘的是食堂门口一个卖豆腐脑的小摊，每天冒着热气和香气，引诱着过往的食客，是我记忆中最难忘的美味。那时物质不丰富，大家都没什么闲钱，改善生活的时候，也就是到校门口的小饭馆里吃个呱嗒、炒饼什么的。二十年过去了，好多同学在群里都提及这种叫"呱嗒"的美食，可见当年印象之深。

课余的生活说起来也很简单，没有电脑，没有上网，自然也就没有论坛，没有网聊，没有网上看电影电视剧……课余周末最多的活动，男生打球运动，女生散步聊天。记得那时我与萍常去校外西面的果园，那里有条小河，四周是真正的田园。我们还经常跑到护城河划船，河心有个小岛，是大家的最爱。偶尔也看看电影。大门旁的礼堂就是周末的电影院，只有一个小小的售票窗口。一到卖票时间，那个挤呀，绝对超过现在的春运。当时好像也没什么排队意识，大家就是硬往上挤，小小的窗口前往往里三层外三层，大胆的男生仗着人高马大，直接运用人梯战术，架起来从高处把手伸进去，有一种玩杂技般的惊险。这种时候女生肯定没戏，所以大学四年电影我看得不多，如今只记得一部《红高粱》了。

如果要用一个词总结当年的大学生活，我觉得应该是朴素或朴实。母校地处不发达的地级小城。远离喧嚣与繁华，不追求物质享受的质朴沉静，师生心态的平和诚挚，正是那时母校最大的特点。当时整个社会也就是刚刚满足温饱，大家对物质的欲望还没被刺激起来，而今弥漫的虚华浮躁攀比之气，那时是没有的。同学间贫富差距不大，大多数同学来自农村，城里的也不过就是负担轻一些，大家都没有什么名牌意识，对物质生活的要求很低，每月三十几元的补助就基本够吃饭的了。要说有钱人，特别是现在意义上的富人，印象中还真一个没有。两个来自教授之家的同学貌似出身最好，可夏同学一年四季不拘小节，周末在食堂跳舞的样子整个一鲁智深醉打山门。吕同学审美水平很高，按现在的话说穿衣非常有"格调"，可大多数衣服都是她亲自手工编织的。她的到来激发了整个年级女生的编织热潮。记得红那时曾织过一件雪白的长款毛衣，穿上之后亮丽脱俗，出挑打眼，一下子击中了当年学生会主席的心，最后被越界掠去，差点没引起中文系的公愤。

"斯是陋室，惟吾德馨。"正是在这样简陋的物质条件之下，我们开始了最初的求学问典之路。虽然地处偏远，但当年母校还是很有一些课程是站在当时的学术前沿的。古典文学、外国文学、现当代文学、文艺理论……同学们各有喜好。对我个人而言，最难忘的是李玉明老师开设的鲁迅《野草》欣赏课和当代文学讨论课，还有宋益桥老师的现代文学欣赏课。后来我之所以也走上现当代文学的研究之路，正是被当年这些老师打开的美丽窗景吸引过去的。

李玉明老师的两门课记得都在大一。他的讲课风格非常独特。一口胶东普通话，语速很快，信息量巨大，完全是站在西方现代主义哲学心理学的角度剖析鲁迅的作品和精神世界。他的课对刚刚从高中进入大学，知识水平、人生阅历都非常狭窄单纯的我们而言，简直就是一次大轰炸，绝对的头脑风暴。虽然我们在中学里也学了那么多的鲁迅文章，但从来没有人这样深刻和犀利地剖析过鲁迅，没有人从这样的高度向我们阐释过鲁迅及其作品对现代中国的伟大意义。那种理论的深刻警醒，语言的新颖犀利，让人振聋发聩，醍醐灌顶。是的，振聋发聩，醍醐灌顶，只有这两个词能表达当时我们听课的感受。记得当时我们在底下拼命地记笔记，想把他的话都一一记下来，像海绵一样吸收到自己的大脑里。可以说正是这门课激发了我对鲁迅的终生热爱，激励我后来在这个专业里从北方到南方、从硕士到博士一路跋涉，虽然最终没能直接从事纯学术的研究，但对鲁迅的研究一直保持着极大的兴趣。后来还结合本职工作出版了《教材中的鲁迅》一书（与人合作）。一名优秀的教师就是具有这样巨大的影响力吧。记得多年以后我再次遇到李老师，他当时已调至《山东社会科学》杂志社当编辑部主任，我还对他不再当老师表示了遗憾。再后来得知李老师重返大学讲台，我为他的学生们感到由衷的高兴，希望他们能像我们当年一样珍惜这份幸运。

李老师开设的当代文学课也特别新颖别致。他不是单纯地给学生讲作家作品，而是选取了当时在文坛引起巨大轰动和争议的几部作品，让学生自行阅读，写出评论提纲，课上讨论。班里学术争鸣的气氛一下子被激发出来，课堂上的气氛从来没有过的活跃，各种思想和观点激烈碰撞，特别是夏同学慷慨陈词，对张承志的《黑骏马》、张贤亮的《绿化树》《男人的一半是女人》，都做出了独到而深刻的评价，显示了他深厚的人文功底和高超的口才，令大家深为叹服。这门开放式的课程令当年很多人受益匪浅，成为我们二十年来记忆中最难忘的场景之一。

宋益乔老师当年教我们现代文学。记得他人瘦高斯文，说话慢条斯理，整个一夫子形象。我当时跟他接触不多，更多是从他的研究专著，如《苏曼殊传》《郁达夫传》等中，感受他学问的扎实与灵动，博大与精深。多年以后听说他当了校长，还很觉得诧异。有一年红来京，我的疑惑才得以解除。红可以说是我们那一届中最了解宋老师之人，当年曾做过他孩子的家教，后来也跟宋老师一家多有来往。听她讲述宋老师一家生活的细节，是那么的清贫简朴，为人是那么清正廉洁。无论做普通教师还是大学校长，宋老师从来都是那个表里如一的书生，他的本色从来没变过。后来我想，母校选择宋老师当校长真是一种天然的缘分，是历史的选择。宋老师身上那种生活的质朴简单，为人的谦和低调，学问的扎实细腻，不正是母校当年最宝贵的精神底色吗？

……

二十年一晃就这样过去了。回忆往昔，心中充满了无限的怀念和留恋。因着这个聚会的由头，过去的一幕幕又那么鲜活地浮现在眼前。可惜纸短情长，多少的人情往事无法一一再现。而今的我们收获了成熟，也增添了皱纹；收获了成绩，也留下了遗憾。然而无论怎么变化，我们身上都曾深深烙下过母校的印记。而今母校已易名，校园已扩张，条件已改善，故人已渐去，母校也许不再是我们眼中的那个母校，但当年曾激励我们前行的那种精神，那些无法言说却清晰可辨的气质，应该跟母校的地基一样永远常在吧？

会的，一定会。

严师与慈父

周勃老师于我而言，既是严师，也是慈父。也许因为我是他老人家所带的最后一个硕士研究生——关门弟子的缘故，慈父的成分还更多一些。

时光回溯到 1994 年。

那一年是我焦头烂额的一年，也是富有转折意义的一年。人们常说，人生虽然很漫长，但关键的时候往往只有几步。说这一年对我很关键，那是绝对没有异议的。而周老师，就是在那一年出现在我的生活中，像明灯一样引导我迈过荆棘，走向人生坦途。

当时我大学毕业已经有三年，在老家县城边上的一个乡镇中学教书。学校是非重点，高中每个年级只有两个班，每年的升学率可想而知。我一心想考研究生出去，所有的业余时间都用来备考，按当时校领导的话说，我"很不安心本职工作"，也因此跟领导结下梁子，在我后来的考研过程中百般阻挠。后来经过不懈努力，1994年我终于通过了全国的统招线。原本是欢天喜地的时候，没想到却因种种原因不能被第一志愿录取。当时我的心真是沉到了谷底。

不甘心多年的努力付之流水，不甘心一辈子沦落到小城镇，我自己抱着个电话号码簿，开始鼓足勇气给地方大学招生办打电话，看看有没有学校能接收自己。正是这个时候，命运出现了转机，湖北大学的中文系系主任王兆鹏老师代表系里接收了我的申请，并把我推荐给文艺理论专业的周勃先生，做他的研究生。记得当时是到周老师家里面试，那是我第一次见到周老师，慈眉善目的周老师给我留下了深刻的印象。

原本以为考研的事就正式告一个段落了，几年的辛苦总算有了个圆满的结局。没想到随后湖北大学招生办发到我工作的单位的调档函却被当时的校长悄悄扣下，试图以此阻挠我去读研究生，而我完全蒙在鼓里。要不是周老师闻讯，并在调档截止前亲自向我家里打来电话，这个得来不易的机会可能又要失去了。而如果失去这次机会，我很可能一辈子就只能蜗居在小县城中，现在想想都觉得后怕。

几经波折，我进入到周老师门下，正式成为他的关门弟子。也许是因为有了周老师的庇护，此后我的人生顺畅了很多。

忘了当年跟着周老师一共修了几门课，但对他家的书房念念不忘，因为三年间我们的上课地点就是周老师的书房。书房不大，但充满艺术气息，屋角是郁郁葱葱的植被，墙上是名家给周老师拍的艺术侧影，特别有文艺范。每周三的下午，我跟文艺理论的其他几位同学，定期到周老师家听课，我们有的坐在沙发，有的坐板凳，喝着茶，听周老师侃侃而谈，十分惬意。记得第一年的课是讲文艺思潮。作为一名在当代文学理论史上留下浓墨重彩的一笔的文艺理论家，周老师讲现当代文艺思潮那是再合适不过了，因为文学史上那些大小事件、那些涌动的潮流，都是他亲身经历过的，凝聚着他一生的酸甜苦辣。后来我才了解到，正是因为他年轻时候才华横溢，所以后来才遇到那么多坎坷。但周老师天性达观，虽历经苦难，却并不怎么喜欢忆苦思甜，即使下放牛棚中的那些后人难以想象的磨难，经他幽默的口吻一讲，也常常逗得我们哈哈大笑，同时十分诧异当年时代的荒诞。

难以忘怀的还有师母的美味饭菜。有时候上课晚了，师母常常会留我吃饭。周老师和师母都是湖南人，师母做得一手好菜，融湖南、湖北风味于一体，短短的时间就能变出一大桌菜来。他们的儿女都已经长大各自成家，所以经常是我在他们家大快朵颐，享受的是小女儿的待遇。美味的腊肠，霉干菜蒸排骨，热气腾腾的排骨藕汤……现在想起来都要流口水。后来我毕业后到北京工作生活，也曾有人夸我做菜好吃，我就告诉他们，这是当年在湖北大学修的"副学位"哦，跟着周老师读书，跟着师母学做菜，生活学习双丰收。

周老师和师母都是特别宽厚仁慈的人，跟他们相处真是如沐春风，让我感觉十分温暖。这也是我读书生涯中最难忘、最幸福的几年。

周老师教我做学问的方式也十分独特。当时研究生还不像后来那么广泛扩招，一个导师一年也就招一两个学生，各大学也还没有必须在核心期刊上发表文章才能毕业的规定，只需要修完所需的学分，完成一篇硕士论文即可。但周老师不一样，早早地就要求我多写文章。每门课上完，都要写一篇出来，不以发表为目的，但要总结所学，锤炼思想和文笔。现在回首往事，发现我在这一点上真是受益良多，可以说奠定了我一辈子从事文字工作的基础。入读硕士之前我虽然多少算个文艺青年，爱写一些风花雪月的东西，但从来没有系统地进行过理论思维的训练，在理性和逻辑以及写作客观严谨的理论文章方面多有欠缺。正是在周老师的督促和鼓励下，我开始文艺评论方面的尝试，经常结合着读书和上课的体会，自己找感兴趣的课题，把一些自己觉得有意义的想法记下来。无论我的想法多么幼稚，周老师都是热情鼓励，从来不泼冷水，也不过分干预，总是说："没关系，先写。写下来放段时间再看，再改。"正是在他这种既自由宽松又引导大方向的培养方式下，我写了好几篇论文，而且后来都一投即中，顺利地发表了。特别是临近毕业，我还写了一篇《刘勰康德意象论之比较》，这是我上另外一位文艺理论老师的课——"康德批判理性批判研读"的成果。说实话，那门课我听得懵懵懂懂，并没有真正理解康德著作的精髓，但在周老师教育下培养了写作的习惯，总觉得不写点什么不能算是结课。这篇文章发表之后还被中国人民大学《复印报刊资料 美学》转载，我也因此得了学术成果奖。那时候写学术文章的人少，学校也没有硬性要求，全凭兴趣写文章。想发表，自己找到本学术杂志，照着上面的投稿地址，以初生牛犊不怕虎的精神大胆投稿就行。哪里像后来，发表论文成了研究生毕业和大学老师职称评审的硬杠杠，整个学术环境也与当初不同了。

正因为硕士期间打下了良好的基础，培养了对学问的兴趣，我硕士毕业后又在周老师的推荐下，到他的母校武汉大学继续深造。虽然离得远了点，但还在同一个城市。每次遇到困惑，我还是习惯性地回去跟周老师商量，包括博士论文的选题，毕业之后的择业，都要首先听取一下他老人家的建议，心里才觉得踏实。后来到北京工作，每次遇到工作上、生活上的难题，也还是首先想给周老师打电话，听听他的意见。

无论是当年还是现在，在我的心目中，周老师就像父亲一样，时时关心着我，为我的每一点成长而欢欣，为我的学习和生活出谋划策。他那历经磨难但永远旷达的人生态度，待人处事的亲切宽厚，看事情做学问的高屋建瓴，一直如灯塔般指引着我。在他老人家文集出版暨九十大寿之际，谨以此文纪念跟随他读书和生活的美好岁月，祝老人家健康长寿！

2019 年 12 月

图书在版编目（CIP）数据

虚构与建构：论文学与语文教育 / 王涧著. —— 武
汉：长江文艺出版社，2020.9（2024.7 重印）
ISBN 978-7-5702-1712-0

Ⅰ. ①虚… Ⅱ. ①王… Ⅲ. ①外国文学－文学研究－
文集②中国文学－文学研究－文集③中学语文课－教学研
究－文集 Ⅳ. ①I106-53②I206-53③G633.302-53

中国版本图书馆 CIP 数据核字(2020)第 140450 号

责任编辑：马　蓓　陈欣然　　　　　责任校对：毛季慧
封面设计：博悦阁　　　　　　　　　　责任印制：邱　莉　王光兴

出版：长江出版传媒　长江文艺出版社
地址：武汉市雄楚大街 268 号　　　　邮编：430070
发行：长江文艺出版社
http://www.cjlap.com
印刷：湖北新华印务有限公司

开本：640 毫米×970 毫米　　1/16　　印张：17.5
版次：2020 年 9 月第 1 版　　　　2024 年 7 月第 2 次印刷
字数：205 千字

定价：74.80 元

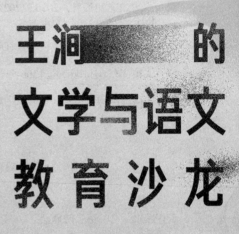

王洞▨▨▨的
文学与语文
教育沙龙

AI评论员
陪你边读边聊,
启迪文学思考与教育观念更新。

女性文学研究
研读经典女作家作品,
了解文本中的"女性觉醒"。

教育专家观点
基于国际视野,
探讨当代世界各国教育发展规律。

课堂教学探索
课堂教学该怎样培育学生的
核心素养?即刻查看!